O Quarto Azul

EDITORA AFILIADA

Outros sucessos de
Rosamunde Pilcher:

O Carrossel

A Casa Vazia

Os Catadores de Conchas

Com Todo Amor

O Dia da Tempestade

O Fim do Verão

Flores na Chuva

O Quarto Azul

O Regresso

Setembro

Sob o Signo de Gêmeos

Solstício de Inverno

O Tigre Adormecido

Um Encontro Inesperado

Victoria

Vozes no Verão

Rosamunde Pilcher

O Quarto Azul
e outros contos

12ª edição

Tradução
Jacqueline Klimeck Gouvêa Gama

BERTRAND BRASIL

Copyright © 1985 *by* Rosamunde Pilcher
Título original: *The Blue Bedroom and Other Stories*

Capa: *projeto gráfico de Leonardo Carvalho*

Composição: *DFL*

2024
Impresso no Brasil
Printed in Brazil

CIP-Brasil. Catalogação-na-fonte
Sindicato Nacional dos Editores de Livros, RJ.

P686q
12ª ed.
	Pilcher, Rosamunde, 1924-
	    O quarto azul e outros contos / Rosamunde Pilcher; tradução de Jacqueline Klimeck Gouvêa Gama. – 12ª ed. – Rio de Janeiro: Bertrand Brasil, 2024.
	    298p.
	
	    Tradução de: The blue bedroom and other stories
	    ISBN 978-85-286-0586-0
	
	    1. Conto escocês. I. Gama, Jacqueline Klimeck Gouvêa. II. Título.

96-1808	CDD – 828.99113 CDU – 820(411)-3

Todos os direitos reservados pela:
EDITORA BERTRAND BRASIL LTDA.
Rua Argentina, 171 – 3º andar – São Cristóvão
20921-380 – Rio de Janeiro – RJ
Tel.: (21) 2585-2070

Não é permitida a reprodução total ou parcial desta obra, por
quaisquer meios, sem a prévia autorização por escrito da Editora.

Atendimento e venda direta ao leitor:
sac@record.com.br

SUMÁRIO

1 Toby 7

2 Um dia de folga 29

3 Espanholas 51

4 O Natal da Srta. Cameron 73

5 Chá com o professor 101

6 Amita 119

7 O quarto azul 139

8 Gilbert 161

9 O presente de Natal antecipado 177

10 Os pássaros brancos 197

11 A árvore 219

12 A casa na colina 245

13 Uma noite inesquecível 267

Toby

Num dia frio de primavera, pouco antes da Páscoa, Jemmy Todd, o carteiro, entrou na cozinha dos Harding, depositou a correspondência matinal sobre a mesa da copa e anunciou que o Sr. Sawcombe, o vizinho, morrera, de manhãzinha, vítima de infarte.

Havia quatro Harding sentados à mesa. Toby, de oito anos, degustava seus flocos de milho. Tendo ouvido a notícia fúnebre, a comida úmida e crocante teimou em permanecer em sua boca. E não havia como se livrar dela, pois Toby não conseguia mastigá-la, e a volumosa massa, presa na garganta, tornou-se impossível de ser engolida.

O resto da família parecia igualmente abalado. Seu pai, vestido para o trabalho e prestes a se levantar e sair, pousou a xícara de café sobre a mesa e recostou-se na cadeira, encarando Jemmy.

— Bill Sawcombe? Morto? Quando foi que soube?

— O vigário me deu a notícia em primeira mão, assim que iniciei o meu turno. Encontrei-o saindo da igreja.

Tobby olhou para a mãe e viu seus olhos úmidos.

— Oh, Deus. — Não suportava vê-la chorar. Só a

vira chorar uma vez, na ocasião em que seu velho cão precisou ser sacrificado, e a trágica sensação o acompanhou por vários dias. — Pobre Sra. Sawcombe. Deve ter sido um choque e tanto para ela.

— Ele teve outro infarte há alguns anos — lembrou-lhes Jemmy.

— Mas se recuperou. E estava bem de saúde, cuidava do jardim e agora desfrutava de algum tempo livre, depois de ter cuidado da fazenda todos esses anos.

Vicky, de dezenove anos, finalmente recuperou a fala.

— Não posso suportar isso. Simplesmente não posso.

Vicky viera de Londres passar a Páscoa com a família. Na cidade, trabalhava e dividia um apartamento com mais duas moças. Quando estava de férias, nunca se vestia para o café da manhã e descia com seu robe atoalhado, listrado de branco e azul. As listras azuis eram do mesmo tom de seus olhos, e, com longos cabelos claros, ela ora parecia bonita, ora um tipo bastante comum. Parecia comum agora. O sofrimento a fazia assim; torcia os cantos da boca como se fosse debulhar-se em lágrimas, acentuando os contornos ossudos de seu rosto delgado. Seu pai sempre lhe dizia que estava magra demais, mas, uma vez que ela comia como um lavrador, ninguém podia acusá-la de nada, senão, talvez, de gulosa.

— Era um homem tão gentil. Sentiremos a sua falta. — Os olhos da mãe pousaram nos de Toby, que permanecia do mesmo jeito, com a boca repleta de flocos de milho. Ela sabia — todos sabiam — que o Sr. Sawcombe era o melhor amigo de Toby. Inclinou-se sobre a mesa e pousou a mão sobre a do filho. — Todos nós sentiremos falta dele, Toby.

Toby não respondeu. Sentindo, porém o toque de sua mãe, encontrou coragem para engolir o que restava dos flocos de milho. Compreensiva, gentilmente removeu a tigela semivazia da frente do filho.

— Tem mais uma coisa — acrescentou Jemmy. — Tom terá que tomar conta da fazenda. A Sra. Sawcombe não estará sozinha.

Tom era o neto de vinte e três anos do Sr. Sawcombe. Toby e Vicky cresceram com ele. Antigamente, quando eram menores, Vicky e Tom costumavam ir juntos às festas, aos bailes do Pony Club e às gincanas de verão no campo. Mas Tom precisou partir para cursar a faculdade de agronomia, e Vicky também cresceu, estudou secretariado e foi para Londres. De alguma forma, os dois, agora, não tinham mais nada em comum.

Toby não se conformava com isso. Vicky fizera um bocado de novos amigos e às vezes os trazia em casa. Mas Toby achava que nenhum deles se comparava a Tom. Havia um, Philip, que viera passar o Ano-Novo com os Harding. O rapaz, bastante alto e bonito, chegou num carro preto que mais parecia um torpedo reluzente. Mas nada não nada com a família Harding, e o pior, não combinava com Vicky. Falava de uma maneira diferente; ria de uma maneira diferente.

No dia de Ano-Novo, fizeram uma festinha, e Tom foi convidado. Vicky tratou-o de modo frio e casual, e Tom, obviamente, saiu magoado. Toby considerou asqueroso o comportamento da irmã. Gostava muito de Tom e não suportou vê-lo ser esnobado daquele jeito. Ao término da noite constrangedora, Toby contou à mãe o que havia acontecido.

— Sei exatamente como se sente — afirmou ela —, mas precisamos deixar que Vicky viva sua própria vida e tome suas próprias decisões. Já está adulta para escolher seus amigos, cometer erros, seguir seu próprio caminho. Tudo isso faz parte da evolução da família.

— Não quero ser parte desta família se Vicky continuar sendo tão grosseira.

— Você está magoado agora, mas tente entender, ela é sua irmã.

— Não gosto daquele Philip.

O horrendo Philip, todavia, desapareceu misericordiosamente da vida de Vicky. Nunca mais ela o convidou para voltar, e, gradativamente, seu nome foi sendo substituído por outros. A família respirou aliviada, e as coisas voltaram ao normal, mas o mesmo não aconteceu com Tom. A partir daquela noite, a amizade que havia entre ele e Vicky fora destruída, e, agora que ela passava um tempo em casa, Tom não aparecia.

— Não, certamente a Sra. Sawcombe não estará sozinha — comentou o Sr. Harding. — Terá com ela um bom garoto. — Consultou o relógio de pulso e levantou-se. — Tenho que ir trabalhar. Obrigado por nos ter dado o recado, Jemmy.

— Sinto muito ter sido o portador de notícia tão triste — lamentou Jemmy e saiu na pequena picape vermelha do correio para avisar o resto da paróquia. O pai de Toby também partiu para o trabalho em seu carro. Vicky subiu para o quarto a fim de se trocar, e Toby e sua mãe ficaram sozinhos na copa.

Ele olhou para ela, que sorriu, e então disse:

— Nunca tive um amigo que morreu.

— Acontece com todo mundo, mais cedo ou mais tarde.

— Tinha apenas sessenta e dois anos. Ele me disse isso anteontem. Não era tão velho.

— Infartes são traiçoeiros. E, pelo menos, ele não sofreu. Teria odiado ter de ficar preso a uma cama ou dependente da família, ser um fardo para todos. Quando as pessoas morrem, Toby, temos que pensar em coisas boas, lembrar dos bons momentos. E ficarmos felizes por eles.

— Não estou feliz pela morte do Sr. Sawcombe.

— A morte faz parte da vida.

— Ele tinha apenas sessenta e dois anos.

— Por que não come seus ovos com *bacon*?

— Não quero ovos com *bacon*.

— Então, o que quer fazer?

— Não sei.

— Por que não vai até a vila chamar David para brincar? — David Harker era seu amigo de férias. O pai gerenciava o *pub* da vila, e às vezes David conseguia um refrigerante ou um saco de batatas fritas de graça.

Toby considerou o assunto. Era melhor do que nada.

— Está certo. — Empurrou a cadeira e levantou-se da mesa. Sentiu um terrível aperto no peito, como se uma lança estivesse fincada em seu coração.

— ... E não fique muito triste pelo Sr. Sawcombe. Ele não iria gostar de vê-lo assim.

Toby deixou a casa e desceu a rua. Entre o caminho e a pastagem de gado que pertencia à fazenda do Sr. Sawcombe havia um pequeno cercado onde Vicky guardava seu pônei. Mas o pônei morrera há tempos, e o pai de Toby cedera o cercado para as quatro ovelhas malhadas da Sra. Sawcombe. Eram as suas favoritas e possuíam nomes antigos, como Daisy e Emily. Certa manhã fria do final de outubro, Toby descera para vê-las e encontrara entre elas um enorme carneiro chifrudo. O animal permanecera ali por algum tempo, aguardando que seu dono chegasse e o enxotasse de volta ao velho caminhão.

Mas havia logrado seu intento. Logo chegaram três pares de cordeiros, e agora Daisy aguardava sua hora. Toby inclinou-se sobre a cerca e a chamou; ela se aproximou vagarosa e dignamente para acariciar-lhe a mão com seu nobre focinho e deixá-lo coçar sua cabeça lanosa por entre sua galhada altiva e envergada.

Toby observou-a profissionalmente, como Tom. Estava imensa e parecia ainda maior devido ao velo comprido e macio.

— Vai parir seus gêmeos hoje? — perguntou ele.

"Daisy também terá gêmeos", previra o Sr. Sawcombe há um ou dois dias, "e teremos quatro pares de cordeiros, Toby. Quatro pares de cordeiros. Isso é tudo que um criador de ovelhas pode querer. Gostaria muito que isso acontecesse. Pelo bem da Sra. Sawcombe, gostaria muito."

Era impossível aceitar que os dois nunca mais se falariam. Era impossível aceitar que ele havia partido, que simplesmente não estava mais ali. Outras pessoas haviam morrido, porém nunca alguém tão próximo de Toby como o Sr. Sawcombe. Seu avô havia morrido, mas isso fazia tanto tempo, que Toby nem se lembrava mais dele. Restaram apenas uma fotografia ao lado da cama da avó e as histórias que ela costumava contar. Após a morte de seu avô, a avó ficara sozinha no velho casarão vazio até que não pôde mais suportar, e então o pai de Toby transformou o quarto dos fundos da casa dos

Harding em uma casa só para ela. Assim, a avó morava com eles agora. Mas, na verdade, não exatamente, pois a casinha ficava bastante separada da casa principal, e ela possuía cozinha e banheiro próprios e preparava suas refeições. Além disso, era preciso bater à porta antes de entrar. A mãe de Toby dizia que era importante bater sempre, pois entrar na casa da avó sem se anunciar era o mesmo que invadir sua privacidade.

Toby deixou Daisy e prosseguiu a caminho da vila, perdido em pensamentos. Conhecia outras pessoas que haviam morrido. A Sra. Fletcher, que tomava conta do armazém e da agência de correio, era uma, e a mãe de Toby usara um chapéu preto para ir ao enterro. Mas a Sra. Fletcher não era sua amiga. Na verdade, Toby sempre a temera, de tão velha e feia que era, sentada atrás do balcão, vendendo selos, como uma enorme aranha negra. Quando a Sra. Fletcher se aposentou, sua filha Olive assumiu seu lugar na loja; mas a Sra. Fletcher ficou lá até morrer, com sua presença taciturna, rangendo a dentadura, scrzindo mcias, prestando atenção em tudo e em todos. Não, ele não gostava da Sra. Fletcher. Não sentia sua falta. Mas tinha saudade do Sr. Sawcombe.

Pensou em David. Vá brincar com David, sugerira sua mãe, mas de repente Toby percebeu que não estava com vontade de ser um astronauta nem de procurar peixes no rio lamacento que corria nos fundos do quintal do *pub*. Iria ao encontro de outro amigo, Willie Harrel, o carpinteiro local. Willie era um homem gentil, de fala mansa, que usava um avental antiquado e um frouxo boné de *tweed*. Toby fizera amizade com ele quando Willie foi a sua casa consertar o guarda-louça da cozinha; depois disso, um de seus passatempos favoritos nas manhãs livres das férias era andar até a vila e trocar algumas palavras com Willie em sua oficina.

Aquela oficina era um lugar mágico, com seu aroma adocicado e o chão salpicado de rebarbas de madeira. Ali, Willie fabricava portões de fazendas, portas de estábulos, caixilhos de janelas, vigas e barrotes. E ali também, de tempos em tempos, Willie construía caixões, uma vez que também era o agente funerário. Nessa função, ele se transformava em outra pessoa, envergava terno escuro e chapéu-coco, e, nesses trajes sombrios, assumia expressão grave e tom respeitoso e melancólico.

A porta da oficina, naquela manhã, encontrava-se aberta. A pequena picape estava estacionada no pátio entulhado de lixo. Toby foi até a porta e espiou. Willie estava recostado sobre a bancada de trabalho, sorvendo uma caneca do chá da garrafa térmica ao lado.

— Willie.

Ele ergueu os olhos.

— Olá, jovem Toby. — Sorriu. — O que o traz aqui?

— Vim porque queria conversar. — Imaginou se Willie sabia sobre o Sr. Sawcombe. Aproximou-se dele e recostou-se na bancada, depois pegou uma chave de fenda e pôs-se a girá-la.

— Está sem nada para fazer?

— Absolutamente nada.

— Vi o jovem David, há poucos instantes, em sua bicicleta, usando um chapéu de caubói. Não é muito divertido brincar de caubói sozinho.

— Não estou com vontade de brincar de caubói.

ROSAMUNDE PILCHER

— Bem, não vou poder parar para conversar com você hoje. Tenho muito o que fazer. Preciso estar na casa dos Sawcombe às onze.

Toby nada disse a respeito. Mas sabia do que se tratava. Willie e o Sr. Sawcombe haviam sido amigos a vida inteira: eram parceiros no time de boliche e supervisionavam os trabalhos da igreja aos domingos. Agora, Willie teria que... Toby arrepiou-se ao entender o que Willie teria que fazer.

— Willie.

— O que foi?

— O Sr. Sawcombe morreu.

— Achei que soubesse — falou Willie, complacente. — Pude ver em seu rosto assim que entrou aqui. — Deixou sobre a bancada a caneca de chá e pousou a mão no ombro de Toby. — Não sofra por isso. Sei que sentirá saudade dele, mas não deve sofrer. Todos sentimos sua morte, lembre-se disso — acrescentou em tom de lástima.

— Ele era o meu melhor amigo.

— Eu sei. — Willie balançou a cabeça. — A amizade é uma coisa engraçada. Você é um garoto, qual é mesmo a sua idade? Oito anos. E pensar que você e Bill Sawcombe se davam tão bem. Costumávamos pensar que era por causa do seu jeito independente, sendo tão mais novo do que Vicky. Um filho temporão. Bill e eu costumávamos chamá-lo de temporãozinho. O temporãozinho dos Harding.

— Willie... você vai fazer um caixão para o Sr. Sawcombe?

— Assim espero.

Toby imaginou Willie fazendo o caixão, escolhendo

a madeira, planejando a tampa, colocando o velho companheiro no interior quente e perfumado do caixão, como se o estivesse deitando na cama. Uma idéia estranhamente consoladora.

— Willie?

— O que foi agora?

— Sei que, quando uma pessoa morre, é colocada no caixão e levada ao cemitério. E sei que, quando alguém morre, vai para o céu ficar com Deus. Mas o que acontece nesse meio-tempo?

— Uhmmm — suspirou Willie. Sorveu outro gole de chá, esvaziando a caneca. Então pousou a mão sobre a cabeça de Toby e lhe deu uma sacudidela. — Isso é um segredo entre mim e Deus.

Ainda assim, não queria brincar com David. Quando Willie partiu para a casa dos Sawcombe em sua picape, Toby decidiu voltar para casa, já que não conseguia pensar em mais nada para fazer. Tomou um atalho pelo pasto de ovelhas. As três que haviam parido estavam no meio do campo com os filhotes à volta. Mas Daisy continuava distante delas, à sombra de um pinheiro alto, protegida do vento e do ofuscante sol primaveril. Ao seu lado, cambaleando sobre as pernas ainda fracas, pequenino como um cãozinho, havia um único cordeiro.

Toby não se atreveu a aproximar-se. Observou-a por um instante, viu o filhote focinhando o enorme corpo lanoso à procura de leite, escutou o balido doce de Daisy se comunicando com o bebê. Percebeu que estava dividido entre a felicidade e a decepção. Felicidade porque o carneirinho estava bem, e decepção porque não eram gêmeos, e a Sra. Sawcombe não teria seus quatro pares de carneiros. Após um momento, Daisy deitou-se pesadamente. O cordeiro caiu ao seu lado. Toby pulou a cerca, atravessou o pasto e entrou em casa para contar à mãe a novidade.

— Sabe da última? Daisy deu à luz um carneirinho.

Sua mãe estava ao fogão amassando batatas para o almoço e virou-se para ele.

— Não são gêmeos?

— Não. Apenas um. Está mamando agora e parece bem. É melhor contarmos a Tom.

— Por que não liga para ele?

Mas Toby não queria telefonar, pois a Sra. Sawcombe poderia atender, e ele não saberia o que dizer.

— Por que a senhora não faz isso?

— Oh, querido. Agora não posso. Estou aprontando o almoço e depois vou sair e levar algumas flores para a Sra. Sawcombe. Deixarei um recado para Tom.

— Acho que ele deveria saber agora. O Sr. Sawcombe gostava de ser avisado assim que as ovelhas davam cria. Por precaução, ele dizia.

— Bem, se acha mesmo necessário, peça a Vicky para ligar para Tom.

— *Vicky?*

— Não há mal em pedir. Ela está lá em cima, passando roupa. E diga a ela que o almoço está na mesa.

Toby foi ao encontro da irmã.

— Vicky, o almoço está na mesa, e Daisy teve um carneirinho, e pensamos que você poderia ligar para os Sawcombe e dar a notícia a Tom. Ele vai gostar de saber.

Vicky pôs de lado o ferro com uma pancada.

— Eu *não* vou ligar para Tom Sawcombe.

— Por que não?

— Porque eu não quero, é por isso. Ligue você.

Toby sabia por que ela não queria ligar para Tom. Porque havia sido tão hostil com ele no Ano-Novo e porque desde então ele não falara mais com ela.

— Ligue você para ele — repetiu ela.

Toby franziu o nariz.

— O que direi se a Sra. Sawcombe atender o telefone?

— Bem, então peça a mamãe para telefonar.

— Ela está ocupada e com pressa porque vai visitar a Sra. Sawcombe depois do almoço.

— Por que ela não deixa um recado para Tom?

— Foi o que ela disse que faria.

— Ora, Toby — retrucou Vicky exasperada —, então para que tanta confusão?

— O Sr. Sawcombe gostava de saber *na mesma hora* — respondeu ele obstinadamente.

Vicky franziu o cenho.

— Não há nada de *errado* com Daisy, há? — Ela gostava de Daisy tanto quanto Toby, e seu tom de voz voltara ao normal agora.

— Acho que não.

— Então ela vai ficar bem — afirmou, desligando o ferro de passar e pondo-o de pé sobre a tábua para esfriar. — Vamos descer e almoçar. Estou faminta.

As nuvens esparsas da manhã tornaram-se mais carregadas e escuras e, após o almoço, começou a chover. A mãe de Toby, envergando uma capa impermeável e um enorme ramalhete de narcisos, saiu de carro rumo à casa da Sra. Sawcombe. Vicky avisou que iria lavar os cabelos. Toby, sem ter com o que se ocupar, subiu ao seu quarto, deitou-se na cama e abriu um livro novo que trouxera da biblioteca, sobre a saga dos primeiros exploradores do Pólo Norte. Contudo, mal terminou o primeiro capítulo, foi interrompido pelo ruído de um carro que avançava rua acima e, por fim, freou bruscamente diante da porta da frente. Toby largou o livro, saltou da cama e foi à janela. Avistou o velho Land-Rover de Tom Sawcombe e, descendo dele, o próprio Tom.

Toby abriu a janela e inclinou o dorso para fora.

— Olá.

Tom parou e olhou para cima. Toby viu seus cabelos louros encaracolados salpicados de pingos de chuva; o rosto corado e os olhos profundamente azuis; os ombros largos sob a jaqueta cáqui feita de retalhos que ele usava para trabalhar; as calças *jeans* desbotadas e as botas de borracha de cano alto.

— Sua mãe me contou sobre Daisy. Vamos dar uma olhada nela. Vicky está aí?

Aquilo era surpreendente.

— Está lavando os cabelos.

— Vá chamá-la. Receio que haja outro carneiro lá dentro e vou precisar de ajuda.

— Eu o ajudo.

— Eu sei, Toby, mas você é pequeno demais para segurar uma ovelha gorda como Daisy. Melhor chamar Vicky.

Toby saiu da janela e foi chamar a irmã.

Encontrou Vicky no banheiro, com a cabeça sobre uma bacia, enxaguando os cabelos com um chuveirinho de borracha.

— Vicky, Tom está aqui.

Vicky fechou a torneira e endireitou o corpo, os cabelos claros pingando sobre a camiseta. Afastou do rosto uma mecha caída e pousou os olhos em Toby.

20   O QUARTO AZUL

— Tom? O que ele quer?

— Ele acha que talvez Daisy tenha outro carneirinho na barriga. Disse que precisa de ajuda e que sou muito pequeno para segurá-la.

Ela alcançou uma toalha e a enrolou na cabeça.

— Onde ele está?

— Lá embaixo.

Num instante ela saiu do banheiro e desceu a escada. Tom os aguardava na sala, como sempre fizera antes de ele e Vicky brigarem.

— Se há outro carneirinho — observou Vicky —, a essa altura não estará morto?

— Precisamos checar. Vicky, pegue um balde com água e sabão e leve-o até o pasto. Toby, venha comigo.

Lá fora, a chuva apertara. Os dois desceram a rua e atravessaram a grande extensão de grama molhada, passaram pelos rododendros e então pularam a cerca. Em meio ao aguaceiro, Toby notou que Daisy os esperava. Estava em pé novamente, protegendo o único filhote, a cabeça voltada para o par de amigos. À medida que se aproximavam, ela soltou um grito de agonia, que nem de longe lembrava seu saudável balido.

— Aí está você — falou Tom gentilmente. — Boa garota. — Aproximou-se e, com destreza, agarrou-a pelos chifres. Daisy não ofereceu resistência como costumava fazer quando alguém a segurava. Talvez soubesse que precisava de ajuda e que Tom e Toby tinham vindo para isso. — Boa garota. Agora, acalme-se. — Tom deslizou a mão pelo dorso encharcado do animal.

Toby observava. Sentia o coração bater acelerado, apreensivo e excitado. Não sentia medo, pois Tom estava ali, assim como nunca temera coisa alguma quando o Sr. Sawcombe ficava a seu lado.

— Mas, Tom, se ela tem outro filhote na barriga, por que ele não saiu ainda?

— Talvez seja grande demais. Ou talvez não esteja na posição certa. — Tom olhou em direção a casa, e Toby, seguindo seu olhar, avistou Vicky, com suas pernas compridas e esguias e os cabelos molhados, cruzando a relva na direção dos dois, com o corpo ligeiramente inclinado pelo peso do balde cheio d'água. Assim que ela os alcançou e deixou o balde no chão, Tom disse: — Muito bem. Agora, segure-a, Vicky. Com firmeza, mas seja delicada. Ela não se oporá. Mantenha os dedos agarrados ao velo. E Toby, segure-a pelos chifres e converse com ela, para tranqüilizá-la. Desse jeito ela saberá que está em boas mãos.

Vicky parecia estar prestes a se debulhar em lágrimas. Ajoelhou-se na lama e envolveu a ovelha em seus braços, pressionando o rosto contra o flanco lanoso de Daisy.

— Pobrezinha. Terá que ser valente agora. Tudo vai dar certo.

Tom retirou a jaqueta, a camisa, a camiseta branca. Nu da cintura para cima, ensaboou as mãos e os braços.

— Agora — comentou ele — vejamos o que está acontecendo.

Toby, que segurava os chifres de Daisy, quis fechar os olhos. Mas não o fez. *Converse com ela*, pedira Tom. Para tranqüilizá-la.

— Pronto, pronto — acudiu Toby, sem conseguir pensar em mais nada. Pronto, pronto, Daisy querida. — Aquilo era o nascimento. O eterno milagre, como costumava dizer o Sr. Sawcombe. Era o começo da vida, e Toby estava ajudando a tornar tudo aquilo possível.

— Vamos lá, vamos lá... — murmurou Tom. — Calma, velha amiga.

Daisy soltou um único gemido de incômodo e dor, e Tom então falou:

— Aqui está. Que colosso! E está vivo!

E lá estava ela, a pequena criatura causadora de tanta confusão. Um cordeiro branco malhado de preto, pelado e untado de sangue, porém, ainda assim, um animal bastante grande e saudável. Toby soltou os chifres de Daisy, e Vicky afrouxou o abraço. Livre, Daisy virou-se para inspecionar o recém-chegado. Com um grunhido de boas-vindas, inclinou-se e lambeu a cria. Em seguida, cutucou o filhote com o focinho, e logo, logo ele começou a se mover, levantando a cabeça e tentando firmar-se sobre as longas pernas vacilantes. Daisy o lambeu novamente, reconhecendo-o como seu, assumindo a responsabilidade, cuidando e amando. O carneirinho ensaiou alguns passos e, encorajado pela mãe, começou a mamar.

Permaneceram ali, depois de Tom ter-se secado com a camisa e se vestido, apesar da chuva, observando Daisy e seus gêmeos; fascinados pelo milagre da vida e satisfeitos com o trabalho em conjunto. Vicky e Toby sentaram-se lado a lado na relva, sob o velho pinheiro escocês, e havia um sorriso no rosto de Vicky que Toby não via há anos.

Ela se virou para Tom.

— Como sabia que havia outro filhote?

— Ela continuava gorda e parecia pouco à vontade. Estava inquieta.

— Agora a Sra. Sawcombe tem seus quatro pares de carneiros — lembrou Toby.

Tom sorriu.

— Isso mesmo, Toby.

— Mas por que o carneirinho não nasceu sozinho?

— Olhe para ele! É um filhote e tanto, de cabeça grande. Vai ficar bem agora. — Ele olhou de volta para Vicky. — Mas você não, se continuar sentada na chuva desse jeito. Vai pegar um resfriado com esses cabelos molhados. — Levantou-se, alcançou o balde e estendeu a mão para Vicky. — Venha.

Ela aceitou a ajuda e pôs-se de pé. Ambos sorriram.

— Que bom que estamos nos falando — constatou ele.

— É — respondeu Vicky. — Sinto muito.

— Também foi minha culpa.

Vicky parecia envergonhada. Sorriu novamente, arrependida, e em seguida o sorriso se desfez.

— Nunca mais vou brigar com você, Tom.

— Meu avô dizia que a vida é curta demais para perdermos tempo com discórdias.

— Ainda não disse o quanto sinto... por ele... todos nós lamentamos muito. Não sei exatamente o que dizer.

— Eu sei — reconheceu Tom. — Certas coisas não têm que ser ditas. Agora vamos.

Ao que parecia, eles haviam esquecido de Toby. Tomaram o rumo de casa, pelo campo, abraçados, os cabelos molhados de Vicky sobre o ombro de Tom.

Ele os viu se afastarem e sentiu-se feliz. O Sr. Sawcombe teria ficado feliz por eles. E também pelos gêmeos de Daisy. O segundo carneiro era um belo animalzinho; não era simplesmente colossal, como Tom descrevera. Possuía manchas simétricas e um visível par de brotos de chifres aninhados entre o velo macio e anelado. Talvez o chamassem de Bill. A chuva engrossou, e o vento frio obrigou Toby a voltar para casa.

Sua mãe retornou da casa da Sra. Sawcombe e preparou-lhe um delicioso lanche com batatas fritas, feijões, torta de ameixa e biscoitos de chocolate. Enquanto comia, ele lhe contou sua grande aventura com Daisy.

— ... Tom e Vicky fizeram as pazes.

— Eu sei. — Ela sorriu. — Ele a levou para dar um passeio em seu Land-Rover. Vicky vai jantar com os Sawcombe.

Após o lanche, o pai de Toby chegou do trabalho, e os dois assistiram ao futebol na televisão; depois Toby subiu para tomar banho. Imerso na água quente que recendia a essência de pinho que ele tirara do vidro de Vicky, constatou que, apesar dos pesares, o dia não fora tão ruim. Com isso, resolveu fazer uma visita a sua avó, que ele não vira o dia todo.

Saiu do banho, vestiu o pijama e o robe, e atravessou o corredor que levava até a casa dos fundos. Bateu à porta, e ela pediu que ele entrasse. Era como entrar num outro mundo, pois a mobília, as cortinas e tudo o mais era bastante diferente de sua casa. Ninguém no mundo possuía tantas fotografias e objetos como ela, e havia sempre fogo na lareira, e, diante dele, sentada numa poltrona larga, estava sua avó, tricotando. Tinha um livro em seu colo. Apesar de ter televisão, não gostava muito de assistir. Preferia a leitura, e Toby sempre a encontrava mergulhada em algum livro. Mas sempre que a interrompia, ela marcava a página com um marcador de couro, fechava o livro e o punha de lado a fim de dar a Toby toda a sua atenção.

— Olá, Toby.

Ela era muito idosa. (As avós dos seus amigos eram

bem mais jovens do que a de Toby, pois seu pai, como ele, também fora temporão.) E era magra, tão magra, que dava a impressão de poder se quebrar, e suas mãos eram quase transparentes; as juntas dos dedos eram tão grossas, que ela sequer podia remover os reluzentes e vistosos anéis que costumava usar o tempo todo.

— O que andou fazendo o dia inteiro?

Ele puxou um banco e sentou-se ao seu lado. Contou-lhe sobre o Sr. Sawcombe, mas ela já estava sabendo. Contou que Willie faria o caixão do Sr. Sawcombe. Contou que não estava com vontade de brincar de caubói com David e contou sobre o novo carneirinho de Daisy. E, finalmente, contou sobre Vicky e Tom.

A avó parecia encantada.

— Essa foi a melhor notícia. Então eles encerraram aquela briga sem propósito.

— A senhora acha que eles vão se apaixonar e se casar?

— Pode ser que sim. Pode ser que não.

— A senhora estava apaixonada quando se casou com o vovô?

— Acho que sim. Faz tanto tempo, que às vezes me esqueço.

— A senhora... — ele hesitou, mas precisava saber, e a avó não se importava com perguntas inconvenientes. — Quando ele morreu... a senhora sentiu muita saudade?

— Por que está perguntando isso? Está com saudade do Sr. Sawcombe?

— Estou. O dia inteiro.

— Vai passar. A saudade vai passar, e então você só se lembrará dos bons momentos.

— Foi assim que aconteceu com a senhora e o vovô?

— Acho que foi. Sim.

— É muito assustador morrer?

— Não sei. — Ela sorriu, sorriso amistoso, divertido e infantil, que contrastava com o rosto inteiramente enrugado. — Nunca morri.

— Mas... — começou ele, compenetrado. Ninguém viveria para sempre. — Mas a senhora não tem *medo*?

A avó inclinou-se a fim de alcançar a mão do neto.

— Sabe — disse ela —, sempre achei que a vida da gente é como uma montanha. E cada um de nós tem que escalá-la sozinho. No início, estamos no vale, entre prados e córregos, e tudo é quente, florido e ensolarado. É quando somos crianças. E então começamos a subir. Pouco a pouco, a montanha se torna mais escarpada e a caminhada não é mais tão fácil. Entretanto, se pararmos vez por outra e olharmos para baixo, veremos que a vista vale o esforço da escalada. E lá no topo da montanha, onde a neve e o gelo brilham sob a luz do sol, e tudo é lindo como uma pintura, vemos que chegamos ao ápice, à grande conquista, ao fim da longa jornada.

Do jeito que ela descrevia, parecia magnífico. Então, com sinceridade, Toby acrescentou:

— Não quero que a senhora morra.

A avó sorriu.

— Ah, meu querido, não se preocupe com isso. Não vou morrer tão cedo, serei uma amolação para vocês por muito tempo. E, agora, por que não tomamos um chá de hortelã e jogamos paciência? Que bom que você veio me ver. Estava começando a ficar enjoada da minha própria companhia.

Mais tarde, Toby desejou-lhe boa-noite e a deixou; escovou os dentes e foi para o quarto. Abriu as cortinas. A chuva havia cessado, e a lua começava a despontar no céu. À meia-luz, avistou a pastagem e as silhuetas das ovelhas e seus carneirinhos, agrupados sob a ramagem protetora do velho pinheiro. Toby tirou o robe e deitou-se na cama. Sua mãe deixara ali um reconfortante saco de água quente, que ele puxou e colocou sobre a barriga. Ali, de olhos bem abertos em meio à doce escuridão, encontrava-se aquecido e pensativo.

Percebeu o quanto o dia fora proveitoso. Aprendera muito sobre a vida. Ajudara em um nascimento e enxergara em Vicky e Tom o início de um novo relacionamento. Talvez viessem a se casar. Talvez não. Caso se casassem, teriam filhos. (Ele já sabia de onde vinham os bebês, pois, certa vez, durante uma conversa sobre reprodução do gado, o Sr. Sawcombe lhe explicara.) O que faria dele, Toby, tio.

E quanto à morte... *A morte faz parte da vida,* dissera sua mãe. E Willie disse que a morte era um segredo entre Deus e ele. Mas a vovó acreditava que a morte era o cume reluzente que cada um de nós encontrará no final da escalada e que talvez seja o melhor de tudo.

O Sr. Sawcombe havia subido a montanha e alcançado o cume. Toby o imaginou lá em cima, triunfante. Usando óculos de sol para se proteger da intensa claridade do céu e o seu melhor terno dominical. E talvez empunhando uma bandeira.

Subitamente, sentiu-se cansado. Cerrou os olhos. Quatro pares de carneiros. O Sr. Sawcombe teria ficado feliz, e era pena que não tivesse vivido mais tempo para saber que Daisy também tivera gêmeos.

Porém, antes que o sono o dominasse, Toby sorriu; subitamente teve certeza de que, onde quer que estivesse, seu velho amigo já sabia.

Um dia de folga

Ao fim de uma viagem de negócios pela Europa que incluíra cinco capitais, sete almoços de diretoria e incontáveis horas despendidas em saguões de aeroportos, James Harner chegou ao Heathrow, vindo de Bruxelas, numa tarde de quarta-feira, no início de abril. O tempo, inevitavelmente, estava chuvoso. Não fora para a cama antes das duas da manhã na noite anterior, sua maleta pesava como chumbo, e tudo levava a crer que pegara um resfriado.

O rosto sereno e barbeado de Roberts, o motorista da agência de publicidade que viera buscá-lo no aeroporto, era a primeira coisa boa que lhe acontecia no dia. Roberts envergava seu quepe pontudo e, logo que o viu, apressou-se em apanhar a maleta de sua mão e saudá-lo.

Foram direto para o escritório, e James, após passar os olhos sobre a mesa de trabalho e presentear sua secretária com o pequeno vidro de perfume comprado no *duty-free*, nada além de sua obrigação, atravessou o corredor até a sala do presidente.

— James! Que ótimo. Entre, meu rapaz. Como foi a viagem?

Sir Osborne Baske não era apenas o presidente da companhia, mas um velho e valioso amigo. Não havia, portanto, necessidade de formalidades ou cortesias, e em meia hora James lhe deixara a par dos acontecimentos: qual cliente se mostrara interessado, qual se mostrara arredio. Deixou o melhor para o fim — duas contas generosas que estavam praticamente garantidas: uma firma sueca de móveis desmontáveis, produtos de primeira linha, mas incluídos na categoria de preços baixos, e uma joalheria dinamarquesa de longa reputação que vinha se expandindo em todos os países do Mercado Comum Europeu.

Sir Osborne sentiu-se gratificado com o que ouviu e não se conteve em dar as boas novas aos demais diretores.

— Faremos uma reunião com a junta diretora na terça-feira. Poderia preparar um relatório completo até lá? Se possível, até sexta. Segunda, no máximo.

— Se tiver o dia livre amanhã, poderei entregar o relatório na sexta pela manhã e enviá-lo aos diretores à tarde.

— Esplêndido. Assim poderão estudá-lo durante o final de semana quando não estiverem jogando golfe. E... — fez uma pausa diplomática, enquanto James, subitamente acometido por um espirro agonizante, tateava à procura do lenço e assoava o nariz — ... pegou um resfriado, meu rapaz?

O presidente pareceu nervoso, como se James pudesse tê-lo infectado. *Sir* Osborne não aprovava resfriados mais do que cintura larga, almoços de negócios e infartos.

— Receio que sim — admitiu James.

— Hummm — considerou. — Vou lhe propor uma coisa, por que não tira um dia de folga amanhã? Parece exausto e terá a chance de preparar o relatório com calma, sem interrupções. Além disso, terá mais tempo para ficar com Louisa, após todo esse tempo fora. O que me diz?

James respondeu que achava a idéia formidável.

— Então, estamos combinados. — *Sir* Osborne levantou-se, encerrando a entrevista abruptamente, antes que outros germes infectassem o ar esterilizado de seu suntuoso escritório. — Se sair agora, chegará em casa antes da hora do *rush*. Nós nos veremos na sexta pela manhã. E, se eu fosse você, cuidaria desse resfriado. Uísque quente com limão antes de ir para a cama. Não há nada melhor.

Quatorze anos antes, quando James e Louisa se casaram, moravam em Londres, num apartamento de sótão em South Kensington, mas, quando Louisa engravidou do primeiro de seus dois filhos, ambos tomaram a decisão de mudar para o campo. E conseguiram, após certo malabarismo financeiro, e nem por um segundo James se arrependia. A longa viagem de duas horas diárias de ida e volta ao trabalho lhe parecia um preço módico a ser pago pelo santuário que era a velha casa de tijolinhos com seu amplo jardim e pela pura satisfação de retornar a ela todas as noites. Tal viagem, apesar do tráfego intenso nas estradas, não o desanimava. Pelo contrário, as horas que passava no carro tornaram-se para ele uma espécie de período de relaxamento, em que punha de lado os problemas do dia.

No inverno, em meio à escuridão, ele atravessava o portão e via, por entre as árvores, as luzes acesas da casa. Na primavera, o jardim ficava inundado de narcisos; no verão, as longas noites modorrentas eram aguardadas com ansiedade. Uma ducha, camiseta e chinelos, drinques no terraço sob a florescência azul-fumê das glicínias e o som dos pombos torcazes vindo da faia do fundo do jardim.

As crianças andavam de bicicleta pela relva e trepavam na escada de corda que levava à casa na árvore, e nos fins de semana o lugar geralmente era invadido por amigos, vizinhos ou refugiados de Londres, que traziam suas famílias e cães, e todos se refestelavam em espreguiçadeiras, com o jornal de domingo nas mãos, ou se entregavam a algum jogo na grama.

E, no centro de tudo, estava Louisa, que nunca deixava de surpreendê-lo, pois na ocasião de seu casamento James não tinha a mais remota idéia do tipo de pessoa que ela realmente era. Gentil e nada exigente, provara, com o passar dos anos, possuir um instinto quase sobrenatural para os afazeres domésticos. Se lhe pedissem que descrevesse com exatidão o que e como ela os fazia, James não teria sucesso. Sabia apenas que a casa, apesar de quase sempre repleta de brinquedos, sapatos e desenhos espalhados pelos cantos, preservava uma acolhedora aura de paz. Sempre havia flores pelos cômodos, sorrisos e comida suficiente para os convidados extras que resolviam ficar para jantar.

Mas o verdadeiro milagre era que fazia tudo isso discretamente. James conhecia outras famílias em que a dona da casa passava o dia com uma aparência exausta, limpando e arrumando, fechada na cozinha, saindo apenas dois minutos antes das refeições, à beira de um colapso. Não que Louisa não entrasse na cozinha, mas as pessoas costumavam segui-la, levando consigo seus drinques ou trabalhos de tricô, e não se importavam

ROSAMUNDE PILCHER

quando ela lhes pedia para cortar vagem ou misturar a maionese. As crianças entravam e saíam do jardim para a cozinha e vice-versa, e também elas costumavam ajudar, descascando ervilhas ou fazendo biscoitinhos com o resto da massa da torta de maçã.

Às vezes ocorria a James que a vida de Louisa, comparada à sua, era bastante monótona. "O que fez o dia todo?", ele costumava perguntar ao chegar em casa e quase sempre obtinha um "Nada demais" como resposta.

Continuava chovendo, e pouco a pouco a tarde ia escurecendo. Agora, alcançara Henborough, a última cidadezinha ao longo da estrada principal antes de chegar ao vilarejo onde morava. O sinal de trânsito estava fechado, e parou o carro próximo a uma floricultura. Lá dentro, avistou tulipas vermelhas, frésias, narcisos. Pensou em comprar algumas flores para Louisa, mas logo o sinal abriu e o tráfego o fez desistir.

Ainda estava claro quando avançou pela passagem ladeada por moitas de rododendros. Diminuiu a marcha e entrou na garagem, desligou o motor, apanhou a bagagem no porta-mala e entrou pela porta da cozinha. Rufus, o velho *cocker spaniel* deitado na cesta, soltou um latido que fez Louisa erguer os olhos de onde estava: à mesa da cozinha sorvendo uma caneca de chá.

— Querido!

Como era bom ser bem recebido.

— Surpresa. — Ele largou a mala e correu para abraçá-la. Sentiu a fragilidade de suas costelas sob o velho suéter azul. Seu corpo cheirava gostoso e estava levemente aquecido pelo calor do fogo.

— Chegou cedo.

— Escapei do trabalho antes do trânsito.

— Como está a Europa?

— No mesmo lugar. — Ele a soltou. — Algo está errado.

— O que poderia estar errado?

— Conte-me você. Não vi bicicleta alguma jogada no meio da garagem, ou vozes estridentes, nem turminhas brincando no jardim. Não vi as crianças.

— Elas foram para Hamble com Helen. — Era a irmã de Louisa. — Você sabia que iriam.

Ele sabia. Simplesmente esquecera.

— Pensei que você as tivesse matado e enterrado no jardim.

Ela franziu o cenho.

— Pegou um resfriado?

— Sim. Em algum lugar entre Oslo e Bruxelas.

— Oh, coitadinho.

— Coitadinho nada. Significa que não precisarei ir a Londres amanhã. Vou ficar aqui, no conforto do meu lar, juntinho da minha mulher, e preparar meu relatório sobre o Mercado Comum Europeu na mesa de jantar. — Ele a beijou novamente. — Senti saudade. Sabia disso? Senti sua falta. Incrível. O que tem para jantar?

— Bifes.

Ótimo. E ele o disse:

— Ótimo. — Abriu a maleta e retirou um vidro de perfume (maior que o de sua secretária), recebeu seu abraço agradecido e subiu para desfazer as malas, despir-se e mergulhar num banho quente.

Na manhã seguinte, James despertou com o brilho tênue do sol e um silêncio inacreditável, quebrado apenas pelo tímido canto dos passarinhos. Abriu os olhos e viu que estava sozinho na cama, e apenas a mossa no travesseiro ao lado testemunhava a presença de Louisa. Notou, surpreso, que não se lembrava de ter tirado um dia de folga no meio da semana em toda a sua vida. Diante da ociosidade, sentiu-se jovem, um colegial em férias. Buscou às apalpadelas seu relógio sob o travesseiro e viu que eram oito e meia. Uma bênção. O uísque quente com limão que consumira à noite surtira efeito, e seu resfriado parecia ter batido em retirada, derrotado. Levantou-se, barbeou-se, vestiu-se e desceu; encontrou a esposa na cozinha, tomando café.

— Como se sente? — ela quis saber.

— Um novo homem. O resfriado cedeu.

Ela foi até o fogão.

— Ovos com *bacon*?

— Perfeito. — Alcançou o jornal. Normalmente, lia-o somente à noite, ao voltar para casa. Havia algo quase obsceno em ler o jornal despreocupadamente à mesa do café. Correu os olhos pelo mercado de ações, esportes, chegando finalmente às manchetes. Louisa começou a encher a máquina de lavar louça. James olhou para ela.

— Isso não é tarefa da Sra. Brick?

A Sra. Brick era a mulher do encanador da região que ajudava Louisa no serviço doméstico. Uma das boas coisas das manhãs de sábado era a chegada da Sra. Brick, movendo-se de um lado para o outro atrás do aspirador de pó e enchendo a casa com o cheiro agradável de cera de assoalho.

— A Sra. Brick não vem às quintas. Nem nas segundas e quartas.

— Nunca?

— Não. Nunca. — Louisa lhe serviu os ovos com *bacon* e uma caneca cheia de café preto. — Vou ligar o aquecedor da sala de jantar. Está gelada. — Ela saiu, provavelmente para fazer o que disse. Pouco tempo depois, o ruído do aspirador de pó perturbou o ar matinal. *Vamos*, o aparelho parecia dizer. *Vamos, vamos.* James vestiu a carapuça, apanhou a pasta e a calculadora, e seguiu para a sala de jantar. O sol da manhã escoava através das enormes janelas. Abriu a pasta e espalhou o que havia nela sobre a mesa. Isso, pensou ele colocando os óculos, é que é vida. Sem interrupções, sem telefone tocando.

Imediatamente o telefone tocou. Levantou a cabeça e ouviu Louisa atendê-lo. Muito tempo depois, escutou um único toque, o que dava a entender que ela desligara. O aspirador tornou a ser ligado. James voltou ao trabalho.

Em seguida, um novo ruído veio importunar a tranqüilidade da manhã. Um zumbido mesclado a um som de algo que se sacudia parecia vir de um local distante. Avaliando o barulho, concluiu que se tratava da lavadora. Então escreveu *Norte da Inglaterra. Cobertura Total.*

Em seguida, sucessivamente, mais dois chamados telefônicos. Louisa os atendeu, mas quando o aparelho tocou pela quarta vez, ela não o atendeu. James tentou ignorar a campainha insistente, mas pouco tempo depois, exasperado, empurrou a cadeira para trás e tomou o corredor em direção à sala de estar.

— Sim?

Uma voz tímida respondeu:

— Ah, alô.

— Quem, está falando? — vociferou James.

— Bem, acho que disquei o número errado. Aí é Henborough, 384?

— Isso. James Harner falando.

— Gostaria de falar com a Sra. Harner.

— Não sei onde ela está.

— Aqui é a Srta. Bell. É sobre as flores da igreja para o próximo domingo. A Sra. Harner e eu sempre fazemos os arranjos juntas, e pensei que talvez neste domingo ela não se importasse de fazê-los com a Sra. Sheepfold, e assim eu e a esposa do pastor ficaríamos encarregadas da outra semana. Sabe, é a filha da minha irmã...

James se viu forçado a estancar a torrente.

— Olhe, Srta. Bell, se esperar um pouco, verei se posso achar Louisa. Não desligue. É só um instante...

Largou o aparelho e foi em direção ao vestíbulo.

— Louisa! — Não houve resposta. Foi até a cozinha. — Louisa!

Um grito indistinto veio dos fundos da casa. Ele saiu e encontrou a mulher no quintal, pendurando tanta roupa no varal, que o lugar mais parecia uma lavanderia chinesa.

— O que foi?

—A Srta. Bell está ao telefone — respondeu. Em seguida, perguntou em tom mais jovial. — Diga-me, Sra. Harner, o que faz para manter as roupas brancas?

Louisa pegou a deixa.

— Ah, eu uso *Sploosh* — respondeu com a mesma voz plangente da mulher do comercial da televisão. — Ele deixa até as cuecas do meu marido claríssimas, e tudo com um delicioso cheirinho de limpeza. O que a Srta. Bell quer?

— Qualquer coisa sobre a filha de sua irmã e a mulher do vigário. Aquele telefone não parou de tocar a manhã inteira.

— Sinto muito.

— Não por isso. Mas estou louco de curiosidade para saber por que você é tão popular.

— Bem, o primeiro telefonema foi de Helen, dizendo que as crianças estão vivas. Depois foi o veterinário, para avisar que está na época da vacina do Rufus. E a terceira vez era Elizabeth Thomson, convidando-nos para um jantar na terça-feira. Você disse à Srta. Bell que eu ligaria de volta?

— Não, disse para ela esperar.

— Oh, James! — Louisa enxugou as mãos no avental. — Por que não disse antes? — E entrou. James tentou pendurar algumas meias, mas achou o serviço aborrecido e frívolo; assim, abandonou a tarefa e voltou à sua improvisada mesa de trabalho.

Escreveu outro cabeçalho e o sublinhou lindamente com tinta vermelha. Eram quase dez e meia, e imaginou se Louisa se lembraria de lhe trazer uma xícara de café.

Ao meio-dia, sua sede não podia mais ser ignorada. Largou a caneta, tirou os óculos e recostou-se na cadeira. O silêncio era imperioso. Levantou-se, foi ao vestíbulo, parou aos pés da escadaria e chamou:

— *Louisa!*

— Estou aqui.

— Aqui onde?

— No banheiro das crianças.

James venceu os degraus à procura da esposa. A porta do banheiro das crianças estava fechada, e, quando ele a abriu, ouviu o aviso. "Tenha cuidado!" Assim o fez, perscrutando pela fresta da porta. Havia panos de chão espalhados no chão; a escada de mão estava armada, e, sobre ela, estava Louisa, pintando a sanefa da cortina. A janela estava aberta, mas ainda assim o cheiro de tinta era forte. E fazia muito frio.

James estremeceu.

— Que diabos está fazendo agora?

— Pintando a sanefa.

— Estou vendo. Mas por quê? Não estava bom?

— Você não viu como estava porque eu a havia coberto com babados e rendas.

Lembrou-se, então, dos babados.

— O que aconteceu com eles?

— Bem, como as crianças não estão, decidi que era uma boa hora para lavar as cortinas do banheiro, e foi o que fiz. E lavei os babados também, mas havia um forro por baixo e estava tão pegajoso, que os babados começaram a se desgrudar, então joguei tudo fora e agora estou pintando a sanefa por baixo para combinar com o resto da pintura e, desse modo, não aparecer.

James ponderou o que ouvira e então falou:

— Entendo.

— Queria alguma coisa? — Estava claro que ela desejava continuar o que estava fazendo.

— Não, nada. Apenas pensei que uma xícara de café seria uma boa idéia.

— Ah, desculpe. Não me lembrei. Nunca tomo café durante o dia, exceto quando a Sra. Brick está aqui.

— Está certo. Não importa. De qualquer forma — acrescentou, esperançoso — mais um pouco e será hora do almoço. — Estava ficando com fome. Voltou ao seu relatório, arranjando-se com uma maçã da fruteira do aparador. Voltando-se mais uma vez para a régua de cálculo e a calculadora, desejou que o almoço fosse algo quente e substancial.

Logo, ouviu Louisa descendo lentamente as escadas, o que levava a crer que estaria carregando a escada de mão e a lata de tinta, e que, por sua vez, significava que havia terminado a pintura da sanefa. Ouviu as gavetas da cozinha abrindo e fechando, panelas se chocando, a batedeira zunindo. Pouco depois, um aroma delicioso permeou todo o ambiente: cebola frita, o cheiro picante de pimentões — o bastante para dar água na boca. Terminou o parágrafo, desenhou mais uma linha caprichada e conclui que merecia um drinque.

Na cozinha, Louisa estava diante do fogão. Ele veio por trás, envolveu-a pela cintura e espiou sobre seu ombro a panela cheirosa que ela mexia.

— Parece muita coisa para duas pessoas — comentou ele.

— Quem disse que é para duas pessoas? É para vinte pessoas.

— Está dizendo que teremos vinte convidados para o almoço?

— Não. Estou dizendo que teremos vinte convidados para o almoço de domingo.

— Mas está cozinhando agora?

— Sim, estou. É um mussacá. E quando eu terminar, vou congelá-lo, e, então, um dia antes do almoço, ele será descongelado e pronto.

— Mas o que vamos almoçar hoje?

— Pode comer o que quiser. Sopa. Pão. Queijo. Ovo cozido.

— *Ovo cozido?*

— O que esperava?

— Carne assada. Costeletas. Torta de maçã.

— James, nunca temos grandes almoços assim.

— Claro que temos. Nos fins de semana, temos.

— Fins de semana são outra história, e comemos ovos mexidos no jantar. Nos dias de semana é exatamente ao contrário.

— Por quê?

— Por quê? Para que você possa fazer uma refeição adequada à noite, quando chega cansado do trabalho. É por isso.

A coisa fazia sentido. James suspirou e se contentou em observá-la temperar o mussacá. Sal, pimenta, uma pitada de ervas sortidas. Sua boca começou a aguar novamente.

— Será que eu não podia comer um pouquinho disso aí? — implorou.

— Não — respondeu Louisa. — James achou sua mulher mesquinha. Como consolo, retirou gelo da geladeira e serviu-se de um revigorante gim-tônica. Com o drinque na mão, saiu em direção à sala de estar na intenção de sentar-se diante da lareira, e terminar de ler o jornal até que o *seu* almoço estivesse pronto.

Mas não havia fogo na lareira, e a atmosfera estava gélida e sombria.

— Louisa!

— Sim? — Seria sua imaginação ou ela estava começando a soar um tanto impaciente?

— Quer que eu acenda o fogo para você?

— Bem, acenda se quiser, mas não será um desperdício já que nenhum dos dois vai ficar aí?

— Você não vai se sentar aqui esta tarde?

— Receio que não — respondeu Louisa.

— A que horas costuma acender o fogo?

— Mais ou menos às cinco. Pode acender se quiser — repetiu ela, mas, perversamente, ele não o fez, e sentiu um certo prazer masoquista em ficar ali sentado, encolhido, lendo o editorial.

Por fim, o almoço estava melhor do que ele esperava. Uma rica sopa de legumes, pão preto, manteiga, um bocado de queijo, uma xícara de café. Acendeu um charuto, apenas para completar a refeição.

— Como está indo? — inquiriu Louisa.

— Como está indo o quê?

— O relatório.

— Falta apenas um terço para finalizá-lo.

— Que bom. Bem, vou deixá-lo em paz para que possa terminá-lo sem interrupções.

— Deixar-me? Por quem você vai me deixar? Diga-me o nome do seu amante.

— Na verdade, eu não tenho amante, mas preciso levar Rufus para passear, e vamos aproveitar e passar no açougue para buscar a carne de cordeiro que o açougueiro me prometeu.

— Quando vamos comer cordeiro? No Natal?

— Não. Hoje à noite. Mas, se vai usar esse tom sarcástico, posso muito bem congelar a carne até que se sinta mais bem-humorado.

— Você não ousaria. O que mais teremos para o jantar?

— Batatinhas e ervilhas congeladas. Nunca pensa em nada além de comida?

— Às vezes penso em bebidas.

— Você é um glutão.

ROSAMUNDE PILCHER

— Sou um *gourmet*. — Ele a beijou, ponderou e acrescentou: — É engraçado beijá-la após o almoço. Nunca a beijo na mesa.

— Não há crianças por perto — disse Louisa.

— Faremos isso mais vezes. Quer dizer, livrar-nos deles. Se sua irmã Helen não puder ficar, ainda nos restará o canil.

Naquela tarde, a casa, sem Louisa e o cachorro, e sem as crianças, convidados ou qualquer tipo de atividade, estava totalmente morta. O silêncio era ensurdecedor, desconcertante como um som contínuo e inexplicável. De onde estava, podia ouvir apenas o tique-taque abafado do relógio do vestíbulo. Ocorreu-lhe que Louisa deveria se sentir assim, com ele em Londres e as crianças na escola. Não era de admirar que falasse com o cachorro.

Quando finalmente Louisa retornou, o alívio foi tão grande, que ele precisou se conter para não ir saudá-la. Provavelmente ela pressentiu a solidão de James, pois no minuto seguinte pôs a cabeça na porta e o chamou pelo nome. James tentou parecer ter sido pego de surpresa.

— O que foi?

— Se precisar de mim, estarei no jardim.

James esperava que ela acendesse a lareira e sentasse diante do fogo, entretida com a tapeçaria, aguardando que ele se juntasse a ela. Sentiu-se traído.

— O que vai fazer no jardim?

— Vou aparar o canteiro de rosas. Não é sempre que tenho oportunidade de cuidar do jardim. Mas, se ouvir uma camionete chegar ou a campainha tocar, será que poderia atender ou me chamar?

— Está esperando alguém?

— O cunhado da Sra. Brick disse que, se fosse possível, viria hoje à tarde.

James não fazia idéia de quem era o cunhado da Sra. Brick.

— O que pretende fazer com ele?

— Bem, ele tem uma serra elétrica. — James olhou para ela totalmente confuso, e Louisa perdeu a paciência. — Ora, James, eu já lhe disse. Uma das faias do bosque tombou, e o fazendeiro disse que eu poderia ficar com os galhos quebrados para servir de lenha, se conseguisse alguém para cortá-los. Então a Sra. Brick me falou que seu cunhado viria aqui. Eu contei a você. O problema é que você nunca ouve o que eu digo e, se ouve, não escuta.

— Está reclamando como uma mulher — James protestou.

— Ora, e o que esperava? De qualquer forma, preste atenção se ouvir alguma coisa. Ficarei enlouquecida se ele vier aqui e achar que não estou em casa novamente.

James concordou que aquilo seria enlouquecedor.

Louisa, convenientemente, fechou a porta e saiu. Pouco depois, ele a viu, calçando botas de borracha, mergulhada no canteiro de rosas. Rufus estava sentado ao lado do carrinho de mão e olhava para ela. "Cachorro estúpido", pensou James. "Podia, no mínimo, ajudá-la".

O relatório o chamava de novo. Não se lembrava de nada que tivesse tomado tanto o seu tempo. Mas, pelo menos, havia se aproximado do cômputo final e lutava para criar uma frase particularmente rebuscada quando a paz foi quebrada pela chegada estridente de um primitivo meio de transporte. O veículo cruzou a entrada e estacionou nos fundos da casa, onde continuava a saculejar enquanto o motorista — que obviamente não queria correr o risco de desligar o motor até que tivesse certeza de que havia alguém — tocava a campainha.

A frase rebuscada perdeu-se para sempre. James levantou-se e saiu para atender. À porta, deparou-se com um homem alto e bonito, de cabelos grisalhos e rosto corado, trajando um par de calças de veludo cotelê e jaqueta de *tweed*. Atrás dele, zumbindo e se sacudindo sobre a pista, lançando nuvens de gases metíficos, estava um judiado caminhão azul, coberto de lama e esterco.

O homem possuía um excepcional e reluzente par de enormes olhos azuis.

— Sra. Harner?

— Não, não sou a Sra. Harner. Sou o Sr. Harner.

— É a Sra. Harner que estou procurando.

— É o cunhado da Sra. Brick?

— Isso mesmo. Redmay é meu nome. Josh Redmay.

James estava desconcertado. O homem não parecia ter nenhum parentesco com a Sra. Brick. Sem dúvida, seus olhos azuis e seu jeito galante lembravam um comandante reformado. Ademais, não parecia alguém acostumado a lidar com pretensos escritores de relatórios.

— A Sra. Harner está no jardim da frente. Se você...

— Eu trouxe a serra elétrica. — O Sr. Redmay não tinha tempo a perder com rodeios. — Onde fica a árvore?

Teria sido esplêndido dizer "dois graus a oeste do sudoeste". Mas tudo que James falou foi:

— Não tenho certeza, mas minha mulher vai lhe mostrar.

O Sr. Redmay mediu James com um demorado olhar, e James, aprumando os ombros e elevando o queixo, enfrentou-o, olhos nos olhos. Em seguida, o Sr. Redmay girou nos calcanhares, subiu na geringonça enlameada e desligou o motor. Em silêncio, o caminhão parou de tremer, mas o cheiro ardente de gás tóxico permaneceu no ar. Da caçamba, ele retirou a serra elétrica e uma lata de óleo. A simples visão da lâmina, uma mandíbula de tubarão recheada de dentes afiados, deixou James apreensivo, e sua mente subitamente foi povoada de visões dantescas das mãos de Louisa sem os dedos.

— Sr. Redmay...

O cunhado da Sra. Brick virou-se. James sentiu-se um tolo, mas não se importou.

— Não deixe minha mulher chegar muito perto dessa coisa, está bem?

A expressão do Sr. Redmay em nada se alterou, mas ele curvou a cabeça na direção de James, apoiou a serra no ombro e desapareceu atrás da casa. *Pelo menos*, pensou James, voltando para dentro, *ele não cuspiu em mim.*

Às quinze para as cinco, o relatório estava pronto. Lido e relido, corrigido, revisado e grampeado. Satisfeito, James enfiou o papel na pasta e fechou-a com um estalo. Na manhã seguinte, sua secretária o datilografaria. À tarde, uma bela cópia estaria na bandeja de entrada de cada um dos diretores da firma.

Estava alquebrado. Espreguiçou o corpo e bocejou. Da outra extremidade do jardim, a serra elétrica continuava a gemer. James levantou-se e caminhou até a sala de estar, apanhou a caixa de fósforos sobre o console da lareira e acendeu o fogo; em seguida, foi à cozinha encher a chaleira e colocá-la no fogo. Viu o cesto de roupas sobre a mesa e a pilha que aguardava ser passada. Viu a tigela de batatas descascadas e, sobre o fogão, uma caçarola fumegante; ergueu a tampa e foi tomado pelo cheiro de sopa de aspargos. Sua favorita.

A chaleira apitou. James preparou o chá e encheu uma garrafa térmica; apanhou as canecas, a garrafa de leite e o pacote de açúcar em torrões. Foi até as latas de biscoito e encontrou um enorme pedaço de pão de frutas. Cortou três fatias substanciais, pôs tudo dentro de uma cestinha, vestiu uma velha jaqueta e saiu de casa.

O entardecer azulado parecia sereno, o ar úmido estava frio e fresco, e cheirava a terra e a verde. Ele atravessou a relva, a pastagem e a cerca que separava seu terreno do bosque de faia. Os gritos da serra aumentaram de volume, e, sem dificuldade, encontrou o Sr. Redmay e Louisa. O Sr. Redmay havia improvisado um cavalete com um toco de árvore, e os dois trabalhavam juntos — o Sr. Redmay empunhava a serra e Louisa fornecia os galhos que, em questão de segundos, eram reduzidos a uma pilha de lenha. O ar estava repleto de pó de serragem.

James achou que os dois pareciam eficientes e amistosos, e sentiu uma pontada de ciúmes. Quem sabe, quando se aposentasse da corrida frenética do mundo da publicidade, ele e Louisa passariam seus anos crepusculares juntos, cortando lenha.

Louisa levantou os olhos e viu o marido se aproximando. Disse qualquer coisa ao Sr. Redmay, e, segundos depois, a serra foi desligada, e o grito da lâmina deu vez ao silêncio. O Sr. Redmay ergueu o corpo e virou-se para ele.

James chegou mais perto, a cestinha na mão, sentindo-se a própria mulher do fazendeiro.

— Achei que era hora de parar para uma xícara de chá.

Foi bastante animado sentar-se ali, em meio à sombra do bosque, tomar chá e comer pão de frutas, escutar os pombos pousarem nas árvores. Louisa parecia exausta, mas inclinou-se sobre o ombro de James e disse com satisfação:

— Olhe para isso. Dá para acreditar que produzimos tanta lenha de uns poucos galhos?

— Como vai levar tudo isso até em casa? — perguntou James.

— Já combinei com a sua esposa — informou o Sr. Redmay, soprando a fumaça do cigarro. — Vou alugar um trator e um *trailer* da fazenda para carregá-los. Amanhã, talvez. Está escurecendo. É melhor encerrarmos por hoje.

Assim, apanharam suas xícaras e voltaram. Em casa, Louisa subiu para tomar banho, mas James resolveu oferecer um drinque ao Sr. Redmay, que aceitou prontamente. Diante da lareira da sala de estar, cada um engoliu duas doses de uísque, e, quando chegou a hora de o Sr. Redmay partir, os dois já eram bons amigos.

— Sabe — declarou o Sr. Redmay — sua mulher vale ouro. — Escalou até a cabine do caminhão e bateu a porta. — Se quiser se livrar dela, avise-me. Sempre consigo emprego para quem trabalha duro.

Mas James respondeu que não queria se livrar da mulher. Por enquanto.

ROSAMUNDE PILCHER

Quando o Sr. Redmay se foi, James entrou em casa e subiu as escadas. Louisa havia saído do banho e vestia agora seu robe de veludo azul, com uma faixa amarrada em torno da cintura estreita. Penteava o cabelo, quando falou:

— Não perguntei sobre o relatório. Conseguiu terminá-lo?

— Consegui. Está pronto. — Sentou-se na beirada da cama e afrouxou a gravata. Louisa borrifou um pouco de colônia no corpo e veio beijar sua testa.

— Trabalhou duro — ela reconheceu, saindo do quarto e descendo as escadas. James ficou ali por um instante, terminou de se despir e tomou banho. Quando desceu, ela havia dado fim ao cesto de roupa, mas ele ainda podia sentir o cheiro das peças recém-passadas. Foi até a sala de jantar e a viu pela porta aberta, pondo a mesa. Parou para olhá-la. Louisa percebeu sua presença e perguntou:

— O que foi? Algo errado?

— Deve estar cansada.

— Nem tanto.

Então, ele perguntou, como perguntava todas as noites:

— Quer um drinque? — E Louisa respondeu, como fazia todas as noites:

— Adoraria um cálice de licor. — Estavam de volta à antiga rotina.

Nada mudara. Na manhã seguinte, James foi para Londres, passou o dia no escritório, almoçou num *pub* com um dos jovens redatores e voltou — na habitual hora do *rush* — à noite para o campo. Mas não foi direto para casa. Parou o carro em Henborough, desceu e entrou na floricultura, onde comprou uma braçada de frágeis junquilhos amarelos, tulipas cor-de-rosa e íris azul-violeta. A moça fez um embrulho com papel de seda. James pagou, levou-as para casa e presenteou Louisa com as flores.

— James... — Parecia abismada, como era de esperar. Ele não tinha o costume de voltar para casa com uma braçada de flores. — Oh, são lindas. — Escondeu o rosto nelas, sorvendo o perfume dos junquilhos. Então olhou para ele. — Mas, por quê...?

"Porque você é minha mulher. A mãe dos meus filhos, o coração da casa. É a fruta do pão, as camisas limpas nas gavetas, a lenha na lareira, as rosas do jardim. Você é as flores na igreja, o cheiro de tinta no banheiro e a menina-dos-olhos do Sr. Redmay. E eu a amo."

— Nenhuma razão especial — ele respondeu.

Ela ergueu o corpo e deu-lhe um beijo.

— Como foi o seu dia?

— Bom. E o seu? O que fez o dia todo?

— Ah — falou Louisa —, nada demais.

Espanholas

Numa quarta-feira do início de julho, o velho almirante Colley faleceu e foi enterrado no sábado seguinte, na igreja da pequena cidade. Duas semanas mais tarde, sua neta Jane se casaria com Andrew Latham na mesma igreja. Os vizinhos ergueram as sobrancelhas, e alguns parentes distantes e idosos enviaram cartas de reprovação. Contudo, a família reuniu-se e decidiu que era isso o que ele teria querido, secou as lágrimas e deu continuidade aos preparativos. "Era isso o que ele teria querido."

Por ser julho e seis e meia da manhã, Laurie despertou com o sol que invadia o quarto. Seus raios deitavam-se na cama como um cálido cobertor e projetavam lascas de luz no espelho triplo da penteadeira, iluminando o tapete rosa-chá. Pela janela aberta, ela avistou o céu azulclaro e limpo anunciando o dia perfeito. Uma brisa soprou do mar e agitou as cortinas estampadas com margaridas que combinavam com o papel de parede e os babados da colcha da cama; foram escolhidas por sua mãe, quando Laurie tinha treze anos e ainda cursava o internato. Lembrou-se do dia em que voltou para casa e encontrou o quarto totalmente redecorado e precisou esconder a decepção, pois, no fundo, suspirava por um quarto simples e austero, como um camarote de navio, com paredes caiadas de branco e espaço para todos os seus livros, e uma cama como a do avô, com gavetas embaixo e uma escadinha para se chegar até ela.

Feliz da noiva que tem o sol por testemunha. Bem abaixo, nas profundezas do velho casarão, Laurie escutou uma porta abrir e fechar, e um dos cachorros começou a latir. Sabia que sua mãe já estava de pé, provavelmente preparando sua matutina xícara de chá, sentada à mesa da cozinha, envolvida com o que certamente seria a última das centenas de listas de tarefas.

Buscar tia Blanche na estação.
Cabeleireiro. Ela vai querer almoçar?
Mandar Robert ao florista buscar os cravos.
Jantar dos cães. NÃO ESQUECER:

Feliz da noiva que tem o sol por testemunha. No patamar da escada, no outro quartinho do sótão, Jane provavelmente dormia. Nunca fora de acordar cedo, e o fato de ser o dia de seu casamento não iria mudar o hábito de vinte e cinco anos. Laurie a imaginou dormindo, loura e corada, o cabelo emaranhado, e o velho ursinho de pelúcia sem olho esmagado contra o queixo. O ursinho era a causa da doce contrariedade de sua mãe, que não concordava que ele acompanhasse a filha na lua-de-mel. Laurie concordava que ele não combinava com romance e camisola de núpcias, mas Jane possuía o dom de aceitar fazer qualquer coisa que lhe mandassem para depois agir exatamente ao contrário. Por isso, Laurie tinha certeza de que, naquela noite, o ursinho estaria na suíte nupcial de algum hotel de luxo.

Sua imaginação vagou pela casa. Pelo quarto de casal de hóspedes, onde dormiam seu irmão mais velho com a esposa. Pelo velho quarto de criança, onde seus sobrinhos ocupavam os berços herdados das tias. Pensou em seu pai, talvez começando a se mexer, a abrir os olhos, a agradecer pelo bom tempo e, finalmente, a se preocupar. Sobre os preparativos da festa, o estacionamento, a qualidade do champanhe, o fato de que precisava alugar as calças do terno que usaria. As contas.

— Não podemos arcar com as despesas de um grande casamento — afirmara ele, categórico, no instante em que o noivado foi anunciado. E os demais assentiram, mas talvez por diferentes razões.

— Não queremos um grande casamento — argumentara Jane. — Apenas uma cerimônia em cartório e um almoço íntimo.

— Não queremos um grande casamento — ecoara sua mãe —, mas a cidade inteira espera isso. Poderíamos fazer algo mais simples...

Restara apenas Laurie e o avô para engrossar o coro da discussão. Mas Laurie não pôde contribuir por estar em Oxford na ocasião do noivado, totalmente envolvida com aulas particulares e conferências. Porém, seu avô foi a favor de que se oferecesse uma recepção.

— Só tenho duas netas — disse ele aos pais de Laurie. — Por que razão fazer uma cerimônia clandestina? Não há necessidade de se montar um toldo. Retirem a mobília da sala de visitas e, se o dia estiver bonito, os convidados poderão circular pelo jardim...

Ela o podia ouvir agora. Virou-se na cama e enterrou a cabeça no travesseiro, tentando lutar contra a imensa onda de pesar que ameaçava tragá-la, pois ele sempre fora seu preferido, seu mais sábio conselheiro, seu melhor amigo. A diferença de idade entre Jane e Robert não era muito grande, mas Laurie chegara seis anos mais tarde, tendo crescido um tanto solitária. "Que engraçadinha ela é", diziam as amigas de sua mãe, achando que Laurie não estivesse escutando. "Tão retraída. Ela não sente falta de outras crianças para brincar?" Mas Laurie não precisava de outras crianças, pois tinha o avô.

Ele servira na Marinha durante toda a vida. Após seu afastamento e a morte da esposa, há mais de vinte anos, ele comprara um pedaço de terra de seu filho, construíra uma casinha e mudara-se para Cornwall, deixando Portsmouth para sempre. Era uma casa feita de cedro, com telhado de sarrafo e uma ampla varanda debruçada sobre o mar. Durante a cheia da maré, a água projetava-se contra as pedras e lembrava ao avô seus dias no mar. Preso ao parapeito, havia um telescópio que lhe servia de distração. Não havia barcos para olhar, pois, embora algumas velhas canoas pesqueiras estivessem ancoradas sobre os seixos da praia bem abaixo da casa, atualmente nada entrava ou saía do estuário senão o próprio mar. Contudo, ele apreciava observar os pássaros e contar os carros na estrada que corria ao longo da praia. Durante o inverno, eram poucos e infreqüentes, mas, com a chegada dos veranistas, os carros se aglomeravam, pára-choque com pára-choque, o sol refletindo nos pára-brisas, num interminável e inevitável congestionamento, como um longínquo zumbido de abelha.

Ele havia morrido na varanda, numa noite cálida, com seu habitual copo de gim na mão e o gramofone tocando na sala logo atrás. Nunca possuiu televisão, mas era louco por música. *"Noite de amor, Ó noite adorada, Ó, Noite divina."* O Barcarolle. Estava escutando O Barcarolle quando morreu, pois encontraram o disco rodando na vitrola, a agulha rangendo sobre o sulco final.

Possuía também um velho piano de armário, que tocava com gosto, mas não com muita elegância. Quando Laurie era pequena, ele a ensinara a tocar algumas canções, e as cantavam juntos, o avô acompanhando ao piano. A maioria das canções de marinheiros não possuía o menor sentido melódico. *Whisky Johnny* ou *Rio Grande*, e *Shenandoah*. Mas sua favorita era *Espanholas*:

Adeus, até logo, espanholas,
Adeus, até logo, moças da Espanha,
Pois temos ordens de navegar para a velha Inglaterra...

Ele a tocava como uma lenta marchinha, com grandes e espalhafatosos acordes, e Laurie precisava segurar as notas e quase sempre acabava sem fôlego.

— Bela marchinha — dizia o avô, lembrando-se de Colours at Whale Island, com a banda da Marinha Real tocando Espanholas, enquanto o capitão inspecionava a guarda, e a Insígnia Branca tremulava alto no céu matinal.

Contava inúmeras histórias, de Hong Kong, Simonstown e Malta. Durante a guerra, lutara no Mediterrâneo, no Extremo Oriente e no Ceilão. Sobrevivera a bombas, naufrágios, navios destroçados, para tornar a emergir, pilheriando, indestrutível, e se transformar num dos mais queridos oficiais chefes de esquadra da Marinha.

Indestrutível. Mas ele não era indestrutível. Ninguém era. Por fim, havia emborcado em sua cadeira, ouvindo *Barcarolle*, e o copo de gim rolara para o chão, espatifando-se. Não havia como saber quanto tempo ele ficara ali sentado sem que alguém soubesse o que lhe havia acontecido; mas um dos pescadores locais que passava em seu barco o vira e percebera que algo estava errado; subira até a casa, o boné nas mãos, e descobrira o inevitável.

Adeus, até logo, espanholas...

Durante o funeral, eles cantaram "Santo, Santo, Santo!" e "Pai Eterno é Forte para Salvar". E Laurie olhara para o caixão simples, coberto com a Insígnia Branca, e explodira em lágrimas, precisando ser discretamente conduzida a uma porta lateral por sua mãe. Nunca mais estivera na igreja desde o funeral e arranjara uma série de desculpas para não comparecer ao ensaio da cerimônia de casamento ontem. "Serei a única dama de honra e sei exatamente o que devo fazer. Não vejo razão para ensaiar e tenho muito a fazer aqui; ajudar a mudar a mobília de lugar e a aspirar o tapete da sala de visitas."

Mas hoje... hoje era o dia do casamento e não poderia haver desculpas.

E não havia desculpa para ficar na cama. Laurie levantou-se, vestiu-se, escovou o cabelo e saiu para ver a irmã. Jane tomara o desjejum na cama, coisa que, por ser preguiçosa, adorava. Laurie detestava, porque sempre terminava sentada em migalhas.

— Bom-dia — cumprimentou ela. — Como está se sentindo? — Beijou a irmã.

— Não sei. Como deveria me sentir? — respondeu Jane.

— Nervosa?

— Nem um pouco. Estou bastante tranqüila.

— É um dia especial — comentou Laurie, puxando o ursinho sob o travesseiro. — Olá, ursinho — saudou. — Seus dias estão contados.

— De jeito algum — protestou Jane, puxando-o de volta. — Ainda há vida nele. Tem que sobreviver para ser malhado pelos nossos filhos. Pegue uma torrada.

— Não, coma você. Vai precisar de energia.

— Você também vai precisar de energia para fazer a coisa certa, como pegar o buquê quando eu o atirar em sua direção e seduzir o padrinho.

— Ah, Jane.

— Ora, vamos, é William Boscawan. É tanto sacrifício assim seduzir William? Sei que você rosna feito um animal selvagem sempre que ele se aproxima, mas a culpa é sua. Ele sempre foi gentil com você.

— Sempre me tratou como se eu fosse uma garotinha de dez anos.

William Boscawan sempre foi objeto de controvérsia. Seu pai era o advogado da família, e William entrara para a firma há cerca de cinco anos e, com isso, voltara a morar e trabalhar na vizinhança. E não voltara apenas para isso, mas para partir o coração de todas as moças do condado. Chegara a ter um pequeno flerte com Jane até perder a afeição dela permanentemente para Andrew Latham, o que em nada abalara sua amizade com Andrew, e, quando terminaram os preparativos para o casamento, não houve surpresa quando Andrew anunciou que William seria seu padrinho.

58   O QUARTO AZUL

— Não entendo por que você não gosta dele.

— Mas eu gosto dele. Não há nada de errado com ele. Eu apenas o acho um adulador.

— Ele não é nem um pouco adulador. É um doce.

— O que quero dizer... ora, você sabe o que quero dizer. O carro, o barco e todas aquelas garotas revirando os olhos toda vez que ele olha para elas.

— Está sendo mesquinha. Ele não pode evitar que as garotas se apaixonem por ele.

— Gostaria mais dele se não fosse tão bem-sucedido.

— Isso parece dor-de-cotovelo às avessas. Só porque outras pessoas gostam dele, não há motivo para você não gostar.

— Eu já lhe disse que não desgosto dele. Quer dizer, não há nada nele para se desaprovar. Mas às vezes eu adoraria que ele tivesse sardas no rosto ou que o pneu de seu veloz carro furasse, ou que ele caísse na água quando estivesse velejando.

— Você não tem jeito. Vai terminar com um velho e aborrecido acadêmico com óculos de fundo de garrafa.

— Isso mesmo, é com esse tipo de homem que eu saio por aí o tempo todo.

As duas se entreolharam e, então, começaram a rir. Jane disse:

— Eu desisto. Seus argumentos venceram.

— Ainda bem — falou Laurie. — Agora, vou tomar café. — Dirigiu-se para a porta, mas assim que a abriu, Jane a chamou num tom de voz diferente, e Laurie virou-se, com a mão na maçaneta.

— Laurie... vai ficar bem?

Laurie a encarou. Nunca estiveram tão próximas, nunca trocaram confidências ou compartilharam segredos, e Laurie sabia o esforço de Jane para fazer tal pergunta. E sabia também que deveria pôr abaixo a barreira que ela própria erguera, mas era sua única proteção contra a solidão, a sensação dolorosa da perda. Sem isso, se sentiria perdida e provavelmente explodiria em lágrimas incontroláveis.

Podia sentir cada nervo do seu corpo se contraindo, como uma anêmona do mar quando tocada.

— O que quer dizer? — Mesmo para ela, seu tom de voz soou frio.

— Sabe o que quero dizer. — A pobre Jane parecia em agonia. — O vovô... — Laurie nada disse. — Todos sabemos que está sendo pior para você do que para qualquer um de nós — prosseguiu Jane. — Você sempre foi a preferida dele. E, agora, hoje... Eu não teria me importado de adiar o casamento. Não teria me importado de me casar no cartório. Andrew pensa como eu. Mas mamãe e papai... bem, não seria justo para eles...

— A culpa não é sua, Laurie.

— Não quero que você fique triste. Não quero sentir que estamos fazendo você mais infeliz do que já está.

— A culpa não é sua — repetiu ela. Nada mais parecia haver para ser dito, por isso saiu do quarto, fechando a porta atrás de si.

A manhã avançava. A casa, agora impessoal, despida da mobília, lentamente foi sendo tomada por estranhos. Chegavam os fornecedores, picapes surgiam à porta, pessoas subiam mesas e dispunham sobre elas copos e taças que pareciam bolhas de sabão reluzindo sob o sol.

A florista surgiu numa camionete a fim de dar o toque final nos arranjos sortidos que havia preparado no dia anterior. Robert foi à estação buscar tia Blanche. Uma das crianças adoeceu. O pai de Laurie não conseguia encontrar seus suspensórios, e sua mãe, num súbito destempero, anunciou que não usaria o chapéu confeccionado para a cerimônia. Desceu as escadas com ele a fim de provar seu ponto de vista. Era um tipo de boina de padeiro em seda cor-de-rosa, enfeitado com azaléias.

— Estou horrível com isso — protestou, e Laurie percebeu que ela estava prestes a sucumbir às lágrimas, mas todos trataram de lhe dizer que estava esplêndida e que, quando estivesse penteada e usando o vestido de casamento, iria arrasar. Ainda não estava convencida quando o cabeleireiro chegou, mas a virada dos acontecimentos felizmente a distraiu e ela consentiu em subir ao quarto para se pentear.

— Ótimo — exclamou o pai de Laurie. — Nada como um novo cabeleireiro para abrandar os nervos. Ela vai ficar bem agora. — Olhou para Laurie enquanto corria a mão sobre os raros cabelos. — Você está bem? — perguntou. — Seu tom era casual, mas ela sabia que ele se referia ao seu avô e não pôde suportar. Então, deliberadamente, respondeu:

— Não vou usar chapéu, apenas uma flor. — Notou a expressão do pai e se odiou pelo que disse, mas antes que pudesse acrescentar qualquer coisa, ele deu uma desculpa e se retirou, e então era tarde demais.

O serviço de bufê forneceu o almoço, e todos comeram na cozinha, a família reunida em torno da mesa, degustando a bizarra refeição — galantina de frango, salada de batatas e torta de amêndoas, quando normalmente comiam sopa, pão e queijo. Após o almoço, todos subiram para se trocar, e Laurie escovou os cabelos sedosos, enrolou-os para cima num coque no alto da cabeça e fixou uma única camélia entre os cachos. Só então deslizou pela cabeça o longo vestido lívido, por sobre a anágua, e fechou a fileira de pequeninos botões que havia na frente. Prendeu o colar de pérolas em torno do pescoço, alcançou o buquê de dama de honra e foi admirar-se diante do espelho comprido pendurado atrás da porta. O que viu foi uma menina, pálida e pouco familiar, o pescoço exposto pelo cabelo escovado para o alto, os olhos castanhos sombreados, o rosto vazio de expressão. Ela pensou: "É assim que pareço desde que o vovô morreu. Intocável, inatingível. Quero falar sobre ele, mas não posso. Ainda não. Se conseguir sobreviver ao dia de hoje, talvez possa vir a falar. Mas por enquanto não."

Abriu a porta, desceu os degraus íngremes e bateu à porta do quarto da mãe. Entrou e a viu sentada diante da penteadeira, passando o rímel nos cílios antes de finalmente ter de lidar com o pavoroso chapéu. Seu cabelo, recém-penteado pelas mãos habilidosas do cabeleireiro, caía em generosos cachos sobre o pescoço. Estava imensamente bonita. Seus olhos encontraram os de Laurie no espelho. Após um instante, ela se virou na banqueta a fim de admirar a filha mais nova. Com um ligeiro tremor na voz, suspirou:

— Ah, querida, você está linda.

Laurie sorriu.

— Por acaso achou que eu não estaria?

— Claro que não. É que, de repente, me senti orgulhosa de você.

Laurie foi beijá-la.

— Estou adiantada — observou. E acrescentou: — Também está linda. E o chapéu ficou bonito.

Sua mãe a pegou pela mão.

— Laurie...

Laurie puxou a mão.

— Não me pergunte se estou bem. Não me fale sobre o vovô.

— Querida, eu compreendo. Todos sentimos sua falta. Todos estamos com o coração dilacerado. Ele deveria estar aqui hoje e não está. Mas, por Jane, por Andrew, pelo vovô, não devemos ficar tristes. A vida continua, e ele não gostaria de que alguma coisa estragasse esse dia.

Laurie afirmou:

— Não vou estragá-lo.

— Será pior para você. Sabemos disso.

— Não quero falar sobre isso.

Laurie desceu as escadas. Estava tudo pronto para a recepção. Tudo parecia pouco familiar e estranho. Não apenas a casa, a irreconhecível sala de visitas, os imponentes arranjos de flores e a disposição das mesas. Mas ela própria. O toque suave do vestido fino contra a pele, os sapatos delicados nos pés, o frio no pescoço sem a habitual cascata de cabelos sobre os ombros. Nada era como antes. Sabia que nada tornaria a ser como antes. Talvez fosse esse o início da idade adulta. Talvez, quando realmente estivesse velha, olhasse para trás e pensasse: "Aquilo foi o início. Aquele foi o dia em que deixei de ser criança, em que soube que as boas coisas da vida não duravam para sempre."

Segurando o buquê, passou pelas portas envidraçadas, sentou-se numa cadeira da varanda e avistou o jar-

ROSAMUNDE PILCHER

dim. Pequenas mesas e cadeiras haviam sido dispostas sob guarda-sóis floridos que lançavam sombras arredondadas sobre a grama. Mais ao longe, o jardim se debruçava sobre as águas azuis do estuário. Os mastros dos barcos pesqueiros se faziam notar por trás da sebe fúcsia e do telhado alcantilado da casa do avô. Laurie pensou na magia e nos caprichos do tempo; em poder voltar o relógio. Em ter doze anos novamente, de *short* e tênis, correndo pelo gramado com a toalha de banho debaixo do braço, para buscar seu avô e levá-lo ao passeio diário que faziam à praia. Ou apanhar o trenzinho até o centro da cidade, onde ele compraria tabaco e lâminas de barbear e um sorvete de casquinha para ela, e ambos se sentariam sobre a mureta do ancoradouro, sob a luz do sol, para juntos observar a movimentação dos barqueiros.

Um carro aproximou-se da casa. Laurie escutou o ruído dos cascalhos, a porta batendo, mas não deu importância, presumindo que seria mais um dos organizadores da festa, algum *barman* recrutado na última hora ou o carteiro trazendo telegramas de felicitações aos noivos. Mas a porta da frente se abriu, e uma voz masculina chamou:

— Há alguém aí? — Sem dúvida, era o padrinho, William Boscawan.

William era a última pessoa que ela desejava ver. Laurie ficou em silêncio, dura como uma pedra. Ouviu-o cruzar o vestíbulo e abrir a porta da cozinha.

— Tem alguém aí?

Ainda em silêncio, atravessou a relva sob o calor intenso da tarde. A brisa tocou sua saia fina e comprida, soprando o tecido contra suas pernas, e as solas dos sapatos novos deslizaram ligeiramente sobre a grama escorregadia. Alcançou o portão na sebe fúcsia sem ser vista. Fechou o portão e cruzou o caminho que levava à casa de cedro.

A porta estava destrancada. Na verdade, nunca fora trancada. Laurie entrou e sentiu o cheiro do soalho de cedro, da fumaça de cachimbo e do rum aromático que o velho costumava usar nos cabelos. As paredes do corredor estreito eram repletas de fotografias dos barcos que ele comandara. Laurie viu o enorme gongo do templo birmanês e os chifres do gnu que ele abatera na África do Sul. Abriu a porta da sala de estar e entrou. Lá estavam os tapetes persas surrados, as velhas poltronas de couro. O ambiente estava abafado; uma mosca-varejeira zumbia contra as janelas cerradas na extremidade oposta da sala. Caminhando até lá, ela destrancou as janelas, e o inseto voou para fora. A sala entulhada e abandonada recebeu uma súbita rajada de vento. Laurie saiu para a varanda, e a maré projetou-se contra a muralha sob seus pés, e o estuário estava azul como o céu e salpicado de reflexos coloridos.

Laurie sentiu-se subitamente exausta, como se, para chegar lá, tivesse caminhado vários quilômetros. A cadeira do avô ficava ao lado do telescópio. Sentou-se nela, espalhando cuidadosamente as dobras da saia do vestido para não o amarrotar. Recostou a cabeça e cerrou os olhos.

Uma série de ruídos começou a povoar sua mente. O trânsito da estrada, as ondas da maré alta, o grasnar de uma gaivota solitária. Pensou em permanecer ali, sozinha, impassível, pelo resto do dia... sem precisar ir ao casamento, sem ter que falar com ninguém...

Uma porta se abriu em algum lugar. A corrente de

ar varreu a casa e tangeu as cortinas pesadas da sala de estar. Laurie abriu os olhos mas não se moveu.

A porta tornou a fechar-se. No instante seguinte, William surgiu pela porta da varanda. Pisou a soleira e permaneceu olhando para Laurie. Mesmo num momento de tamanha consternação, ela tinha que admitir para si mesma que, com o terno de padrinho e o cravo branco na lapela, ele estava sensacional. O colarinho branco engomado acentuava o tom bronzeado de sua tez, o cabelo castanho combinava com o paletó escuro, os sapatos reluziam. William não era bonito, mas sua masculinidade, seu sorriso, seus olhos azuis brilhantes culminavam num homem tão atraente, que não se podia ignorar.

— Oi, Laurie — cumprimentou ele.

— O que está fazendo aqui? — inquiriu ela. — Você não deveria ajudar Andrew a chegar na igreja com antecedência?

William sorriu.

— Andrew está mais calmo do que eu — respondeu ele. Entrou na sala e voltou com uma cadeira, em que se sentou, frente a frente com ela, as longas pernas esticadas, e as mãos nos bolsos da calça. — Mas está nervoso quanto aos confetes na bagagem. Por isso vim buscar a mala de Jane para escondê-la em algum carro insuspeito. Ele disse que não se importa com latas penduradas no pára-choque nem com trutas escondidas no motor, mas não quer confetes espalhados pelo chão do quarto do hotel.

— Você viu Jane?

— Não, mas seu pai desceu com a bagagem dela. Foi aí que ele percebeu que você não estava em casa, mas uma das garçonetes a viu descendo o jardim, por isso vim para cá. Apenas para me certificar de que está tudo bem.

— Estou bem — falou Laurie.

— Não está pensando em não ir ao casamento, está?

— Claro que não — afirmou ela friamente. — Não é melhor você voltar para buscar Andrew antes que o pânico se instale?

William consultou o relógio.

— Está tudo bem. Ainda temos dez minutos. — Ele esticou o corpo e olhou à sua volta. — Esse lugar é mesmo fantástico. Parece que estamos sobre a ponte de um navio.

Laurie recostou-se na cadeira.

— Você sabia — perguntou ela — que esse lugar nem sempre foi um estuário? Há muito, muito tempo atrás, antes que tudo isso fosse coberto de areia, havia aqui um canal de águas profundas que se estendia alguns quilômetros terra adentro. Então vieram os fenícios, navegando pelo fluxo da maré com seus navios abarrotados de especiarias e damascos e todos os tesouros do Mediterrâneo. E eles ancoravam, descarregavam, negociavam suas mercadorias e tornavam a zarpar em suas longas e arriscadas jornadas pelo mar, carregados até a amurada de estanho córnico. Isso aconteceu há cerca de dois mil anos. Pense nisso. Dois mil anos. — Ela o fitou. — Sabia disso?

— Sabia — respondeu William. — Mas gostei de ouvir de novo.

— É interessante, não é?

— Sim. Dá proporção às coisas.

— Meu avô me contou — acrescentou ela.

— Foi o que imaginei.

Sem pensar, Laurie continuou:

— Sinto muito a falta dele.

— Sei que sente. Acho que todos sentimos. Era um grande homem. Teve uma vida e tanto.

Ela nunca havia pensado que alguém como William sentiria falta do almirante. Virou-se para ele com certa curiosidade no olhar e pensou: "Nem ao menos o conheço." Não era o mesmo que conversar com um estranho no trem. Subitamente, pareceu-lhe fácil.

— Não que eu estivesse com meu avô o tempo todo. Quer dizer, estive fora de casa ultimamente. Mas quando eu era garotinha, sempre estávamos juntos. Não consigo me acostumar à idéia de que nunca mais tornarei a vê-lo.

— Entendo.

— Não é apenas pelas histórias que ele contava, como a dos fenícios de dois mil anos atrás. Muita coisa havia acontecido em sua *própria* vida. O mundo inteiro mudou diante de seus olhos. Ele se lembrava de tudo. E sempre tinha tempo para conversar. Respondia perguntas e explicava as coisas. Sabia como um barco pode navegar contra o vento e o nome das estrelas. Sabia como usar um compasso e como jogar Mah Jong e gamão. Quem de nós saberá contar aos filhos de Robert tantas coisas incríveis?

— Talvez tenhamos que tentar — sugeriu William.

Ela encontrou seus olhos. Sua expressão era lúgubre.

— Acha que estou dificultando as coisas, não acha? — perguntou ela.

— Não.

— Sei que estou sendo difícil, e todos acham que estou estragando o casamento de Jane. Não é essa minha intenção. Apenas gostaria de ter tido mais tempo... Mas esse casamento... — De repente, seus olhos se encheram de lágrimas. — Ah, se pudéssemos adiá-lo... Apenas por alguns dias. Não suporto a idéia de ter que entrar na igreja. Não suporto a idéia de ter que sorrir e ser gentil com as pessoas. Não suporto nada disso. Todo mundo diz que vovô gostaria que seguíssemos adiante, exatamente da maneira que o casamento foi planejado. Mas como as pessoas podem *saber* o que ele gostaria? Ninguém perguntou a ele, pois ele não estava mais aqui. Como eles podem *saber*...?

Ela não pôde continuar. As lágrimas rolaram em seu rosto. Tentou escondê-las, mas William puxou um lenço do bolso da calça e lhe ofereceu, e Laurie o aceitou em silêncio, enxugou as lágrimas com o tecido macio de algodão e assoou o nariz. Desesperada, confessou:

— Gostaria de ficar aqui para sempre.

Ele sorriu e disse:

— Isso de nada adiantaria. Não traria o almirante de volta. E você sabe que está errada. Ele realmente gostaria que o casamento acontecesse. Ele mesmo disse isso. Visitou meu pai duas semanas antes de morrer. Provavelmente já não estava se sentindo bem ou talvez tenha tido um tipo de premonição, mas eles conversaram sobre o casamento, e o almirante disse a meu pai que, se algo acontecesse a ele, não queria, sob nenhuma circunstância, que alterasse os planos para o casamento de Jane.

Laurie enxugou as lágrimas novamente. Após um instante, ela quis saber:

— Isso é *realmente* verdade?

— Dou-lhe minha palavra. Não é típico do velho almirante? Sempre gostou das coisas planejadas, calculadas. E vou lhe dizer mais uma coisa, embora não devesse me adiantar. É um segredo, por isso terá que guardá-lo para você. — Laurie franziu a testa. — Ele deixou esta casa para você. Queria que fosse sua. Era sua neta preferida e sua melhor amiga. Mas não comece a chorar de novo, porque seu rosto vai ficar vermelho e borrado e, em vez de uma linda dama de honra, será a moça mais feiosa da festa. Hoje é um dia muito feliz. Não olhe para trás. Pense em Jane e Andrew. Erga o queixo. O almirante ficaria orgulhoso de você.

— Tenho medo de parecer uma tola.

— Não vai parecer.

Chegara a hora. Na entrada da antiga capela, a noiva, seu pai e a dama de honra se punham a postos. Acima, o clangor dos sinos matrimoniais fora silenciado. De dentro da nave repleta vieram os sussurros e cochichos impacientes da jubilosa congregação. Laurie deu um beijo em Jane e se abaixou para ajeitar a saia do vestido da irmã. O buquê da noiva recendia a angélicas.

O vigário, empertigado, com sua sobrepeliz branca, aguardava para guiar a pequena procissão. A responsável pelo cerimonial fez um sinal para a Srta. Treadwell, a professora do educandário local que tocava órgão. A música começou. Laurie respirou fundo. Começaram a caminhar, passando pela porta e descendo os dois degraus baixos e largos.

Dentro, a igreja estava à meia-luz, florida e perfumada. O sol brilhava através dos vitrais, enquanto a elegante congregação se punha de pé. Laurie não pensou no funeral do avô. Em vez disso, concentrou-se no chapéu cor-de-rosa de sua mãe, nos ombros largos do irmão, nas cabecinhas delicadamente penteadas de seus sobrinhos. "Um dia", pensou ela, "quando forem maiores, vou contar-lhes sobre os fenícios. Contarei a eles todas as coisas maravilhosas que meu avô me contou."

Era algo bom para se lembrar. Era como olhar para frente. Subitamente, Laurie percebeu que o pior havia passado. Não estava mais se sentindo nervosa e deprimida. Sentia-se maravilhosamente calma, percorrendo o corredor lajeado atrás da irmã, ao compasso da música.

A música. A música que a Srta. Treadwell tocava. Era ressonante, triunfante, perfeitamente adequada a uma cerimônia de casamento. Provavelmente nunca havia sido executada antes numa ocasião como aquela, contudo, as notas fluidas e alegres os guiavam em direção ao altar.

Espanholas

Laurie sentiu um nó na garganta. "Eu não sabia. Não sabia que tocariam a música do vovô ao invés da marcha nupcial."

Mas como poderia saber? Recusara-se a comparecer ao ensaio e provavelmente ninguém de sua família teve coragem de lhe contar.

Adeus, até logo, Espanholas...

Vovô. Ele estava ali. Estava na igreja, festejando a tradição, a cerimônia, encorajando a todos. Ainda era parte da família.

Adeus, até logo, moças da Espanha

Andrew e William aguardavam no final do corredor. Ambos se viraram para olhar a pequena procissão que se aproximava. Os olhos de Andrew estavam sobre Jane, e neles havia orgulho e admiração. Mas William...

William olhava para Laurie, a expressão firme, interessada, tranqüilizadora. Laurie percebeu que o nó em sua garganta havia se desfeito e que não iria chorar. Desejou encontrar uma forma de dizer a William que seu avô estava ali. William piscou para ela. Foi então que Laurie percebeu em seu olhar e em seu sorriso que não precisava lhe contar. Ele sabia.

O Natal da Srta. Cameron

A cidadezinha chamada Kilmoran possuía variadas faces, e todas elas, para a Srta. Cameron, eram lindas. Na primavera, as águas do estuário assumiam um tom azulanil; em terra, os campos ficavam repletos de carneiros, e os narcisos dos jardins dos chalés bailavam com o vento. O verão trazia os turistas; famílias inteiras acampavam na praia, nadavam sobre as ondas rasas; o sorveteiro estacionava a camionete próximo ao quebra-mar; um velho e seu burrico davam carona para as crianças. E então, em meados de setembro, os turistas sumiam, as casas de veraneio eram trancadas, e suas janelas brancas eram como olhos a espiar o mar e as colinas da costa distante. A região rural zumbia com as máquinas de ceifar, e, enquanto as folhas começavam a se desprender das árvores e as marés tempestivas do outono traziam o mar à beira da muralha que sustentava o jardim da Srta. Cameron, os primeiros gansos selvagens chegavam do norte. Quando isso acontecia, ela sabia que já era inverno.

E talvez, pensava a Srta. Cameron reservadamente, essa fosse a época mais bonita do ano. Sua casa era voltada para o sul e para o braço de mar, e, embora ela sempre despertasse com a escuridão, o vento e o barulho da chuva, havia vezes em que o céu amanhecia claro e limpo, e, em tais manhãs, ela ficava deitada na cama e observava o sol avermelhado avançar horizonte acima, inundando sua cama com um brilho rosado refletido na cabeceira de bronze e no espelho da penteadeira.

* * *

Hoje, vinte e quatro de dezembro, era uma dessas manhãs. Era véspera de Natal. Ela estava só e assim estaria no dia seguinte. Mas não se importava. Ela e sua casa fariam companhia uma à outra. Levantou-se para fechar a janela. Havia uma glace de neve nas distantes montanhas Lammermuirs, e uma gaivota pousou na muralha da extremidade do jardim, grasnando ante um pedaço de peixe podre. Subitamente, abriu as asas e voou. A luz do sol tangiu suas penas brancas, transformando-a numa magnífica ave cor-de-rosa, e tamanha beleza encheu de prazer e excitamento o coração da Srta. Cameron. Observou seu vôo até perder o pássaro de vista e só então virou-se para procurar os chinelos e descer para preparar um bule de chá.

A Srta. Cameron tinha cinqüenta e oito anos. Até dois anos atrás, morava em Edimburgo, numa casa alta, fria e voltada para o norte, onde nascera e crescera. Fora uma criança solitária, filha de pais tão mais velhos do que ela, que na ocasião em que completou vinte anos, os dois já estavam entrando na velhice, o que a impediu de sair de casa e ter sua própria vida. De alguma forma, conquistou certa liberdade. Cursou a faculdade, ainda que na

Universidade de Edimburgo e continuando a morar com os pais. Depois disso, conseguiu um emprego de professora, porém na escola local. Ao completar trinta anos, não havia como abandonar os pais idosos, que — incrivelmente, pensava ela — eram responsáveis por sua existência.

Quando completou quarenta anos, sua mãe, que nunca fora muito robusta, sofreu um infarto, esteve acamada por um mês e faleceu. Após o enterro, a Srta. Cameron e seu pai voltaram para a casa alta e sombria. Ele subiu as escadas e sentou morosamente diante da lareira, e ela desceu até a cozinha a fim de preparar um bule de chá. A cozinha ficava no porão, e a janela era gradeada a fim de desencorajar possíveis intrusos. A Srta. Cameron, esperando a água da chaleira ferver, olhou, por entre as grades, para o pequeno átrio de pedra que havia nos fundos da casa. Tentara cultivar gerânios ali, mas eles não vingaram, e por esse motivo nada havia para ser visto senão um broto de salgueiro que teimava em crescer. As grades faziam a cozinha parecer uma prisão. Ela nunca havia pensado dessa forma e só então se deu conta disso. Era verdade. Nunca escaparia dali.

Seu pai viveu mais quinze anos, e ela continuou a lecionar até que ele se tornou frágil demais para ficar só, ainda que apenas por um dia. Resignada, decidiu que era hora de se aposentar do ofício que não a fizera exatamente feliz, mas pelo menos preenchera sua vida; e continuou em casa, devotando seu tempo ao que restara da vida do pai. Possuía pouco dinheiro guardado e supôs que seu velho pai também tivesse suas reservas, de tão frugal a vida que levavam, de tão zeloso que ele era com coisas como carvão e aquecimento central e pelos lazeres modestos de que desfrutavam.

Ele possuía um carro antigo, que a Srta. Cameron dirigia e, nos dias quentes, o levava para passear — ele com um terno cinza de *tweed* e um chapéu preto que o fazia parecer um agente funerário — pelo litoral ou pelo campo, ou ainda para o Holyrood Park, onde ele podia arriscar uns poucos e trôpegos passos ou tomar sol sentado na relva escarpada de Arthur's Seat. Mas o preço da gasolina subiu vertiginosamente, e, sem consultar a filha, o Sr. Cameron vendeu o carro, e ela não possuía dinheiro suficiente para comprar outro.

A Srta. Cameron tinha uma amiga, Dorothy Laurie, com quem cursara a universidade. Dorothy casara-se com um jovem médico, agora um eminente neurologista, com quem tivera um número satisfatório de filhos, todos já adultos. Dorothy sempre se mostrara indignada com a situação da amiga. Achava — e dizia — que os pais da Srta. Cameron haviam sido egoístas e inconseqüentes, e que o velho piorava a cada ano. Quando o carro foi vendido, ela explodiu.

— Isso é ridículo — sibilou enquanto tomava chá em sua sala de estar ensolarada e florida. A Srta. Cameron havia convencido a faxineira a ficar até mais tarde e servir o chá para o Sr. Cameron e assegurar-se de que ele não cairia da escada caso precisasse usar o banheiro. — Ele não pode ser tão sovina assim. Não quer arcar com as despesas de um carro que não pode dirigir. E certamente não teria essa despesa por você, teria?

A Srta. Cameron não gostava de lembrar que o pai nunca pensava em ninguém senão em si mesmo.

— Não sei.

— Então, precisa descobrir. Fale com o contador dele. Ou com o advogado.

— Dorothy, não posso fazer isso. Seria desonesto. — Dorothy soltou um gemido de desaprovação. — Não quero perturbá-lo — prosseguiu a Srta. Cameron.

— Fará bem a ele perturbar-se um pouco. Se alguém o perturbasse de vez em quando, não seria um... — Dorothy engoliu o que ia dizer e emendou a frase — ... homem tão egoísta.

— Ele é sozinho.

— É claro que é sozinho. Pessoas egoístas sempre acabam sozinhas. A culpa é toda dele. Há anos que vive sentado naquela poltrona sentindo pena de si mesmo.

Aquilo era verdade, e a Srta. Cameron não teve como argumentar.

— Pois bem — enfatizou ela com frieza —, não há solução. Ele está beirando os noventa. É tarde demais para tentar modificá-lo.

— Certo, mas não é tarde demais para *você* se modificar. Não se deixe envelhecer com ele. Precisa ter sua própria vida.

Finalmente ele morreu, uma morte indolor e tranqüila, tendo adormecido após uma noite calma e um excelente jantar preparado pela filha, sem nunca mais acordar. A Srta. Cameron ficou feliz que seu fim tivesse chegado de maneira tão sossegada. Um número surpreendente de pessoas compareceu ao funeral. Um ou dois dias depois, a Srta. Cameron foi convidada a comparecer ao escritório do advogado de seu pai. Lá chegou, com um chapéu preto e os nervos à flor da pele. Entretanto, nada aconteceu como ela imaginava. O Sr. Cameron, velho escocês matreiro que era, havia dado as cartas com cautela. A avareza, a austeridade de anos, havia sido um enorme e magnífico blefe. Em seu testamento, ele deixara para a filha a casa, seus bens mundanos e mais dinheiro do que ela jamais havia sonhado. De maneira polida e aparentemente controlada, como sempre, ela deixou o escritório de advocacia e saiu na ensolarada praça Charlotte. O vento fresco fazia tremular uma bandeira sobre a torre do castelo. Ela andou até o Jenners e pediu uma xícara de café, e, então, rumou para a casa de Dorothy.

Ao ouvir a novidade, Dorothy ficou, ao mesmo tempo, furiosa com o Sr. Cameron e feliz pela sorte da amiga.

— Poderá comprar um carro agora. Poderá viajar. Ter um casaco de pele, fazer um cruzeiro. O que quiser. O que pretende fazer? O que vai fazer com o resto de sua vida?

— Bem — respondeu ela, cautelosa. — Vou comprar um carrinho. — A idéia de ser livre, fluida, sem ninguém além de si mesma para pensar, levaria algum tempo para ser digerida.

— Não vai viajar?

Mas a Srta. Cameron não tinha grandes desejos de viajar, exceto um dia vir a conhecer Oberammergau e Passion Play. E também não desejava fazer cruzeiros. O que ela queria era outra coisa. Algo com que sonhou a vida inteira. E que agora poderia realizar.

— Vou vender a casa de Edimburgo — anunciou — e comprar outra.

— Onde?

Sabia exatamente onde. Kilmoran. Tinha estado lá, aos dez anos, durante um verão, convidada pelos amáveis pais de uma colega de escola. Fora um feriado tão feliz, que a Srta. Cameron nunca mais esqueceu.

— Vou morar em Kilmoran.

— Kilmoran? Mas fica do outro lado do estuário...

A Srta. Cameron sorriu para a amiga; um sorriso que Dorothy nunca havia visto e que a fez silenciar.

— É lá que quero morar.

E assim o fez. Comprou uma casa sobre um socalco, com vista para o mar. Nos fundos, ao norte, seu aspecto era triste e modesto, com janelas quadradas e uma porta que dava acesso direto à calçada. Mas por dentro era linda, uma casa georgiana em miniatura, com o vestíbulo em ardósia e uma escadaria em espiral que levava ao segundo andar. A sala de estar ficava no segundo piso, e nela havia uma janela de sacada; diante da casa estendia-se um jardim retangular e um muro que o protegia dos ventos do mar. Nele havia um portão alto e, atrás, uma escadaria de pedra que terminava na praia. No verão, as crianças corriam ao longo do quebra-mar, berrando umas com as outras, mas a Srta. Cameron não se importava com seus gritos nem com o barulho das ondas ou com o grasnado das gaivotas, ou o ruído dos ventos eternos.

Havia muito a ser feito na casa e muito a ser gasto com ela, porém, munida de coragem, ela fez e gastou. Mandou instalar aquecimento central e vidros duplos nas janelas. Reformou a cozinha e encomendou armários de pinho para a copa, e os antigos acessórios brancos descascados do banheiro deram lugar a novos, verde-água. Delicadas e selecionadas peças de mobília foram cuidadosamente retiradas da velha casa de Edimburgo e transportadas num enorme caminhão até Kilmoran, juntamente com a porcelana, a prataria, as fotografias de família. Mas ela encomendou novos tapetes e cortinas, trocou o papel das paredes e pintou de branco os detalhes em madeira de sua nova residência.

Quanto ao jardim, bem, ela nunca tivera um jardim. Comprou livros sobre o assunto e passou a estudá-los à noite na cama, e plantou escalônias, verônicas, tomilhos e limônios; e comprou um pequeno cortador de grama, com o qual se divertia, aparando ela mesma a relva alta.

Foi no jardim que, inevitavelmente, conheceu seus vizinhos. À direita, viviam os Mitchell, um casal de idosos aposentados. Conversavam junto ao muro, até que um dia a Sra. Mitchell a convidou para jantar e jogar *bridge*. Pouco a pouco, tornaram-se amigos, mas eles eram antiquados e formais e nunca chegaram a sugerir que a Srta. Cameron os chamasse por seus nomes de batismo, e, por ser reservada demais, a Srta. Cameron nunca ousou tal coisa. Pensando no assunto, percebeu que a única pessoa que a chamava pelo primeiro nome era Dorothy. Era triste quando as pessoas deixavam de perceber que você tinha nome. Significava que estava envelhecendo.

Entretanto, os vizinhos que moravam à esquerda eram pessoas inteiramente diferentes. Aquela não era sua residência fixa, e eles só a utilizavam nos finais de semana e nas férias.

— São os Ashley — informou a Sra. Mitchell à mesa do jantar, quando a Srta. Cameron fizera, discretamente, uma ou duas perguntas sobre a casa fechada do outro lado do jardim. — Ele é arquiteto, e seus clientes são de

Edimburgo. Estou surpresa de que nunca tenha ouvido falar dele, tendo morado lá a vida inteira. Ambrose Ashley. Casou-se com uma moça muito mais jovem do que ele... uma pintora, eu acho..., e eles têm um filha. Parece-me uma boa menina... Sirva-se de mais uma fatia de quiche, Srta. Cameron, ou prefere um pouco mais de salada?

Os Ashley apareceram na Páscoa. A Sexta-Feira Santa estava fria e luminosa, e, quando a Srta. Cameron foi ao jardim, ouviu vozes e viu que as venezianas estavam fechadas, mas que as janelas tinham sido abertas. Uma cortina cor-de-rosa flutuava na brisa. Uma moça apareceu na janela superior, e, por um segundo, ela e a Srta. Cameron se fitaram. A Srta. Cameron sentiu-se embaraçada. Virou-se e entrou. Seria terrível se eles achassem que ela os estava espiando.

Contudo, mais tarde, enquanto arrancava as ervas daninhas, ouviu alguém chamar seu nome. Era a mesma moça, que a observava por sobre o muro do jardim. Seu rosto era redondo e sardento, seus olhos, castanhos, e seus cabelos ruivos eram cheios e voavam com o vento.

A Srta. Cameron levantou-se e atravessou o gramado, retirando as luvas de jardinagem.

— Meu nome é Frances Ashley... — Apertaram as mãos sobre o muro. De perto, a Srta. Cameron pôde notar que ela não era tão jovem quanto aparentava à primeira vista. Havia algumas rugas em torno dos olhos e da boca, e certamente o tom dos cabelos não era natural. Mas por parecer sincera e possuir uma aura de vitalidade, a Srta. Cameron perdeu um pouco a timidez e sentiu-se, quase imediatamente, à vontade.

Os olhos castanhos passearam pelo jardim da Srta.

Cameron. — Deus do céu, você deve ter trabalhado duro aqui. É tudo tão bonito e organizado. Vai fazer alguma coisa no domingo? Domingo de Páscoa? Faremos um churrasco no jardim, isto é, se não chover. Venha, se não se importar de compartilhar do nosso piquenique.

— Ah, quanta gentileza! — A Srta. Cameron jamais fora convidada para um churrasco. — Acho que... gostaria muito de ir.

— Por volta de uma hora. Pode entrar pelo portão da praia.

— Já estou ansiosa.

Durante os dois dias que se seguiram, ela percebeu que, com os Ashley por perto, a vida era bastante diferente. Havia muito mais barulho, porém um barulho agradável. A Srta. Cameron ouvia suas vozes, suas gargalhadas, sua música que atravessava janelas e paredes. Enchendo-se de coragem para ouvir o "rock pesado" ou como quer que se chamasse esse estilo musical, reconheceu as notas de Vivaldi e encheu-se de prazer. Distraía-se com os vestígios da pequena família. O pai, muito alto, magro e distinto, já grisalho, e a filha, tão ruiva quanto a mãe, usava calças *jeans* desbotadas que faziam suas pernas parecerem intermináveis. Além deles, havia outros hóspedes na casa (e a Srta. Cameron imaginou onde estariam instalados), e, à tarde, todos costumavam invadir o jardim ou a praia, jogando ridículos jogos com bola, mãe e filha de cabelos vermelhos parecendo irmãs, correndo descalças na areia.

O Domingo de Páscoa amanheceu ensolarado, ainda que o vento estivesse frio e impiedoso e se pudesse avistar, ao longe, os últimos vestígios da neve presa ao topo das montanhas Lammermuirs. A Srta. Cameron foi à igreja e voltou para trocar o traje domingueiro por algo mais informal e adequado a um piquenique. Jamais usara calças compridas, mas encontrou uma saia e um suéter confortáveis e uma parca que a deixaria aquecida e protegida dos ventos marinhos. Trancou a porta da frente, cruzou o jardim e saiu pelo portão. Caminhou junto à muralha do mar e tornou a entrar pelo portão do jardim dos Ashley. A fumaça do churrasco subia alto, e o pequeno gramado estava povoado de gente de todas as idades, alguns sentados nas cadeiras de jardim, outros acomodados sobre tapetes. Todos pareciam bastante animados e íntimos, e por um segundo a Srta. Cameron foi acometida de timidez e desejou não ter aparecido. Foi então que Ambrose Ashley materializou-se ao seu lado, segurando um garfo comprido com uma salsicha queimada espetada na ponta.

— Srta. Cameron. Que boa surpresa. Que bom que veio. Feliz Páscoa. Venha conhecer nossos amigos. Frances! A Srta. Cameron está aqui. Convidamos os Mitchell também, mas eles ainda não chegaram. Frances, o que faço para diminuir o fogo da churrasqueira? Não posso oferecer essa salsicha para ninguém senão para um cachorro.

Frances riu.

— Então encontre um cachorro e lhe dê a salsicha, e comece tudo de novo... — e de repente a Srta. Cameron também estava rindo, pois era realmente cômico ver o Sr. Ashley, com a expressão séria, segurando na mão uma salsicha queimada. Então alguém lhe ofereceu uma cadeira e, um outro, um cálice de vinho. Já estava prestes a lhe contar quem era e onde morava quando foi interrompida por uma terceira pessoa que lhe oferecia um prato de comida. Ergueu os olhos e viu a filha dos Ashley. Os olhos castanhos eram da mãe, mas o sorriso cativante ela herdara do pai. Não teria mais do que doze anos, mas a Srta. Cameron, que acompanhara o crescimento de várias crianças durante os anos em que lecionou, sabia que aquela menina se tornaria uma linda moça.

— Gostaria de comer alguma coisa?

— Adoraria. — Procurou à sua volta um lugar para colocar o copo e então o deixou sobre a grama. Aceitou o prato, o guardanapo e os talheres. — Obrigada. Acho que ainda não sei o seu nome.

— Bryony. Espero que goste de filé malpassado, pois é como este aqui está.

— Parece delicioso — observou a Srta. Cameron, que gostava de seus filés muito bem-passados.

— E a batata assada já está com manteiga. Fiz isso para que a senhorita não precise se levantar. — Sorriu e saiu para continuar a ajudar a mãe.

Tentando se acertar com os talheres, a Srta. Cameron virou-se para o vizinho.

— É uma linda menina.

— Sim, ela é um amor. Vou lhe servir mais um cálice de vinho e depois a senhorita vai me contar tudo sobre a casa fascinante em que mora.

Foi uma festa maravilhosa que não terminou antes das seis. Quando decidiu partir, a maré estava tão alta, que não quis se arriscar a caminhar ao longo do muro do mar e voltou para casa pelo modo convencional — a porta da frente. Ambrose Ashley a acompanhou. Quando abriu a porta, virou-se para agradecer-lhe.

— Foi uma festa e tanto. Eu me diverti a valer. Quase me senti uma boêmia, bebendo todo aquele vinho no meio do dia. E espero que, quando vierem aqui da próxima vez, venham me visitar e almoçar comigo.

— Adoraríamos, mas não voltaremos tão cedo. Vou lecionar numa faculdade do Texas. Viajaremos para lá em julho. Pretendo tirar umas pequenas férias e então começar a trabalhar no outono. Será uma espécie de licença. Bryony irá conosco. Terá que estudar na América, mas achamos melhor não deixá-la aqui sozinha.

— Será uma experiência maravilhosa para todos vocês! — Ele sorriu para ela, e ela arrematou: — Deixarão saudades.

Passaram-se as estações. A primavera deu lugar ao verão, ao outono, ao inverno. Com as tempestades, as escalônias dos Ashley caíram do muro; sendo assim, a Srta. Cameron foi ao jardim dos vizinhos, munida de um pedaço de arame a fim de amarrá-las. Novamente era Páscoa, era verão, e os Ashleys ainda não haviam retornado. Apenas no final de agosto eles reapareceram. A Srta. Cameron saíra para fazer compras e devolver um livro à biblioteca. Virou a esquina no fim da rua e avistou o carro deles estacionado diante da porta da frente, e seu coração pulou, sobressaltado. Entrou em casa, depositou a cesta sobre a mesa da cozinha e correu para o jardim. Atrás do muro, estava o Sr. Ashley, tentando cortar a grama alta e desigual com uma foice. Ele ergueu os olhos e a viu, parando imediatamente o que estava fazendo.

— Srta. Cameron. — Largou a foice e foi cumprimentá-la.

— Estão de volta. — Ela mal podia conter a alegria.

— Estamos. Acabamos ficando mais tempo do que havíamos planejado. Fizemos muitos amigos, e havia muito para ver e muito para fazer. Foi uma experiência extraordinária para todos nós. Mas agora estamos de volta a Edimburgo, e eu de volta ao trabalho.

— Quanto tempo vão ficar aqui?

— Acredito que apenas duas noites. Vou levar pelo menos dois dias para me livrar de toda essa grama...

Mas a Srta. Cameron estava entretida com outra coisa. Um movimento vindo da casa chamou sua atenção. A porta foi aberta, e Frances Ashley apareceu e desceu os degraus em direção a eles. Após um instante de hesitação, a Srta. Cameron sorriu e disse:

— Seja bem-vinda. Estou feliz em vê-los de novo.

Desejou muito que eles não tivessem percebido sua hesitação. Não queria, por nada desse mundo, que imaginassem que ela estava surpresa e admirada. Pois Frances Ashley voltara da América maravilhosamente grávida.

— Ela vai ter outro bebê — comentou a Sra. Mitchell. — Depois de todo esse tempo, vai ter outro bebê.

— Bem, não há razão para não ter outro bebê — observou a Srta. Cameron timidamente. — Isto é, se é o que ela quer.

— Mas Bryony já deve estar com quatorze.

— Isso não importa.

— Sim, eu sei que não importa... é só que... bem, não é muito comum.

As duas senhoras fizeram uma ligeira pausa, concordando com o comentário.

ROSAMUNDE PILCHER

— Mas — acrescentou a Sra. Mitchell delicadamente — ela não é tão jovem assim.

— Ela parece muito jovem — comentou a Srta. Cameron.

— Sim, realmente parece jovem, mas deve estar com pelo menos trinta e oito. Quer dizer, sei que, comparados a nossa idade, trinta e oito não são nada. Mas é muita idade para se ter um filho.

A Srta. Cameron não tinha percebido que a Sra. Ashley tinha trinta e oito anos. Às vezes, quando ela corria na areia na companhia da filha pernalta, ambas aparentavam ter a mesma idade. Então disse:

— Tenho certeza de que tudo vai dar certo — mas, na verdade, não tinha tanta certeza assim.

— Claro que vai — concordou a Sra. Mitchell. As duas se entreolharam e, então, rapidamente, desviaram o olhar.

O inverno tornou a chegar e, com ele, o Natal, e a Sra. Cameron estava só novamente. Se os Mitchell estivessem ali, ela os teria convidado para almoçar amanhã, mas eles decidiram passar o Natal em Dorset, com a filha casada. Assim, a casa deles estava vazia. Do outro lado, a casa dos Ashley estava ocupada. Haviam chegado de Edimburgo há um ou dois dias, mas a Sra. Cameron ainda não os tinha encontrado. Sentia que deveria, mas, por alguma razão obscura, era mais difícil fazer contato no inverno. Não poderiam conversar sobre o muro do jardim, uma vez que ficavam confinados dentro de casa, as cortinas cerradas e a lareira acesa. Além disso, era acanhada demais para encontrar um bom motivo para bater à porta deles. Se os conhecesse melhor, poderia ter comprado presentes de Natal, mas seria embaraçoso se eles não tivessem nada para oferecer a ela. E havia ainda a complicação da gravidez da Sra. Ashley. No dia anterior, a Srta. Cameron a observara, enquanto ela pendurava roupa no varal, e, ao que parecia, o bebê chegaria a qualquer momento.

À tarde, a Sra. Ashley e Bryony saíram para um passeio pela praia. Andaram lentamente, sem apostar corridas, como costumavam fazer. A Sra. Ashley calçava botas de borracha e caminhava pesadamente, como se estivesse cansada e carregasse não apenas o peso do bebê, mas todos os problemas do mundo. Até mesmo o brilho de seus cabelos ruivos desaparecera. Bryony diminuiu a marcha a fim de tentar acompanhar os passos da mãe, e, quando retornaram do breve passeio, Bryony estava com a mão no braço da mãe, amparando-a.

"Não posso me envolver com elas", pensou a Srta. Cameron rapidamente. "Não posso me tornar uma velha intrometida que espiona os vizinhos e inventa histórias sobre eles. Não tenho nada a ver com isso."

Noite de Natal. Determinada a ser festiva, a Srta. Cameron dispôs os cartões sobre a lareira e encheu uma tigela com azevinho; buscou lenha, limpou a casa e, à tarde, saiu para uma longa caminhada pela praia. Ao retornar, a noite havia caído, o céu estava estranhamente nebuloso, e um vento ruidoso soprava do oeste. Ela cerrou as cortinas e preparou um bule de chá. Acabara de se sentar para saborear a bebida, os joelhos bem próximos do fogo da lareira, quando o telefone tocou. Levantou-se para atendê-lo e ficou surpresa ao ouvir a voz masculina. Era Ambrose Ashley, da casa ao lado.

— Então você está aí — falou ele.

— Claro que estou.

— Estou indo aí.

Ele desligou. No minuto seguinte, a campainha da porta da frente soou, e ela foi atendê-la. Ele estava na calçada e parecia pálido e descarnado como um esqueleto.

— O que aconteceu? — perguntou ela na mesma hora.

— Preciso levar Frances ao hospital, em Edimburgo.

— Começou o trabalho de parto?

— Não sei. Mas faz uns dois dias que ela não se sente bem. Estou com medo. Liguei para o médico, e ele disse para levá-la para o hospital imediatamente.

— O que posso fazer para ajudar?

— É por isso que estou aqui. Poderia ficar com Bryony para nós? Ela queria ir conosco, mas prefiro não levá-la e não quero que ela fique sozinha.

— Claro. — Apesar da ansiedade, a Srta. Cameron estava lisonjeada. Eles precisavam de ajuda. E recorreram a ela. — Mas acho que seria melhor se ela viesse para cá. Seria mais fácil para ela.

— Você é um anjo.

Ele voltou para casa. No momento seguinte, retornou, com o braço em torno da esposa. Cruzaram a calçada, e ele gentilmente a ajudou a entrar no carro. Bryony vinha atrás, carregando a mala da mãe. Estava usando o habitual par de calças *jeans* e um pulôver branco de lã, e, quando se abaixou no carro para abraçar e beijar a mãe, a Srta. Cameron sentiu um aperto na garganta. Quatorze anos, pelo que sabia, era uma idade impossível. Velha o bastante para compreender e jovem demais para ser de alguma ajuda. Guardara mentalmente a imagem de Bryony e sua mãe correndo na areia da praia, e seu coração chorou pela menina.

90 O QUARTO AZUL

A porta do carro bateu. O Sr. Ashley deu um beijo na filha.

— Ligarei mais tarde — informou ele às duas e sentou-se ao volante. Minutos depois, o carro havia partido, e a luz da lanterna traseira fora engolida pela escuridão. A Srta. Cameron e Bryony ficaram ali, na calçada, em meio ao vento frio da noite.

Bryony tinha crescido. Estava quase tão alta quanto a Srta. Cameron, e foi ela quem falou primeiro.

— Importa-se se eu ficar na sua casa? — Sua voz era fria e controlada.

A Srta. Cameron decidiu seguir seu exemplo.

— De modo algum — respondeu.

— Só vou trancar a casa e pôr a proteção na lareira.

— Faça isso. Estarei esperando você.

Quando ela chegou, a Srta. Cameron tinha posto mais lenha na lareira, preparado um bule de chá fresco, apanhado mais uma xícara e um pacote de biscoitos de chocolate. Bryony sentou-se no tapete em frente à lareira, os joelhos magros contra o peito, envolvendo a xícara de chá com os dedos longos, como se quisesse se aquecer.

— Não deve se preocupar. Tenho certeza de que tudo vai ficar bem.

— Ela não queria o bebê — suspirou Bryony. — Quando tudo começou, quando ainda estávamos na América, ela disse que estava velha demais para ter um bebê. Mas então foi se acostumando com a idéia e passou a ficar excitada só de pensar nele, e saíamos para comprar roupinhas em Nova Iorque e coisas assim. Mas no último mês, tudo mudou. Ela parece tão cansada e... temerosa.

— Nunca tive um bebê — admitiu a Srta. Cameron

ROSAMUNDE PILCHER

— por isso não sei como as mulheres se sentem. Mas imagino que seja um período bastante emotivo. E não há como evitar. Não adianta que as pessoas lhe digam para não se sentir deprimida.

— Ela diz que está velha demais. Está com quase quarenta.

— Minha mãe tinha quarenta anos quando eu nasci, e eu fui sua primeira e única filha. E não há nada de errado comigo e não havia nada de errado com minha mãe.

Bryony fitou-a, a atenção voltada para a revelação.

— É verdade mesmo? A senhorita se importava com o fato de ela ser velha?

A Srta. Cameron percebeu que aquela era a hora da verdade.

— Não, de jeito algum. E com o seu bebê será diferente, pois você vai estar lá. Não posso pensar em nada melhor do que ter uma irmã quatorze anos mais velha. É como ter a melhor tia do mundo.

— O pior é que — contrapôs Bryony — eu não me importaria muito se algo acontecesse ao bebê. Mas não suportaria se alguma coisa acontecesse à minha mãe.

A Srta. Cameron se inclinou para frente e deu-lhe um tapinha no ombro. — Não vai acontecer nada. Não pense mais nisso. Os médicos cuidarão dela. — Pensou que seria melhor mudar de assunto. — Bem. É noite de Natal. Gostaria de ouvir os cânticos na televisão?

— Não, se não se importa. Não quero pensar no Natal e não quero assistir à televisão.

— Então o que gostaria de fazer?

— Acho que gostaria apenas de conversar.

O coração da Srta. Cameron estava apertado.

— Conversar. Sobre o que quer conversar?

— Podíamos conversar sobre você.

— Sobre mim? — Apesar de tudo, ela teve que rir. — Deus do céu, que assunto mais aborrecido você foi escolher. Uma velha solteirona praticamente caduca!

— Quantos anos tem? — inquiriu Bryony tão naturalmente, que a Srta. Cameron respondeu da mesma forma. — Mas cinqüenta e oito anos não é tanto assim! É só um ou dois anos mais velha do que meu pai, e ele é jovem. Pelo menos é o que eu acho.

— Receio não ser uma pessoa muito interessante.

— Acho que todo mundo é interessante. E sabe o que foi que minha mãe disse quando a viu pela primeira vez? Disse que a senhorita tinha um rosto bonito e que gostaria de conhecê-la. O que acha disso?

A Srta. Cameron corou.

— Ora, isso é muito lisonjeiro...

— Então me conte sobre a sua vida. Por que comprou esta casinha? Por que veio morar *aqui*?

E assim a Srta. Cameron, normalmente tão reservada e calada, começou, com certo embaraço, a contar sua história. Contou-lhe sobre as primeiras férias em Kilmoran, antes da guerra, quando o mundo era jovem e inocente, e se podia comprar um sorvete de casquinha por um centavo. Contou a ela sobre seus pais, sua infância, a velha casa alta em Edimburgo. Contou sobre a universidade e como havia conhecido sua amiga Dorothy, e, subitamente, essa torrente incomum de reminiscências deixou de ser uma provação para ser um tipo de confissão. Foi agradável lembrar-se da velha escola onde, por tantos anos, lecionara, e foi capaz de falar imparcialmente sobre o triste período que antecedeu a morte de seu pai.

Bryony ouvia avidamente, com tamanho interesse, que parecia que a Srta. Cameron estava lhe contando alguma incrível aventura. E quando finalmente relatou a vontade do Sr. Cameron, tendo sido deixada confortavelmente amparada pelo dinheiro do pai, Bryony não conseguiu se conter.

— Que maravilha! Parece um conto de fadas. Pena não ter aparecido um lindo príncipe de cabelos grisalhos para pedir sua mão em casamento.

A Srta. Cameron riu.

— Estou um pouco velha para esse tipo de coisa.

— Que pena que a senhorita não se casou. Teria sido uma mãe fantástica. Ou se tivesse irmãos, teria sido uma tia e tanto. — Bryony passou os olhos pela sala de estar com satisfação. — É perfeita, não é? Esta casa devia estar esperando a senhorita, sabendo que viria morar aqui.

— Essa é uma atitude fatalista.

— Sim, é verdade. Sou uma pessoa terrivelmente fatalista.

— Não deve ser tão fatalista. Deus ajuda quem se ajuda.

— Sim — concordou Bryony — suponho que sim.

Ficaram em silêncio. Um pedaço de lenha se partiu e caiu sobre o fogo, e quando a Srta. Cameron se inclinou para recolocá-lo no lugar, o relógio sobre a lareira soou. Eram sete e meia. Ambas se surpreenderam com o adiantado da hora, e, imediatamente, Bryony lembrou-se da mãe.

— O que será que aconteceu?

— Seu pai vai telefonar tão logo tenha alguma notícia. Enquanto isso, creio que devemos lavar a louça do chá e decidir o que comeremos no jantar. O que gostaria?

94 O QUARTO AZUL

— Minha comida preferida é sopa de tomates enlatada e ovos com *bacon*.

— É a minha preferida também. Então vamos comer.

O telefonema não veio antes das nove e meia. A Sra. Ashley estava em trabalho de parto. Não havia como saber quanto tempo duraria, mas o Sr. Ashley pretendia permanecer no hospital.

— Bryony passará a noite comigo — anunciou a Srta. Cameron com firmeza. — Tenho um quarto vago para ela. E tenho um telefone ao lado da minha cama, por isso não hesite em me ligar quando tiver novidades.

— Farei isso.

— Quer falar com Bryony?

— Só para desejar boa-noite.

A Srta. Cameron fechou-se na cozinha, enquanto pai e filha conversavam. Assim que ouviu o toque do telefone sendo recolocado no gancho, não voltou ao vestíbulo e se ocupou de encher os sacos de água quente e secar a pia. Esperava que a menina estivesse com os olhos úmidos, mas Bryony parecia tranqüila, e seus olhos estavam secos.

— Ele disse que teremos que aguardar. Importa-se se eu passar a noite aqui? Posso ir lá em casa e buscar minha escova de dentes e roupa de dormir.

— Quero que fique. Pode dormir no meu quarto extra.

Bryony finalmente foi para a cama, com o saco de água quente e um copo de leite morno. A Srta. Cameron foi lhe desejar boa-noite, mas sua timidez a impediu de aproximar-se para beijá-la. Os cachos ruivos dos cabelos de Bryony estavam espalhados como seda vermelha sobre a melhor fronha de linho da Srta. Cameron, e ela havia trazido um velho ursinho de pelúcia junto com a escova de dentes. O urso tinha o nariz puído e apenas um olho. Meia hora depois, quando ela própria foi se deitar, espiou pela porta e viu que Bryony pegara no sono.

A Srta. Cameron deitou-se entre os lençóis, mas o sono custou a aparecer. Sua mente estava povoada de lembranças, pessoas e lugares em que ela não pensava havia anos.

Acho que todo mundo é interessante, dissera Bryony, e o coração da Srta. Cameron se encheu de esperança. Nada podia ser tão ruim se ainda havia jovens que pensavam daquela maneira.

Ela disse que você tinha um rosto bonito. Talvez, pensou ela, eu não tenha feito o bastante. Tornei-me uma pessoa contida demais. É egoísmo não pensar nos outros. Tenho que fazer mais. Preciso tentar viajar. Preciso entrar em contato com Dorothy após o Ano-Novo e convidá-la para viajar comigo.

Madeira. Poderiam ir para Madeira, onde havia dias ensolarados e buganvílias. E enormes pés de jacarandá...

Acordou sobressaltada no meio da noite. Estava escuro como breu e amargamente frio. O telefone estava tocando. Esticou o braço e acendeu o abajur do criado-mudo. Consultou o relógio e viu que não era o meio da noite, mas seis da manhã. Manhã de Natal. Alcançou o telefone.

— Sim?

— Srta. Cameron. Aqui é Ambrose Ashley. — Ele parecia exausto.

— Ah. — Estava tonta de sono. — Pode falar.

— Um garotinho. Nasceu há meia hora. Um lindo garotinho.

— E sua esposa?

— Está dormindo. Vai ficar bem.

— Direi a Bryony — respondeu a Srta. Cameron após uma ligeira pausa.

— Voltarei para Kilmoran ainda esta manhã... talvez por volta do meio-dia. Ligarei para o hotel e levarei vocês duas lá para almoçar. Isto é, se quiser nos acompanhar.

— Quanta gentileza — reconheceu a Srta. Cameron. — É muita gentileza sua.

— Você é que é gentil — falou o Sr. Ashley.

Um bebê. Um bebê na manhã de Natal. Imaginou se o chamariam de Noel. Levantou-se e foi até a janela. A manhã estava escura e fria, a maré, alta, as ondas negras dobrando sobre a muralha. O ar gelado recendia a maresia. A Srta. Cameron inspirou profundamente, enchendo o peito com a energia revigorante do ar. Um garotinho. Foi tomada por uma enorme sensação de realização, o que era ridículo, porque, na verdade, não havia realizado coisa alguma.

Vestida, desceu as escadas para pôr a chaleira no fogo. Preparou uma bandeja de chá para Bryony com duas xícaras e dois pires.

"Eu deveria ter um presente", pensou. "É Natal, e não tenho nada para dar a ela." Mas sabia que a bandeja de chá seria o melhor presente que ela poderia ganhar.

Agora, eram quase sete horas. Subiu as escadas e entrou no quarto de Bryony, deixou a bandeja na mesinha ao lado da cama e acendeu o abajur. Abriu as cortinas. Na cama, Bryony se mexeu. A Srta. Cameron foi sentar-se ao seu lado. O ursinho estava ali, as orelhas sob o queixo da menina. Bryony acordou. Viu a Srta. Cameron sentada ao seu lado e arregalou os olhos, apreensiva.

A Srta. Cameron sorriu.

— Feliz Natal.

— Meu pai telefonou?

— Você ganhou um irmãozinho, e sua mãe está sã e salva.

— Oh... - - Era demais. O alívio abriu as comportas do dique e todas as preocupações de Bryony foram liberadas numa torrente de lágrimas. — Oh... — Sua boca se abriu como a de uma criança, e a Srta. Cameron não se conteve. Não se lembrava da última vez em que travara um contato físico e afetuoso com outro ser humano. Contudo, agora, abriu os braços e acolheu a menina e seu pranto. Os braços de Bryony envolveram seu pescoço, e a Srta. Cameron recebeu um abraço tão forte, tão apertado, que achou que fosse sufocar. Sentiu os ombros descarnados sob suas mãos; as lágrimas corriam pelo rosto encharcado colado ao seu.

— Achei que... achei que algo terrível fosse acontecer. Pensei que ela fosse morrer.

— Eu sei — assentiu a Srta. Cameron. — Eu sei.

Levou algum tempo para que ambas se recuperassem. Mas, finalmente, tudo terminou. Secaram as lágrimas, afofaram os travesseiros, serviram o chá e conversaram sobre o bebê.

— Estou certa — afirmou Bryony — de que é terrivelmente *especial* nascer no dia de Natal. Quando poderei vê-los?

— Não sei. Seu pai é quem vai dizer.

— Quando ele chega?

— Estará aqui na hora do almoço. Iremos todos ao hotel comer peru assado.

— Que ótimo! Fico feliz que vá com a gente. O que faremos até ele chegar? São só sete e meia.

— Temos muito o que fazer — respondeu a Srta. Cameron. — Tomaremos um grande e delicioso café da manhã e faremos uma enorme fogueira de Natal. E, se você quiser, podemos ir à igreja.

— Vamos, sim. Cantaremos canções de Natal. Não me importo em pensar no Natal agora. Não queria pensar nisso ontem à noite — explicou ela. — Posso tomar um banho quente?

— Pode fazer o que quiser. — Levantou-se, apanhou a bandeja de chá e a levou até a porta. Mas, ao abri-la, Bryony a chamou:

— Srta. Cameron. — Ela se virou.

— A senhorita foi tão doce comigo ontem à noite. Muito obrigada. Não sei o que teria feito sem a senhorita.

— Gostei de tê-la aqui comigo — falou a Srta. Cameron, de coração. — Gostei de conversar. — Ela hesitou. Uma idéia acabara de lhe ocorrer. — Bryony, depois de tudo o que passamos juntas, não acho que deveria me chamar de Srta. Cameron. Soa tão formal, e, além do mais, já passamos dessa fase, não passamos?

Bryony parecia um tanto surpresa, mas nem de longe embaraçada.

— Está certo. Se acha mesmo. Mas como *devo* chamá-la?

— Meu nome — revelou a Srta. Cameron sorrindo, pois era realmente um lindo nome — é Isobel.

Chá com o professor

Chegaram na estação bastante adiantados, mas James preferia assim, pois não suportava a idéia de perder o trem. Estacionaram, compraram a passagem e, agora, subiam lentamente a rampa, lado a lado, Verônica carregando a mala dele, e James com a bola de rúgbi debaixo do braço e o casaco apoiado no outro.

A plataforma estava deserta. Longe do vento ainda estava quente, e eles encontraram um banco num canto abrigado e sentaram-se juntos sob o brilho dourado do sol de setembro. James chutava os pequenos seixos do chão com a ponta do sapato. Acima, as folhas secas e empoeiradas de uma palmeira chocalhavam com a brisa. Um carro cruzou a estrada, e um carregador surgiu de um pequeno galpão, arrastando um carrinho de malas por toda a extensão da plataforma. Observaram seu percurso em silêncio. James ergueu os olhos a fim de consultar o relógio da estação.

— Nigel está atrasado — comentou ele satisfeito.

— Ainda faltam cinco minutos.

Tornou a chutar os cascalhos. Ela fitou seu perfil frio e impassível, as pestanas inferiores roçando as curvas infantis de suas bochechas. Ele tinha dez anos, seu único filho, retornando ao internato. Haviam se despedido em casa, num abraço apaixonado que dilacerou seu coração. Agora, era como se ele já houvesse partido. Ela o abençoou por sua compostura.

Um carro subiu velozmente a colina, reduziu a marcha e dobrou em direção ao pátio de manobras da estação. Em seguida, ouviu-se o guincho dos freios e o estrépito dos cascalhos sob os pneus.

James contorceu-se a fim de espiar pelas ripas do banco de madeira.

— É o Nigel.

— Imaginei que não fossem demorar.

Aguardaram, sentados. No instante seguinte, Nigel e sua mãe surgiram na rampa, ela, loura e esbaforida, e ele, rechonchudo e lustroso como uma toupeira. Nigel tinha a mesma idade que James, e ambos iniciaram juntos a escola, mas James não nutria afeição alguma por ele. O único vínculo comum era a viagem para o colégio, onde dividiam o vagão, as revistas em quadrinhos e, supunha-se, curtos e afetados diálogos. Havia vezes em que Verônica sentia-se culpada quanto à falta de entusiasmo do filho para com o colega.

— Por que não o convidamos para passar alguns dias de férias conosco? Assim, teria alguém com quem brincar.

— Já tenho a Sally.

— Mas ela é menina e é sua irmã. Além disso, é mais velha do que você. Não seria melhor ter um amiguinho da sua idade?

— Não o Nigel.

— Ah, James, ele não é tão ruim assim.

— Ele abriu todas as janelas do meu calendário adventista. Encontrou-o sobre a minha carteira e abriu todas elas. Até a noite de Natal.

James jamais esqueceria aquilo. Jamais o perdoaria. Verônica desistiu de tentar, mas era embaraçoso encarar a mãe de Nigel, que, por sua vez, não parecia nem um pouco constrangida. "Ela acha", concluiu Verônica, "que sou insensível demais para me preocupar com o assunto. E provavelmente pensa o mesmo de James."

— Nossa, pensamos que chegaríamos atrasados, não foi, Nigel? Olá, James, como vai? Aproveitou bastante as férias? Passeou muito? Fomos a Portugal, mas Nigel teve dor de barriga e ficou uma semana de cama. Teria sido melhor se tivéssemos ficado em casa...

Ela continuou falando, tateando o fundo da bolsa à procura de um cigarro, acendendo-o com um isqueiro de ouro. Vestia um macacão azul-claro com um zíper na frente, sapatilhas douradas e trazia um suéter felpudo amarrado sobre os ombros. Verônica, que a observava, imaginava onde ela encontrava tempo para fazer toda aquela maquiagem *diariamente*. O resultado, todavia, era admirável. Verônica usava uma velha saia plissada e um par de tênis, e sentia como se seu rosto estivesse nu.

A mãe de Nigel perguntava agora sobre Sally.

— Voltou para a escola na semana passada.

— Logo, logo vai estar casando, espero.

— Ela tem apenas quatorze anos.

— Quatorze! Meu Deus, mal posso acreditar.

— O trem está chegando — anunciou James, e todos se viraram para olhar o trem, como se observassem a aproximação de um inimigo. Com um barulho atroador, ele saiu do corte do trilho, reduziu a marcha ao alcançar a curva e então parou ao longo da plataforma, impedindo a passagem do sol, enchendo a pequena estação com seu estrondo. As portas se abriram, e os passageiros desceram. A mãe de Nigel saiu em disparada à procura de um vagão para não-fumantes, e Verônica e os dois meninos a seguiram, resignados.

— Aqui tem um vazio... entrem.

Os dois subiram o degrau alto, escolheram as poltronas e voltaram para buscar os casacos e as malas.

— Adeus, querido — despediu-se a mãe de Nigel. Abraçou o filho e estalou dois beijos em suas bochechas, deixando marcas de batom, que mais tarde ele iria remover com a ajuda de um lenço. Atrás deles, James e sua mãe se entreolhavam. O cabineiro desceu para ajudá-los com as malas e fechar a porta, pois aquele era um expresso e só parava por alguns minutos naquele pequeno entroncamento. Enjaulados, os meninos baixaram a janela e espiaram por ela. Nigel na frente, e James, espremido atrás dele, tentava avistar o rosto da mãe. O chefe da estação acenou a bandeira verde e o trem começou a andar.

"Eu o amo", pensou ela e desejou que ele a ouvisse.

— Boa viagem! Escreva quando chegar. — James assentiu, balançando a cabeça. O trem ganhou velocidade. Nigel inclinou-se para fora, ainda acenando, tomando toda a janela. Mas James já havia desaparecido. Não acreditava em desgraça prolongada. Àquela altura, já estaria sentado em sua poltrona, abrindo a revista em quadrinhos, tentando tirar o melhor proveito da intolerável situação.

As duas mães deixaram a estação e caminharam juntas até o estacionamento, onde estavam, lado a lado, o Jaguar branco e a velha camionete verde.

— Bem, então... — falou a mãe de Nigel. — É isso.

Agora teremos um pouco de paz. Roger e eu pensamos em viajar por algum tempo. Mas não sei, a casa parece vazia sem eles, não é? — De repente, ela pareceu perceber que havia falado demais, pois sabia que a casa de Verônica, exceto pelo cachorro Toby, estava inteiramente vazia. — Venha nos visitar — convidou ela rapidamente, pois possuía um coração generoso. — Almoce conosco qualquer dia desses. Telefonarei para você.

— Faça isso. Vou adorar. Até logo.

O jaguar branco arrancou e subiu a pista escarpada que levava à estrada, virando à esquerda em direção à cidade. A camionete de Verônica avançou lentamente. No alto da colina o motor afogou, e ela precisou dar a partida novamente e aguardar enquanto um caminhão passava velozmente. Não importava. Não estava com pressa. Teria o resto do dia livre, e o dia seguinte, e mais o outro, o vácuo inevitável de horas vazias que durariam até que ela resolvesse engatar a marcha e arranjar ocupações que nada tivessem a ver com os filhos. Pintar a cozinha e plantar rosas; organizar um chá beneficente, começar a pensar no Natal.

Natal. A idéia soava ridícula em pleno verão. As árvores ainda estavam carregadas de folhas, e, acima, o céu estava azul e limpo. Verônica fez a curva na estrada estreita que levava ao vilarejo, salpicada de sombras e nesgas de sol filtradas pelos olmeiros altos. Alcançou um cruzamento e tornou a parar. Um boiadeiro guiava suas vacas leiteiras. Enquanto aguardava, Verônica espiou pelo espelho retrovisor para verificar se outro carro parara atrás e captou seu próprio reflexo. "Você parece uma menina", disse a si mesma com raiva. Uma menina velha. Bronzeada e sem maquiagem, com os cabelos desmazelados como os de sua filha. Lembrou-se da mãe de Nigel com os longos cílios pintados de preto e as pálpebras sombreadas de azul. "Pelo menos terei tempo de fazer o cabelo", pensou. "E acertar as sobrancelhas. E talvez fazer uma massagem facial." Uma massagem facial faria bem ao ego.

As vacas passaram. O boiadeiro acenou para ela com o cajado. Verônica acenou de volta, ligou o motor e prosseguiu. Mais acima, a estrada fez outra curva, e ela tomou a rua principal da cidadezinha. No Memorial à Guerra, mudou de pista e seguiu para o mar. As árvores desapareceram, e as campinas mergulharam na costa generosa, o mar verde e azul raiado de púrpura, salpicado de espuma das ondas. Verônica aproximou-se de uma sebe alta de fúcsias, reduziu a marcha e dobrou bruscamente, entrando pelo portão branco. A casa era cinza, retangular e antiga. Estava em casa.

Entrou, já sabendo como seria. O relógio do vestíbulo tiquetaqueava, indolente. Toby ouviu-a chegar; suas patas estalaram contra o piso polido da cozinha, e ele apareceu no vão da porta, sem latir, pois conhecia os membros da família. Veio saudá-la, procurou James sem sucesso e voltou dignamente para sua cama.

Estava frio lá dentro. A casa era antiga, e suas paredes, finas demais; a mobília, também antiga, recendia a madeira velha, mas era um cheiro agradável, como o de um antiquário bem-cuidado. O silêncio era imperioso. Quando Toby se acomodou, restaram apenas o ruído do relógio, uma torneira pingando na cozinha e o zumbido da geladeira.

"Podia preparar um chá", pensou ela, "embora ainda sejam três e meia. Podia passar a roupa limpa. Podia subir ao quarto de James e arrumar suas roupas." Olhou para elas, os *jeans* surrados e amarrotados ainda com a curvatura de seu corpo; as meias cinzentas, as sandálias vergonhosas, a camiseta do Super-Homem, sua vestimenta favorita. Usara-a naquela manhã; haviam nadado na praia pela última vez, deixando para trás a louça suja, a poeira dos móveis, a cama por fazer. Mais tarde, ela preparara sua refeição predileta, feijão com costeletas, e comeu com ele, enquanto o relógio contava, impiedoso, seus últimos minutos juntos.

Ela largou a bolsa, atravessou o vestíbulo gélido e a sala de estar, cruzou as portas envidraçadas e desceu os dois degraus de pedra que levavam ao gramado. Deixou-se cair na espreguiçadeira bamba que estava lá, estranhamente apática e exausta. O sol batia em seus olhos, e ela cobriu o rosto com o braço a fim de conter a claridade. Imediatamente, alguns ruídos lhe chamaram a atenção. As crianças deixavam a escola local; o relógio da igreja, sempre com ligeiro atraso, soou a meia hora. Um carro aproximou-se e entrou pelo portão, esmagando os cascalhos da entrada da garagem, e seguiu até a segunda porta da frente, na outra extremidade da casa de Verônica.

"O professor chegou", pensou ela, indolente.

Há dois anos ela enviuvara. Quando casada, morara em Londres, num amplo apartamento próximo ao Albert Hall. Contudo, após a morte do marido e a conselho de Frank Kird, o advogado da família, que sempre fora seu melhor amigo, ela voltara para o vilarejo e a casa onde passara toda a infância. Parecia a coisa mais natural e acertada a ser feita. As crianças adoravam o campo, a praia, o mar; estava cercada de vizinhos e de pessoas que conhecia desde menina.

Houve, entretanto, uma ou duas objeções.

— Mas, Frank, a casa é muito grande. Grande demais para mim e duas crianças.

— Mas poderia facilmente ser dividida, e você ficaria com uma das partes.

— Mas o jardim...

— Poderia dividi-lo também. Plante uma sebe. E ainda terá dois jardins de bom tamanho.

— Mas quem iria querer morar lá?

— Acharemos alguém. Tem de haver alguém.

E havia. O professor Rydale.

— Quem é o professor Rydale? — ela quis saber.

— Estive em Washington com ele — respondeu Frank. — É um arqueólogo, entre outras coisas. Leciona na Universidade de Brookbridge.

— Mas se ele leciona em Brookbridge, por que quer morar em Cornwall?

— Está tirando um ano de licença. Quer escrever um livro. Não fique tão aflita, Verônica, ele é solteiro e reservado. Não duvido de que alguma moça feiosa do vilarejo queira cuidar dele, e você nem vai notar que ele está lá.

— Mas e se eu não gostar dele?

— Olhe, as pessoas se exasperam com Marcus Rydale, divertem-se e se instruem com ele, mas é impossível odiá-lo.

— Bem... — Relutante, ela concordou. — Está certo.

E então a casa foi devidamente dividida, e o jardim discretamente repartido em dois, e o professor foi informado de que poderia se mudar quando desejasse. Passado algum tempo, Verônica recebeu um cartão-postal sem selo que, após ter sido decifrado, dizia que o aguardasse no domingo. Domingo, segunda e terça se passaram sem que ela tivesse notícias dele. Na quarta-feira, bem na hora do almoço, o professor chegou, guiando um carro esporte que parecia ter sido colado com fita adesiva. Usava óculos, um chapéu de *tweed* e um terno surrado também de *tweed*, e não apresentou desculpas ou explicações.

Verônica, a essa altura exasperada e divertida, entregou-lhe as chaves da casa. As crianças, fascinadas, perambulavam à sua volta, esperando serem chamadas para ajudá-lo a desencaixotar a mudança, mas ele desapareceu tão inesperadamente como chegou e quase não foi visto novamente. Em dois dias, a Sra. Thomas, mulher do carteiro, estava entrando e saindo, cuidando da casa para ele, assando enormes pães e nutritivos bolos de frutas. Antes do término da semana, eles quase haviam esquecido que ele existia. Finalmente, ele se instalou, e, nos meses que se seguiram, Verônica apenas se lembrava de sua presença quando o ouvia trabalhar em sua máquina de escrever noite adentro ou quando seu pequeno automóvel passava velozmente pelo portão, estrada acima, e desaparecia em estranhas viagens que algumas vezes durava dois ou três dias.

Mas, de vez em quando, ele reaparecia e fazia contato com as crianças. Sally caiu da bicicleta, e, por sorte, ele estava passando pelo local. Parou a fim de tirá-la da vala, endireitar o guidom empenado e lhe emprestrar um lenço para limpar o joelho machucado.

— Ele foi tão gentil, mamãe, é verdade, que até fingiu não ouvir que eu estava xingando. Não acha que ele foi *diplomático*?

Verônica quis agradecer-lhe, mas não conseguiu encontrá-lo durante três semanas seguidas e, quando o viu, teve certeza de que ele já havia esquecido completamente o episódio. Numa outra ocasião, James chegara para jantar munido de um dispositivo feito de um galho de castanheiro amarrado a uma corda e um punhado de varetas perigosamente afiadas.

— O que tem aí?

— Um arco e flechas.

— É arriscado mexer com essas coisas. Onde conseguiu isso?

— Encontrei o professor. Ele fez para mim. Veja, tem que manter a corda frouxa quando não está usando o arco e, quando quiser usá-lo, basta entortar um pouco a vareta e encaixar a corda... assim! Está vendo? Não é incrível? Pode atirar a quilômetros de distância.

— Não aponte isso para ninguém — avisou Verônica, nervosa.

— Eu não faria isso, mesmo que fosse alguém que eu odeie — afirmou ele. — Preciso fazer um alvo. — James estalou a corda. O ruído soou satisfatoriamente seco, como se fosse uma harpa.

— Bem, espero que você tenha agradecido — lembrou sua mãe.

— É claro que agradeci. Sabe, ele é muito gentil. Por que não o convida para tomar um drinque ou jantar qualquer dia desses?

— Ah, James, ele iria odiar. Está trabalhando, não quer ser perturbado. Acho que ficaria terrivelmente embaraçado.

ROSAMUNDE PILCHER

— É, talvez. — Estalou o arco mais uma vez e subiu para a segurança de seu quarto.

De dentro da casa, da metade do professor, veio o som de uma janela sendo fechada. Em seguida, ele abriu as portas envidraçadas da sua sala de estar — que outrora fora a sala de jantar da casa grande — e saiu para o jardim. No instante seguinte, seu rosto surgiu sobre a cerca, usando um par de óculos.

— Estive pensando se gostaria de uma xícara de chá? — indagou ele.

Por um instante insano, Verônica achou que ele estivesse falando com outra pessoa. Olhou para os lados num rápido movimento para ver quem mais estaria ali. Mas não havia ninguém. Ele estava falando com ela. Estava perguntando se ela gostaria de uma xícara de chá, mas, se tivesse sugerido que valsassem juntos na relva, ela não teria ficado mais estupefata. Ela o encarava. Ele não usava chapéu, e a brisa deixara seus cabelos escuros em pé, como os de James.

Ele tentou novamente.

— Acabei de fazer um bule de chá. Posso trazê-lo aqui para fora, se quiser.

Subitamente, ela balançou a cabeça, como se tentasse desfazer a má impressão que causara.

— Ah, desculpe... é que você me pegou de surpresa. Sim, eu adoraria... — Ela começou, desajeitamente, a erguer-se da espreguiçadeira, mas ele a deteve.

— Não, não se mova. Está tão bem acomodada. Levarei o chá até aí.

Ela tornou a afundar na cadeira. O professor desapareceu. Verônica estudou a inusitada e surpreendente situação. Descobriu que estava sorrindo, de si mesma, dele, do absurdo de tudo aquilo. Puxou a saia para baixo e tentou se recompor. Imaginou sobre o que, diabos, iriam conversar.

Quando ele voltou, esgueirando-se por entre uma pequena fenda que havia na cerca que separava seu próprio jardim do dela, Verônica pôde notar que ele era admiravelmente organizado. Esperava um bule de chá e nada mais, mas ele trouxera uma bandeja carregada e um tapete espesso sobre o ombro, como uma manta escocesa. Depositou a bandeja na grama, ao lado de Verônica, abriu o tapete e sentou-se nele, seu corpo alongado e anguloso dobrou-se ao meio como um canivete. Usava um par de velhas calças de veludo cotelê, que alguém tentara remendar nos joelhos, e havia um botão faltando no colarinho da camisa xadrez. Porém, sua figura não era, de modo algum, patética... estava mais para um alegre cigano. Ela se pegou imaginando como ele conseguia se manter tão bronzeado e magro quando parecia passar a maior parte do tempo trancado em casa.

— Aí está — disse ele, seguramente acomodado. — Agora sirva-se.

A porcelana não combinava, mas ele não se esquecera de nada e trouxera até um dos bolos de fruta da Sra. Thomas.

— Esplêndido — exclamou ela. — Não costumo tomar chá todas as tardes, quando estou sozinha, é claro.

— As crianças se foram. — Aquela era uma afirmação, não uma pergunta.

— É... — Ela se ocupou do bule de chá. — Acabei de colocar James dentro do trem.

— Ele foi para muito longe?

— Não. Para Carmouth. Quer açúcar?

— Quero. Bastante. Pelo menos quatro colheres cheias.

ROSAMUNDE PILCHER

— É melhor colocar você mesmo. — Ela lhe entregou a xícara e ele se serviu copiosamente. — Nunca tive chance de lhe agradecer por ter feito o arco e flecha para ele.

— Achei que fosse ficar zangada... por eu ter dado a ele um brinquedo tão perigoso.

— Ele é bastante ajuizado.

— Eu sei. Do contrário, não teria feito o brinquedo para ele.

— E... — Ela virou a xícara na mão a fim de admirar os desenhos. As rosas gravadas na porcelana davam sinais de terem pertencido a uma velha parenta. — Você salvou Sally no dia em que ela caiu da bicicleta. Eu deveria ter arranjado um jeito de lhe agradecer... mas parece que nunca nos encontramos.

— Sally já me agradeceu por isso. E ela gosta de mim.

— Fico feliz.

— Está tranqüilo sem eles.

— Oh, Deus, eles fazem tanto barulho assim?

— Só um pouquinho, e eu gosto. Serve de companhia quando estou trabalhando.

— Eles não o perturbam ou dispersam sua atenção?

— Já disse que gosto. — Pensativo, cortou uma fatia do bolo de frutas. Mordeu um enorme pedaço e o engoliu, e, então, disse abruptamente: — Ele parece tão pequeno. James. Ainda é um garotinho. Tem mesmo que mandá-lo para a escola tão cedo?

— Não, creio que não.

— Não seria mais divertido para ambos se ele ficasse?

— Sim, seria — respondeu ela.

— Mas ele tem que ir?

Verônica fitou-o e imaginou por que não estava ofendida com sua insistência; porque sabia que suas perguntas provinham de um sincero interesse e não de mera curiosidade. Seus olhos, por trás dos óculos, eram escuros e generosos. Não se sentia nem um pouco intimidada por ele.

— Parece ridículo — anuiu ela — mas é a mais pura verdade. Ele é meu único filho. É o meu bebê. Sempre estivemos juntos, a vida inteira. Adoro a Sally, mas de alguma forma ela é uma pessoa diferente de mim, e esse é um dos motivos de nos darmos tão bem. Mas James e eu somos, sei lá, como dois galhos de um mesmo tronco. Depois que meu... — Ela se inclinou para pôr a xícara na bandeja e escondeu o rosto com uma cortina de cabelos, pois ainda não se achava capaz de tocar no assunto sem chorar. — Depois que meu marido morreu, eu fui a única pessoa que restou para James. Endireitou o corpo, afastou o cabelo dos olhos e tornou a olhar para ele. Sorriu. — Sempre tive horror de mães dominadoras e filhos que nunca aprendem a se libertar. — Ele a fitou, pensativo, sem corresponder ao sorriso. Ela prosseguiu, mais animada. — É uma ótima escola, pequena e amistosa. Ele está feliz lá.

Disse isso, porém suas dúvidas ainda a atormentavam. Após a agonizante manhã, o último almoço, o trajeto até a estação e finalmente a partida, ela achou que não agüentaria passar por tudo aquilo novamente. Ficara assombrada com o rosto lívido de James por trás do ombro de Nigel, tornando-se cada vez menor e embaçado à medida que o expresso os afastava.

— E se — observou o professor — você morasse

num lugar diferente, onde houvesse uma escola similar e outros meninos e coisas para ele fazer?

— O problema é o pai — explicou Verônica sem pensar. — Tem alguma coisa a ver com a perda do pai.

— Mas você se sente sozinha sem eles.

— Às vezes é egoísmo sentir-se sozinha... agora, por favor, podemos mudar de assunto?

— Está bem — concordou ele, amável, como se não fosse o responsável por trazer o assunto à baila. — Sobre o que vamos conversar?

— Seu livro?

— Meu livro está pronto.

— Pronto?

— Sim. Pronto. Datilografado, revisado e redatilografado; não por mim, devo acrescentar. E não apenas datilografado e encadernado com camurça, como também chegou à mesa do editor e foi aceito.

— Mas isso é maravilhoso. Quando foi que ficou sabendo?

— Hoje. Hoje mesmo. Recebi um telefonema da agência de correio e fui lá buscar o telegrama. — Tateou dentro do bolso da jaqueta, tirou de lá o papel e o sacudiu no ar. — Sempre me sinto seguro quando as coisas estão no papel. Prova que não imaginei coisa alguma.

— Ah, fico feliz por você. E o que vai acontecer agora?

— Ainda tenho três meses de licença e depois volto a lecionar em Brookbridge.

— O que vai fazer nesses três meses?

— Ainda não sei. — Ele sorriu para ela. — Talvez vá para o Taiti e me torne um vagabundo de praia. Talvez fique por aqui. Você se importaria?

— E por que eu me importaria?

— Achei que tivesse sido tão rude e hostil, que você mal estaria se agüentando para me ver pelas costas. A questão é que ser sociável e organizar e arranjar as coisas me custaria uma enorme soma de concentração. Nada podia ocupar minha mente. Principalmente quando se está escrevendo um livro didático sobre arqueologia. Entende o que eu digo?

— Perfeitamente. E nunca achei que estivesse sendo rude e hostil. De qualquer forma, também tive culpa. James queria que eu o convidasse para jantar e eu disse que você não iria aceitar. Que estaria ocupado demais.

— Talvez estivesse. — Ele pareceu embaraçado; franziu a testa, tentou ajeitar o cabelo rebelde com a palma da mão. Finalmente acrescentou: — James veio se despedir de mim ontem à noite. Enquanto você preparava o jantar. Sabia disso?

Foi a vez de Verônica franzir a testa.

— James fez isso? Não, não sabia.

— Ele disse que você não iria me convidar para jantar porque achava que eu não iria aceitar.

— Ele não deveria...

— E disse ainda, de homem para homem, que talvez *eu* devesse convidá-la para jantar.

— Ele *o quê...*?

— Está preocupado com o fato de você estar sozinha. Sabe o quanto você sente a falta deles. E não deve se irritar com ele, pois eu acho que foi a coisa mais bonita que jamais vi um menino fazer.

— Mas ele não tinha esse direito!

— Ele tem todo o direito. É seu filho.

— Mas...

Ele ignorou suas objeções.

— Então, é claro que eu disse que a convidaria. E é isso que estou fazendo agora. E cheguei até a reservar uma mesa naquele novo restaurante de Porthkerris. Para as oito. Por isso, se recusar meu convite, vai ser complicado para mim, pois terei que ir até lá para cancelar a reserva e o *maître* ficará furioso comigo. Não vai recusar, vai?

Por um momento, ela não disse nada. Mas ao olhar para ele, lembrou-se do que Frank havia dito, e toda a sua raiva e ressentimento se dissiparam. "As pessoas se exasperam e se divertem com Marcus Rydale... mas é impossível odiá-lo." E então pensou — e surpreendeu-se com seu próprio pensamento — que ele era o homem mais gentil que havia conhecido. Compartilhara com ele sua casa durante todos aqueles meses e jamais sequer imaginara. Mas as crianças, sim. Elas sabiam. James soube desde o princípio.

Começou a rir, derrotada pelas múltiplas pressões.

— Não, eu não vou recusar. Não poderia, mesmo que quisesse.

— Mas não quer, quer — falou o professor, e, mais uma vez, aquilo era uma afirmação, não uma pergunta.

Amita

A notícia da morte da Srta. Tolliver estava no jornal da manhã. Meu marido passou-o para mim, à mesa do café, e o nome em letras maiúsculas soou como um eco do passado:

TOLLIVER. Dia 8 de julho, Daisy Tolliver, filha do falecido Sir Henry Tolliver, ex-governador da Província de Barana, e de Lady Tolliver. Cremação íntima.

Havia anos que não pensava nos Tollivers. Estou com cinqüenta e dois anos agora, na meia-idade, tenho um marido prestes a se aposentar, filhos e netos. Moramos em Surrey, e Cornwall, bem como minha infância, ficou para trás, num outro tempo, outro mundo. Contudo, vez por outra surge algum fato que me leva de volta ao passado, como uma nota tocada num piano quase esquecido, e, então, é como se os anos que se seguiram jamais tivessem acontecido. Aqueles velhos e desnorteados dias retornam, reluzentes com o sol perpétuo (será que *nunca* chovia?), repletos de vozes familiares, passos apressados e aromas maravilhosamente nostálgicos. As vasilhas com ervilhas-de-cheiro na sala de visitas da minha mãe, e o aroma dos pães assando no forno do fogão a lenha da cozinha de Cornwall.

Os Tollivers. Quando meu marido se despediu e saiu a fim de tomar o trem para Londres, fui ao jardim, com o jornal nas mãos, e me sentei no balanço, ao lado do canteiro de rosas, a fim de reler o único parágrafo — *o falecido* Sir *Henry Tolliver, ex-governador da Província de Barana.* Lembro-me dele, com seu rosto corado, o enorme bigode branco e o chapéu-panamá. E me lembro de Angus. E de Amita.

Ser uma criança na Índia britânica no início dos anos 30 era como ter uma existência híbrida. Meu pai trabalhava para o governo indiano, tendo sido enviado a Barana para chefiar o Departamento de Portos e Rios. Durante os quatro anos de exercício, ele desaparecera completamente de nossas vidas, tendo retornado por seis meses de licença, que se passaram como um longo feriado.

Éramos uma família como tantas outras, em que, na Inglaterra, a responsabilidade de educar os filhos e administrar a casa inevitavelmente recaía sobre a esposa, cuja vida era constantemente atormentada pela agonizante dúvida entre ficar com os filhos ou acompanhar o marido ao Oriente. Caso decidisse pelo primeiro, arruinaria sua vida de casada. No segundo caso, teria então que tomar providências para assegurar o bem-estar da prole: encontrar bons internatos e convidar parentes e amigos dispostos a cuidar das crianças durante as férias. Qualquer que fosse sua escolha, enfrentaria, inevitavelmente, dolorosas despedidas. Não havia vôos para a Índia naquela época.

ROSAMUNDE PILCHER

O Serviço Aéreo Imperial só viria mais tarde, e os navios da Companhia Marítima que partiam de Londres levavam três dias para completar a viagem. De fato, era uma separação por tempo indefinido.

Minha mãe viajou duas vezes para a Índia. A primeira, antes de termos nascido; na segunda, éramos ainda tão pequenos, que mal nos demos conta de sua partida.

Foi em sua primeira viagem, como uma alegre e jovem recém-casada, que conheceu *Lady* Tolliver. A amizade que surgiu entre elas não foi das mais comuns, visto que *Lady* Tolliver era de uma geração anterior à de minha mãe e, ainda por cima, primeira dama do governo, enquanto minha mãe era simplesmente a esposa de um jovem funcionário.

Contudo, Lady Tolliver era despretensiosa e amigável. Considerava minha mãe uma pessoa agradável e autêntica.

Para a satisfação de ambas e surpresa dos demais, suas cadeiras foram postas lado a lado no convés do navio, onde, sob o agradável calor do sol, tricotaram e conversaram animadamente, enquanto o enorme vapor deslizava sobre o Mediterrâneo, atravessando o Canal de Suez, em direção ao longínquo e azulado oceano Índico.

Na Inglaterra, os Tollivers moravam em Cornwall, e foi por isso que minha mãe, ao retornar da Índia, pesadamente grávida e necessitando de descanso, resolveu alugar uma casa próxima à deles. Era uma casinha modesta, com um minúsculo jardim, pois era só o que podiam pagar; e foi ali que eu e minha irmã nascemos, e ali, com certa austeridade, mas total contentamento, que fomos criadas e vivemos até a guerra estourar e nos separar para sempre.

Olhando para trás, vejo que levávamos uma vida bastante pacata, dividida entre períodos escolares e férias, entremeados pelas cartas que escrevíamos e recebíamos de meu pai; pelo Natal, chegavam pacotes estranhamente perfumados, embrulhados em folhas de jornais indianos. A cada três ou quatro anos, éramos tomados de excitamento pela volta de meu pai. E, sempre que isso acontecia, os Tolliver abandonavam seu palácio indiano e a vasta criadagem, as festas nos jardins e as *soirées*, e também voltavam, para rever os amigos, reabrir a casa e viver como qualquer outro mortal.

Daisy era a filha mais velha do casal, solteira e detentora de grandes dotes musicais. Costumava tocar violino nas noites de sarau e acompanhar ao piano qualquer um que quisesse cantar. E havia Mary, casada com um soldado sediado na base de Quetta, e Angus.

Angus era o queridinho da família e também o queridinho de todos. Bonito, louro, de olhos azuis, cursava o último ano em Oxford. Guiava, em alta velocidade, um Triumph conversível de faróis reluzentes e jogava tênis animadamente, lembrando um fantasma vespertino, com suas camisas brancas de flanela.

Minha irmã, Jassy, dois anos mais velha do que eu, estava perdidamente apaixonada por ele, mas tinha apenas dez anos na época, e Angus andava sempre acompanhado de alguma moça vistosa. Mas eu compreendia o motivo de sua paixão, pois sempre que estava sozinho, ele aceitava jogar críquete francês conosco ou construir enormes castelos de areia na praia, com fossos profundos que o mar tratava de encher enquanto gritávamos e cavávamos feito loucos, tentando escorar os diques e escoar a água.

Angus finalmente deixou Oxford e, inevitavelmente, acompanhou os pais à Índia. Não, entretanto, como funcionário do estado, mas para trabalhar numa vultosa companhia de navegação que tomara o lugar da antiga Companhia do Leste da Índia. Sendo assim, não morava mais com os pais no Palácio do Governo e possuía sua própria casa na cidade, que compartilhava com outros jovens da mesma faixa etária. Uma comunidade, como eles mesmos diziam.

É difícil lembrar exatamente em que época os rumores começaram a se espalhar. Impossível lembrar como Jassy e eu chegamos à conclusão de que nem tudo estava bem. Minha mãe recebeu uma carta de meu pai e leu-a durante o café da manhã, e eu entendi que algo estava errado quando ela mordeu o lábio inferior, amassou o papel e o jogou no lixo. Durante o resto da refeição, ela ficou em silêncio. Fui tomada por uma sensação ruim que me embrulhou o estômago e me acompanhou o dia inteiro.

Foi então que a Sra. Dobson apareceu para tomar chá com a minha mãe. A Sra. Dobson era mais uma mulher separada do marido por culpa da Índia e que ficara na Inglaterra, não pelo bem dos filhos, mas por ter uma saúde delicada e não poder suportar o clima selvagem do Oriente. Eu estava brincando no jardim e me aproximei da sala a fim de escutar parte da conversa.

— Mas como foi que ele a conheceu?

— Isso eu não sei. Ele sempre gostou de mocinhas bonitas.

— Mas podia ter tido *qualquer uma*. Como foi ser tão estúpido? Por que quis arriscar tudo...?

Minha mãe percebeu minha presença e fez um ligeiro movimento com a mão, e a Sra. Dobson se calou, virou-se e rapidamente sorriu, como se estivesse encantada em me ver.

— Ora, se não é a Laura. Está ficando alta a mocinha. — E deixaram que eu tomasse chá com elas e comesse todos os sanduíches de pepino, como se, assim, eu pudesse esquecer o que havia escutado.

Foi Doris, nossa empregada, quem finalmente deu com a língua nos dentes. O namorado de Doris era Arthur Penfold, o jardineiro dos Tollivers. No dia de folga de Doris, Arthur costumava levá-la para passear em sua motocicleta, e os dois rumavam para as luzes brilhantes de Penzance, Doris com os braços em torno da cintura de Arthur, a saia esvoaçante deixando à mostra as longas e bem-torneadas pernas e as meias de seda.

Às vezes, à noite, quando eu queria lavar o cabelo ou desejava ter companhia, Doris subia ao meu quarto e me ajudava com o banho.

Ajoelhada sobre o tapete do banheiro, ela escovava a sujeira dos meus joelhos. O ar úmido encheu-se do aroma do sabonete. Doris confidenciou:

— Angus Tolliver vai se casar.

Senti uma pontada em meu peito por Jassy. Ela havia planejado casar-se com ele, caso ele consentisse em esperar que ela crescesse.

— Como você sabe? — perguntei.

— Arthur me contou.

— Como ele sabe?

— A mãe dele recebeu uma carta de Agnes. — Agnes era a criada pessoal de *Lady* Tolliver, uma mulher

ROSAMUNDE PILCHER

de rosto comprido que viajava resignadamente para e da Índia e sofria a agonia de ver o corpo tomado de brotoejas no calor, simplesmente porque não podia tolerar a idéia de alguma negra passar as roupas íntimas de *Lady* Tolliver. — Tem alguma coisa estranha acontecendo por lá.

— Por quê?

— Eles não querem que o Sr. Angus se case.

— Por que não?

— Porque ela é uma indiana. É por isso. O Sr. Angus vai se casar com uma indiana.

— Uma indiana!

— Bem, meio indiana.

Aquilo era ainda pior. Anglo-indiana. Mestiça. Eu odiava a palavra, porque odiava o modo como as pessoas a usavam. Mas ainda assim eu estava horrorizada. Nunca tinha estado na Índia, mas, com os anos, acabei absorvendo, por intermédio de meus pais e amigos, suas tradições, suas gírias e muitos dos seus preconceitos. Ouvira falar da Índia. Ouvira falar do seu clima quente e de suas chuvas constantes. Ouvira falar do interior daquele país, das recepções oferecidas por seus soberanos, do ritual dos elefantes e das suntuosas paradas que animavam os dias ensolarados. Sabia que o mordomo era chamado de servo, o jardineiro de mali, o cavalariço de palafreneiro. Sabia que *burra* era grande e *chota* era pequeno. Quando minha irmã queria me enlouquecer, ela me chamava de Missy Baba.

E ouvira falar dos anglo-indianos. Não eram nem uma coisa, nem outra. Trabalhavam em escritórios e corriam sobre os trilhos do trem. Usavam turbantes na cabeça e falavam com sotaque galês. E, o pior, dispensavam o uso do papel higiênico quando iam ao toalete.

E Angus Tolliver se casaria com alguém assim.

Não consegui comentar o assunto com ninguém. Angus, o orgulho dos Tollivers, o único filho do governador, casar-se-ia com uma anglo-indiana. A vergonha deles era a minha vergonha, pois, mesmo aos oito anos de idade, eu sabia que, se ele fizesse tal coisa, teria que cortar os laços com tudo e com todos. Teria que sair de nossas vidas definitivamente e se perderia para sempre.

Guardei o segredo e minha mágoa por três dias, até que minha mãe, percebendo meu pesar, quis saber o que estava acontecendo. Penosamente, sem poder olhar em seus olhos, eu lhe contei.

— Como ficou sabendo? — perguntou ela.

— Doris me contou. Arthur Penfold contou a ela. A mãe dele recebeu uma carta de Agnes. — Ergui os olhos e descobri que minha mãe não olhava para mim. Estava tentando terminar um arranjo de flores, mas suas mãos, normalmente habilidosas, não obtinham resultado. — É verdade?

— Sim, é verdade.

Minha última esperança foi por água abaixo. Engoli.

— Ela é... anglo-indiana?

— Não. A mãe dela era indiana, e o pai, francês. Seu nome é Amita Chabrol.

— Será tão terrível assim se ele se casar com ela?

— Não será terrível. Mas não está certo.

— Por que não está certo? — Eu sabia sobre a aparência mestiça, o sotaque, os turbantes, o estigma social. Mas tratava-se de *Angus*. — Por que não está certo?

Minha mãe balançou a cabeça, como se tentasse conter as lágrimas.

— Porque não. As raças não devem ser misturadas. Não é... não é justo para os filhos.

— Quer dizer que não é justo ter bebês que não serão nem uma coisa nem outra?

— Exatamente.

— Mas por quê?

— Porque a vida é dura com eles.

— Por que a vida é dura com eles?

— Ah, *Laura*. Porque é. Porque as pessoas os menosprezam, são cruéis com eles.

— Mas apenas as pessoas desagradáveis. — Desejei que ela me assegurasse que não seria cruel com um bebezinho anglo-indiano. Ela adorava crianças, principalmente os bebês. — Você não seria cruel — implorei.

Ela estava desfolhando uma rosa, mas parou naquele mesmo instante. Apertou os olhos como se tentasse esconder alguma coisa. Acho que, naquele momento, seus instintos naturais imploravam-lhe que ficasse do meu lado, mas, ela vivera tempo demais sob velhos e arraigados preconceitos, e os laços fortemente atados das convenções a impediam de se libertar. Esperei que se defendesse, mas quando tornou a abrir os olhos e continuou o que estava fazendo, sentenciou apenas:

— Não está certo. É tudo o que posso lhe dizer. Principalmente porque o pai de Angus é o governador da província.

— O que eles podem fazer?

Eles nada puderam fazer. Angus e sua noiva se casaram numa igrejinha pacata e insignificante na parte menos popular de Barana. Os pais de Tolliver não compareceram. Em viagem de lua-de-mel, os dois partiram para uma estação montanhosa em Kashmir. Na volta, Angus desligou-se da companhia de navegação e arranjou um emprego modesto num escritório de um drávida extre-

128 O QUARTO AZUL

mamente esforçado. Ele e Amita mudaram-se para uma casinha num distrito bastante afastado das residências inglesas, dando início a seu longo período de reclusão.

Três anos mais tarde, em 1938, eles voltaram para casa. Naquela altura, os Tollivers haviam se aposentado e fixado residência em sua casa de Cornwall. Envelhecidos, haviam perdido parte de seu esplendor. *Sir* Henry passava os dias escrevendo suas memórias ou podando as roseiras. *Lady* Tolliver fazia compras com uma cestinha de vime e jogava Mah Jong à tarde. Daisy Tolliver ocupava o tempo com obras de caridade e conduzia a orquestra local com seu violino.

Doris e Arthur se casaram, e Jassy e eu fomos damas de honra, com vestidos brancos de organdi e faixas azuis na cintura. Foi exatamente nesse dia que *Lady* Tolliver nos contou sobre Angus e Amita.

— Ele vai trazê-la à Europa para uma curta visita. Vão ficar com os avós dela em Lião e, em seguida, virão nos visitar por alguns dias. — Seu rosto, já enrugado, encheu-se de prazer e esperança, e eu imaginei como seria maravilhoso para ela poder demonstrar felicidade sem medo de ofender alguém ou desapontar o marido. Devia estar grata por voltar a ser uma pessoa comum, livre de toda e qualquer restrição social.

— Sei que ele vai querer ver você e Jassy. Gostava tanto de vocês. Falarei com sua mãe e tentaremos marcar alguma coisa.

Jassy estava agora com quatorze anos.

— Está ansiosa — perguntei a ela — para ver Angus Tolliver novamente?

ROSAMUNDE PILCHER

— Nem tanto — respondeu Jassy com seu modo impensado. — E espero que ele não a traga junto.

— Quer dizer Amita?

— Não quero encontrá-la. Não quero saber de nada que lhe diga respeito.

— Por que ela se casou com Angus ou por que é meio indiana?

— Porque é meio indiana — zombou Jassy. — Ela não passa de uma mestiça. Não sei como *Lady* Tolliver pode tolerar a presença dessa mulher em sua própria casa.

Eu me calei. Podia entender o ciúme de Jassy, mas não o seu ódio. Profundamente abalada, virei-me e a deixei sozinha.

Ficou acertado que *Lady* Tolliver e Daisy trariam Angus e Amita para tomar chá conosco, e como o dia combinado se aproximava e o humor de Jassy não mostrava sinais de melhora, meu temor aumentava. Imaginei Angus num terno deselegante, com a patética esposa a reboque. Talvez ela não soubesse usar os talheres. Talvez soprasse o chá na tentativa de esfriá-lo. E talvez ele já estivesse cansado dela e envergonhado e arrependido do impetuoso casamento. E seu embaraço contagiaria todos nós, como uma moléstia paralisante e dolorosa.

Após o almoço, na tarde do chá, Jassy e eu fomos nadar na companhia de um grupo de amigas, que levaram para a praia uma cesta de piquenique. Porém, às três horas, nós duas nos despedimos e partimos, cortando caminho pelo campo de golfe, com a roupa de banho úmida colada ao corpo, e as pernas e os pés cobertos de areia.

Fazia calor e ventava. O caminho que tomamos estava repleto de tomilhos que, ao serem pisados, exalavam um cheiro doce de hortelã. Paramos próximo à igreja a fim de calçar os sapatos e depois continuamos. Jassy, normalmente loquaz, estava calada. Olhando para ela, percebi que talvez não quisesse ter sido tão desagradável como fora. Estava apenas tão tensa quanto eu diante da idéia de encontrar Angus e Amita, mas a ocasião nos afetara de forma distinta.

Em casa, nossa mãe estava na cozinha, passando manteiga nos bolinhos de aveia que acabara de assar.

— Subam para se trocar — ordenou. — Depressa.

Deixei os vestidos sobre a cama.

Tive tempo de notar que ela usava seu traje turquesa de linho e o colar de contas de vidro que lhe fora presenteado por meu pai em seu aniversário. Em suma, o que possuía de melhor. Para nós, ela escolhera os vestidos e calções azuis de algodão, estampados com florezinhas brancas. E meias brancas e sapatos vermelhos com laços e botões. Lavamos mãos e rostos, e Jassy me ajudou com o cabelo, espesso e encaracolado, e que, naquela tarde, estava cheio de areia.

Enquanto nos aprontávamos, ouvimos o carro chegar. Aproximou-se pela estrada e parou do lado de fora do portão. No primeiro andar, a porta foi aberta, e ouvimos minha mãe descer os degraus da frente para saudar os convidados.

— Vamos — comandou Jassy. Começamos a descer, porém, no último minuto, ela voltou, tirou da gaveta o medalhão de ouro e o pôs no pescoço. Desejei ter um medalhão como o dela, um talismã, algo que reforçasse minha coragem.

Estavam na sala de visitas. Pela porta aberta do vestíbulo, ouvimos as vozes suaves, as risadas. Jassy, talvez encorajada pelo medalhão, ia na frente, e eu, temerosa, atrás. Assim que alcançamos a porta, Angus disse "Ora, Jassy", e a abraçou, como se ainda fosse uma menininha. Tive tempo de perceber que Jassy corou de imediato, e olhei para além deles. *Lady* Tolliver estava acomodada na melhor poltrona da casa. Daisy Tolliver sentava-se numa banqueta, e, no sofá sob a janela, lado a lado e de costas para o jardim, estavam minha mãe e... Amita.

A primeira coisa que notei foi que ela usava, como uma afronta, um sari vermelho-sangue. De que outra forma eu poderia descrevê-la? Um pássaro do paraíso, talvez, magnificente e inadequado, sombreado pelas flores das ervilhas-de-cheiro, num aposento inglês, numa tarde quente de verão.

Ela era pequena, lindamente proporcional, a pele delicada e dourada como um ovo marrom. Seus olhos eram imensos, escuros e maravilhosamente moldados. Jóias reluziam em suas orelhas, pulsos e dedos, e seus pés calçavam um par de sandálias de tiras douradas. Tudo aquilo era puramente indiano, mas seu cabelo denunciava suas origens européias, espesso, escuro e encaracolado. Ela o usava na altura dos ombros, emoldurando seu rosto. Trazia na mão uma pequena bolsa dourada de pelica, e a sutileza almiscarada de seu perfume encheu a sala.

Não consegui desviar os olhos dela. Fui beijada por Angus e por *Lady* Tolliver, sem tirar os olhos de Amita. Quando fomos apresentadas, ela estava sorrindo. Talvez por sua pele morena, mas jamais vira dentes tão brancos.

132   O QUARTO AZUL

— Também devo beijá-la? — perguntou ela.

Sua voz era encantadora, as meras vogais sugeriam uma leve entonação francesa.

— Não sei — respondi.

— Por que não tentamos?

Então a beijei. Nada tão mágico havia acontecido comigo antes, e quando o fiz, perplexa e enfeitiçada por sua beleza, um pensamento cruzou minha mente; gentilmente, como o leve toque da asa de uma mariposa. "Por que tanto estardalhaço?"

Não me lembro muito bem daquela tarde, exceto pela incomum fascinação que senti, como se uma rajada de vento fresco invadisse nossa pequena casa. Angus havia mudado, mas para melhor, considerei. Tornara-se um homem. Sua beleza pueril e sua alegria contagiante haviam desaparecido; havia uma certa prudência, uma certa reserva por parte dele, mas também algo mais forte. Talvez um orgulho ou um senso de conquista. Não sei bem. Parecia mais alto, o que era estranho, pois, enquanto eu crescia cada vez mais, os adultos pareciam encolher. Talvez eu houvesse esquecido de como sua postura era ereta. Esquecido a largura dos seus ombros e o formato harmonioso de suas mãos.

Até mesmo a conversa em torno da mesa de chá foi maravilhosamente sofisticada. Falou-se de Veneza e Florença, que eles tinham acabado de visitar, e dos El Greco que viram em Madri. Estiveram em Paris, e Angus caçoou de Amita, que lá havia comprado muitas roupas novas, e ela apenas riu e dirigiu-se à minha mãe, dizendo:

— Como pode um homem compreender que, para

ROSAMUNDE PILCHER

nós, chapéus e sapatos e todas as lojas de roupas são irresistíveis? — Mas seu "comprrreender" fez todos acharem graça.

Angus contou-nos que estavam deixando a Índia para viver em Burma, pois fora promovido a gerente do novo escritório de Rangoon. Encontrariam uma casa para morar, e Angus compraria um pequeno barco e tentaria convencer Amita a aprender a navegar. E isso só provocou mais risadas, pois Amita jurou que só de olhar para um barco já se sentia nauseada e que a coisa mais esportiva que fizera na vida fora virar as páginas de um livro.

Após o chá, sentamo-nos no jardim. *Lady* Tolliver, Daisy e minha mãe conversavam, e Jassy, que aparentemente perdoara Angus e recuperava seu costumeiro bom humor, estava ao seu lado, implorando para que ele lhe contasse histórias sobre Kashmir, sobre caçadas a tigres e casas flutuantes. Amita me pediu que lhe mostrasse o jardim, e então levei-a ao canteiro de rosas e tentei me lembrar de seus variados nomes.

— Elizabeth de Glamis e Ena Harkness e aquela pequena trepadeira ali se chama Albertine. Tem cheiro de maçã-verde.

Ela sorriu para mim. E perguntou:

— Gosta de flores?

— Gosto. Quase mais do que tudo.

— Em Rangoon, vou cultivar o jardim mais bonito do mundo. Plantarei buganvílias, flores do templo, pés de jacarandá e malvas-rosas mais altas do que nós. E, sobre a relva verde, haverá pavões e garças brancas; e lagos redondos, cercados de rosas, que refletirão o azul do céu. E quando você crescer um pouco mais, quando estiver com dezessete, poderá nos visitar, e eu lhe mostrarei tudo. Faremos um jantar especial, com música e dança, e um piquenique na praia ao luar. E haverá rapazes por toda parte, apaixonados, todos à sua volta, como mariposas em torno da chama de uma vela.

Olhei para Amita, deslumbrada, hipnotizada pela descrição que fizera de mim aos dezessete anos, linda e esguia como ela, de seios perfeitos e cintura delgada. Imaginei meus admiradores, altos e eretos, envergando fulgurantes uniformes. Ouvi a música, senti o perfume das flores do templo e vi a luz da lua sobre o mar...

— Você virá? — inquiriu ela.

Sua voz interrompeu meu sonho. Agora, seus olhos negros brilhavam, pesados de lágrimas. E compreendi que tudo não passava de fantasia. Ela jamais teria um enorme e lindo jardim em Rangoon, pois a vida que ela e Angus escolheram para si não comportava tais riquezas. E eu nunca iria visitá-la. Ela nunca pediria isso a minha mãe, e, mesmo que o fizesse, jamais me deixariam ir. Era tudo faz-de-conta. Ela sabia disso, como eu; mas, ainda assim, era difícil suportar vê-la tão triste, por isso sorri para ela e respondi:

— É claro que irei. Adoraria ir. Mais do que tudo no mundo.

Ela sorriu de volta e limpou as lágrimas dos olhos. Com as mãos em meu rosto, ela me virou em sua direção e disse:

— Um dia, terei uma menininha. E quero que ela seja tão doce quanto você.

Estávamos muito próximas. Tive a sensação de que já nos conhecíamos e que seríamos amigas para sempre. Naquele instante, tive absoluta certeza de que todos estavam errados. Minha mãe e meu pai, os Tolliver e os pais deles, e os pais dos pais deles. Os preconceitos, as discriminações, o esnobismo, as tradições haviam tombado como um baralho de cartas e lá permaneceram, desde então, intocáveis.

Desvendando a verdade do charco confuso das idéias infantis, Amita mudou minha vida. "Por que tanto estardalhaço?" Eu havia me perguntado, e a resposta era: "Por nada." Somos todos seres humanos. Alguns bons, outros maus, alguns pretos, outros brancos, mas qualquer que seja a cor da pele ou a crença religiosa e os hábitos culturais, todos temos algo a oferecer ao outro e algo para compartilhar, ainda que seja apenas a própria vida.

Antes de partir, Amita foi até o carro e voltou com dois embrulhos, um para Jassy e outro para mim. Quando os Tollivers se foram, nós abrimos os presentes e encontramos as bonecas. Nunca víramos bonecas como aquelas, tão perfeitas e grandes e lindamente vestidas, com as unhas dos delicados pés de *papier-mâché* laqueadas e pequeninos brincos reluzentes. Nossas outras bonecas tinham nomes, como Rosemary e Dimples, mas nunca pusemos nomes nas bonecas que ganhamos de Amita. Nunca brincamos com elas. Apenas as olhávamos, por trás do vidro da estante de nosso quarto, ao lado do jogo de chá de boneca que pertencera à nossa avó e da coleção de animais de madeira que herdáramos de uma tia idosa.

✳ ✳ ✳

Não comentei nada sobre Amita com ninguém.

— Gostou dela? — perguntou minha mãe num dia em que Jassy saíra para tomar chá com uma amiga e ficamos a sós.

136 O QUARTO AZUL

Mas não consegui lhe dizer o que havia sentido nem o que aprendera com ela, pois, agora, minha mãe e eu estávamos em lados opostos. Não éramos inimigas, mas guardávamos opiniões diferentes e teríamos que conviver com isso pelo resto da vida.

Então, eu disse apenas:

— Gostei — e continuei a comer meu pão com manteiga.

Nunca mais tornei a ver Angus e Amita. A guerra estourou, e eles não puderam mais voltar para casa. Amita estava grávida quando os japoneses invadiram Burma, mas conseguiu escapar de Rangoon marchando para o norte, rumo a Assam, acompanhada de alguns oficiais do Departamento Florestal, um bando de valiosos elefantes e seus condutores, e uma horda de mulheres e crianças inglesas. Angus ficou para trás, aparentemente para fechar o escritório e destruir toda a importante papelada que havia nele. Prometeu encontrar-se com ela, mas saiu tarde demais e foi capturado pelos japoneses, vindo a morrer, um ano mais tarde, num campo de concentração.

Quanto a Amita, a longa marcha, para uma moça que não havia feito nada mais esportivo do que virar as páginas de um livro, comprovou sua força. Um dia depois que o alquebrado bando de refugiados chegou a Assam, Amita entrou em trabalho de parto. Encontraram uma cama para ela num hospital militar, mas pouco pôde ser feito. A criança nasceu morta e, poucas horas depois, Amita também faleceu.

Ainda guardo a boneca que ela me deu. Os cabelos pintados de negro sobre a cabeça morena, os enormes olhos contornados de sombra escura, o pequeno sari que reluz com as lantejoulas e os fios dourados. Um dia, quando minha neta rechonchuda estiver maior, eu lhe darei a boneca e contarei a ela sobre Amita.

Quem sabe não conto também a verdade que me foi revelada por Amita naquela tarde de verão. Mas espero, e acredito, que, quando minha neta estiver crescida o bastante para ganhar a boneca, já tenha descoberto por si só.

O Quarto Azul

Quando o sol se escondeu e longas sombras acinzentadas se espalharam sobre as dunas arenosas, a praia lentamente se esvaziou. As mães chamavam seus relutantes filhos, convencendo-os a sair da água cálida depositada em piscinas de areia da preamar do verão. Bebês bronzeados e sonolentos eram amarrados nos carrinhos, piqueniques recolocados nas cestas, chinelos e toalhas perdidos, finalmente encontrados. Às sete horas, a praia estava quase deserta. Restara apenas o salva-vidas, sentado em sua cadeira de armar, ao lado da barraca, dois surfistas persistentes e uma senhora acompanhada de um cachorro desordeiro.

E Emily e Portia.

Emily tinha quatorze anos, e Portia era um ano mais velha. Emily morava no vilarejo — nascera ali e sempre vivera na velha casa perto da igreja. Mas Portia era de Londres. Pelo que Emily se lembrava, os pais de Portia sempre alugavam a casa dos Luscombe durante o mês de agosto, enquanto os proprietários tiravam férias para ver a filha que morava em alguma parte remota da Escócia, e cujo nome soava como um espirro.

Na infância, Emily e Portia brincavam juntas todos

os verões. Durante a infância, haviam prestado pouca atenção uma à outra, porém, na verdade, tinham muito pouco em comum. Mas os irmãos de Portia eram todos mais velhos, e Emily era filha única. Assim, com o incentivo dos pais, travaram uma amizade bastante conveniente. E trocavam confidências.

Foi Portia quem sugeriu o passeio vespertino à praia. Ligara para Emily depois do almoço.

— ... Estou sozinha em casa. Giles e seu amigo foram assistir a uma corrida de *stock car*... — Giles era seu irmão, aluno de Cambridge e extremamente espirituoso e erudito. — ... e eu não quis ir. O lugar é quente e fedido. — Emily hesitou, e Portia percebeu a dúvida da amiga. — Não há mais nada que queira fazer, há?

Emily, agarrada ao telefone, ouviu o silêncio da casa, entorpecida pelo calor do início da tarde. A Sra. Wattis, tendo lavado a louça do almoço, partira para Fourbourne, onde passaria a noite com a irmã. O pai de Emily estava em Bristol. Saíra em viagem de negócios naquela manhã e não voltaria antes de dois dias. Stephanie estava em seu quarto, descansando.

— Não. Nada — respondeu Emily. — Então, vamos.

— Leve uns biscoitos, sanduíches ou qualquer outra coisa. Levarei uma garrafa de limonada. Encontro você na igreja.

Fazia um ano que Emily não se encontrava com Portia, e assim que a viu, sentiu um aperto no peito. Tinha acontecido de novo. Na escola, todas as colegas pareciam estar crescendo e ultrapassando-a, passando de ano, prestando exames mais adiantados, adquirindo privilégios, enquanto Emily ficava para trás, presa à segurança da infância, do conhecido, do familiar. Ansiava avançar como as outras, porém, faltava-lhe coragem para dar o primeiro e decisivo passo.

E, agora, Portia.

Portia estava crescendo. Possuía uma bela estampa. Em apenas doze meses, passara de menina a moça. Os *shorts* e a blusa curta revelavam a cintura delgada, os quadris torneados, as longas pernas bronzeadas. Seus cabelos castanhos e anelados agora tocavam os ombros. Havia furado as orelhas e ostentava um par de brincos de ouro, que reluziam quando ela jogava os cabelos para trás, enrolando-se em cachos lustrosos. Havia esmalte cor-de-rosa em suas unhas, e suas pernas tinham sido depiladas.

Cruzando o campo de golfe em direção ao mar, as duas passaram por dois rapazes, golfistas, que se dirigiam ao próximo *tee*. No ano anterior, os rapazes sequer teriam notado sua presença, porém, agora, olhavam para Portia, e Emily observou a reação da amiga. A pantomima de não se dar conta de estar sendo admirada. A súbita mudança no andar, a cabeça jogada para trás, enquanto a brisa soprava os cabelos em seu rosto. Os dois jovens não olharam para Emily, que, por sua vez, não esperava que o fizessem. Quem iria querer olhar para uma menina magricela de quatorze anos, desprovida de formas e curvas, os cabelos cor de palha e um horrendo par de óculos?

— Ainda usa óculos? — observou Portia. — Por que não os troca por lentes de contato?

— Talvez eu o faça, daqui a alguns anos.

— Uma garota da minha escola usa, mas ela disse que, no início, é uma agonia.

Emily sentiu-se nauseada. Não suportava a idéia de usar lentes de contato ou de ter de lixar as unhas (sua mãe lhe ensinara a cortá-las) ou comer sanduíches com areia.

— Você fez os exames para o segundo grau, neste verão?

Portia fez uma careta entediada.

— Fiz, mas ainda não busquei os resultados. Acho que me saí bem, mas agora meus pais querem me transferir para uma escola preparatória para exames avançados. O colégio é tão sufocante. — Emily nada disse. — E você? Já prestou os exames?

Emily não olhou para Portia, pois, às vezes, seus olhos se enchiam de lágrimas, e tudo levava a crer que era isso que estava para acontecer.

— Farei as provas no ano que vem. — Do outro lado da baía, um carro cruzava a estrada rumo à praia distante. Os raios de sol refletiram no pára-brisa. Emily o observou por um minuto, concentrada, e, após um instante, as lágrimas recuaram, sem verter. Ela continuou: — Quis fazer os exames, mas a Srta. Myles, a diretora da escola, disse que seria melhor esperar até o próximo ano.

A entrevista havia sido um pesadelo. A Srta. Myles fora um amor, tão simpática, e tudo o que Emily pôde fazer foi sentar-se e olhar para ela, impassível, mal escutando o que ela dizia, incapaz de captar suas sensatas palavras. "Ninguém esperava que você fosse passar, Emily, não agora. E, além do mais, qual é a pressa? Por que não dá a si mesma mais doze meses? O tempo cura tudo. Daqui a um ano você não terá esquecido, pois nunca esquecerá sua mãe, mas tenho certeza de que as coisas irão melhorar."

Aproximaram-se da ponte sobre a ferrovia, a passa-

ROSAMUNDE PILCHER

rela de madeira que separava o campo de golfe das dunas de areia. Na metade do caminho, pararam, como sempre o faziam, a fim de se debruçar sobre o parapeito de madeira e espiar as curvas dos trilhos abaixo, que agora refletiam os raios de sol.

— Minha mãe me contou — falou Portia — que seu pai se casou de novo.

— É.

— Ela é legal?

— É. — O silêncio que seguiu a única palavra soou como uma acusação contra Stephanie. Por isso, acrescentou: — Ela é jovem demais. Tem só vinte e nove anos.

— Eu sei. Minha mãe me disse. E também me contou do bebê que está a caminho. Você se importa?

— Não — mentiu Emily.

— Deve ser engraçado ter um bebê a caminho. Quer dizer, agora, na sua idade.

— Não me importo.

Haviam comprado um berço novo para o bebê, mas seu pai descera do sótão o velho carrinho de Emily, e Stephanie o havia limpado, polido e untado com óleo. E costurara uma pequenina colcha de retalhos para o carrinho; e agora ele aguardava, num canto da lavanderia, a chegada do novo dono.

— Quer dizer — insistiu Portia — você nunca teve irmãos. Será estranho para você.

— Não me importo. — O parapeito de madeira da ponte estava quente, áspero e cheirava a creosoto. — Não me importo. — Atirou uma lasca de madeira na linha do trem. — Venha. Estou com calor e quero nadar. — Atravessaram a ponte, o ruído oco de seus passos sobre as tábuas, e desceram a trilha arenosa que levava às dunas.

Tomaram banho de mar e de sol, deitaram-se na areia, uma olhando para a outra. Portia falou sem parar, sobre a estação de esqui que visitaria nas próximas férias, sobre o rapaz que conhecera e que prometera levá-la para patinar, sobre a jaqueta de camurça que seu pai jurou que lhe daria de aniversário. Não falou mais em Stephanie nem no bebê, e, por causa disso, Emily ficou silenciosamente gratificada.

E agora, ao fim do dia e início da noite, era hora de voltar para casa. A maré baixara, e um aro de areia escura e úmida se estendia pouco além do alcance da arrebentação. O mar iluminado mostrava-se deslumbrante, e o céu, ainda sem nuvens, apresentava intensa tonalidade azul.

Portia consultou o relógio.

— São quase sete horas. Preciso voltar. — Começou a retirar a areia úmida do biquíni. — Daremos um jantar esta noite. Giles convidou alguns amigos, e eu prometi à minha mãe que lhe daria uma ajuda.

Emily imaginou a casa repleta de jovens amigos, devorando enormes quantidades de comida, bebendo cerveja, ouvindo o disco mais recente no aparelho de som. A cena era invejável e assustadora ao mesmo tempo. Vestiu a camiseta sobre a roupa de banho e acrescentou:

— Também preciso voltar.

Portia perguntou com desabitual polidez:

— Também receberão os amigos?

— Não, mas meu pai está viajando, e Stephanie está sozinha.

— Então só restou você e a madrasta malvada?

Emily retrucou rapidamente:

— Ela não é malvada.

— É só uma maneira de falar — desculpou-se

ROSAMUNDE PILCHER

Portia, juntando a toalha e o bronzeador e guardando tudo numa bolsa de lona onde havia o nome "St Tropez" impresso do lado.

Separaram-se diante da igreja.

— Foi divertido — falou Portia. — Faremos isso de novo. — Com um aceno casual, saiu andando. Pouco depois, acelerou a caminhada, e, mais um pouco, começou a correr. Portia estava com pressa de chegar em casa, lavar os cabelos e se aprontar para a festa.

Não convidara Emily, que, por sua vez, não esperava ser convidada. Não queria ir a festa alguma. Mas tampouco ansiava por chegar em casa e ter de enfrentar uma noite inteira na companhia de Stephanie.

Stephanie e o pai de Emily estavam casados há quase um ano, mas essa era a primeira vez que as duas ficavam sozinhas. Sem o pai para atuar como mediador e manter vivo o diálogo em casa, Emily estava apreensiva. Sobre o que iriam conversar?

Começou a caminhar de volta para casa. Pela relva, sob a sombra generosa dos carvalhos, atravessando o caminho de terra, vislumbrando o horizonte do mar. Além dos portões brancos abertos, a casa revelou-se, depois da curva da entrada de carros.

Relutante, tomada de um estranho presságio, Emily parou para olhar a casa. Seu lar. Mas aquele não era mais o seu lar desde que sua mãe morreu. E, pior, desde que seu pai se casou com Stephanie, aquela se tornara a casa de outra pessoa.

O que havia mudado? Apenas algumas coisas sem importância. Os cômodos ficaram mais organizados. Novelos de lã e agulhas de tricô, livros e revistas não

146   O QUARTO AZUL

ficavam mais espalhados pela sala. As almofadas eram constantemente afofadas, e os tapetes, esticados e alinhados.

As flores foram trocadas. A mãe de Emily adorava flores, mas não possuía habilidade para fazer arranjos. Grandes maços de flores enfeitavam as moringas exatamente como eram colhidos. Mas Stephanie possuía mãos mágicas. Os ramalhetes, sobre pedestais, eram dispostos em enormes vasos cor de creme. Espigões de delfínios e palmas-de-santa-rita misturados com rosas e ervilhas-de-cheiro e folhas de formatos estranhos que ninguém jamais pensaria em colher.

Tudo isso era inevitável e perfeitamente tolerável. Mas o que era quase insuportável e havia realmente virado o mundo de Emily de cabeça para baixo foi a total transformação realizada no quarto de sua mãe. Nada mais na casa tinha sido alterado ou redecorado ou repintado, exceto o enorme quarto de casal, voltado para o jardim e para as águas azuis da enseada, que fora despido de sua mobília, destruído, reformado, transformando-se num cômodo totalmente novo e pouco familiar.

Era verdade que seu pai havia lhe dito que tudo aquilo seria feito.

Escrevera para ela no colégio. "Um quarto é uma coisa pessoal", dizia sua carta. "Não seria justo para Stephanie se tivesse que usar o quarto de sua mãe, do mesmo modo que não seria justo para sua mãe se Stephanie tomasse posse de seus tesouros pessoais. Por isso, decidimos modificar tudo, e quando você voltar para as férias, vai encontrá-lo irreconhecível. Não fique magoada. Tente compreender. É a única coisa que esta-

ROSAMUNDE PILCHER

mos modificando na casa. O resto permanecerá do mesmo jeito de sempre."

Emily pensou no quarto. Antigamente, antes da morte de sua mãe, ele era simples e aconchegante; nele, nada combinava completamente, porém, tudo convivia em perfeita harmonia, como a sementeira de flores colocada a esmo num canto da parede. As cortinas e o tapete estavam descorados. A enorme cama de ferro, que pertencera à avó de Emily, era revestida por uma colcha branca de crochê, e havia várias fotografias espalhadas sobre os móveis e algumas antigas aquarelas nas paredes.

Mas tudo aquilo se fora. Agora, tudo ali era azul. O quarto ganhara tons suaves, como o tapete azul-claro e as cortinas de linho amarelo-pálidas. A antiga cama de ferro dera lugar a um luxuoso e amplo divã, cujos babados eram do mesmo tecido das cortinas, recoberto por um dossel de musselina branca, suspenso, no alto da parede, por um ornato dourado. Vários tapetes brancos felpudos adornavam o piso, e o banheiro, revestido de espelhos, cintilava com sedutores jarros e vidros. E tudo rescendia a lírios-do-vale. Era o próprio perfume de Stephanie. Mas a mãe de Emily sempre cheirava a água-de-colônia e pó-de-arroz.

Parada ali, à luz da noite, com os cabelos úmidos do mar e areia nas pernas bronzeadas, Emily subitamente desejou que as coisas voltassem a ser como antes. Ser capaz de correr para a porta da frente, chamando a mãe, e ouvir a voz dela responder ao seu chamado, do segundo andar. Subir ao seu quarto e deitar na grande cama hospitalar, enquanto sua mãe, sentada à penteadeira, escovava os cabelos curtos ou empoava o nariz com uma esponja de algodão recém-mergulhada no pote de cristal do perfumoso pó-de-arroz.

Nunca se sentiria íntima de Stephanie. Não que não gostasse dela. Stephanie era bonita, jovem e adorável, e tentara ao máximo encontrar um nicho no coração de Emily. Mas as duas eram tímidas. Uma temia invadir a privacidade da outra. Talvez fosse mais fácil para ambas se o bebê não tivesse acontecido. Entretanto, ele estaria ali em um mês, dormindo no berço novo, no antigo quarto de Emily. Um novo ser, com quem ela teria que ajustar contas e que reclamaria total atenção de seu pai.

Emily não queria o bebê. Não gostava muito de crianças. Certa vez, assistira a um filme na televisão onde alguém banhava um recém-nascido e ficou aterrorizada. A pessoa parecia estar tentando dar banho num girino.

Desejava poder voltar no tempo, ter doze anos novamente, estar longe de todos esses problemas. Estava sempre desejando voltar no tempo e era por isso que andava tão mal na escola, que perdia nos jogos e que repetira o ano letivo. No próximo período, estudaria com uma turma de meninas mais novas, com quem não tinha nada em comum. Sua segurança havia sido irremediavelmente destruída, como a face de um penhasco continuamente esmurrado pelo mar e açoitado pelo vento. Às vezes, sentia que nunca mais seria capaz de tomar uma decisão ou conquistar o que quer que fosse.

Entretanto, remoer tais pensamentos de nada adiantava. A noite se estenderia e teria de ser enfrentada. Subiu pela entrada de carros e, após pendurar na corda o maiô, entrou em casa pela porta dos fundos. A cozinha estava impecavelmente limpa e organizada. O relógio redondo de madeira sobre o aparador contava os minutos, produzindo um som que imitava o de uma podadeira. Emily deixou as sobras do piquenique sobre a mesa e deixou a cozinha. Uma nesga do sol vespertino invadia o vestíbulo pela porta aberta. Emily parou sob o tépido clarão e escutou. Não havia ruídos. Olhou para a sala de estar, mas não havia ninguém.

— Stephanie.

Provavelmente teria saído para dar um passeio. Gostava de passear ao entardecer, quando estava mais fresco. Emily avançou escada acima. No patamar, notou que a porta do grande quarto azul estava aberta. Hesitou. De dentro, uma voz chamou seu nome.

— Emily. Emily, é você?

— Sim, sou eu. — Cruzou o corredor e entrou.

— Emily.

Stephanie jazia sobre a linda cama de casal. Ainda estava vestida com a bata frouxa de algodão, mas havia tirado as sandálias. Seus brilhantes cabelos ruivos se espalhavam em cachos sobre a fronha alva, e seu rosto infantil e sardento, sem qualquer vestígio de maquiagem, encontrava-se muito pálido e suado.

Stephanie estendeu a mão.

— Ainda bem que chegou.

— Eu estava na praia com Portia. Achei que você tivesse ido passear. — Emily aproximou-se da cama, mas não tomou a mão estendida da madrasta. Stephanie cerrou os olhos. Virou o rosto para o outro lado e respirou longa e profundamente.

— Há algo errado?

Sabia que havia. E sabia o que era. Mesmo antes de Stephanie finalmente soltar o ar e abrir os olhos novamente. Ela e Emily se entreolharam. Stephanie disse:

— O bebê está chegando.

— Mas ainda falta um mês.

— Bem, acho que ele vem agora. Sei que vem. Senti-me estranha o dia inteiro e tentei sair em busca de ar fresco, depois do chá, e senti essa dor. Então voltei para casa e me deitei. Achei que fosse passar. Mas não passou, está ficando pior.

Emily engoliu. Tentou lembrar-se de tudo o que sabia sobre partos, o que não era muito. Então perguntou:

— Qual a freqüência das dores?

Stephanie alcançou seu relógio dourado sobre o criado-mudo.

— A cada cinco minutos.

Cinco minutos. Emily podia sentir seu coração batendo acelerado. Baixou os olhos e viu o abdômem absurdamente inchado de Stephanie, retesado pela vida incipiente, sob o vestido de algodão estampado com ramagens. Sem pensar, pousou a mão suavemente sobre o volume.

— Pensei que o primeiro bebê demorasse séculos para chegar — disse Emily.

— Não creio que haja uma regra muito rígida.

— Já ligou para o hospital? Ligou para o médico?

— Não fiz nada. Tive medo de me mexer e acontecer alguma coisa.

— Vou ligar — decidiu Emily. — Vou ligar agora. Tentou lembrar-se do que havia acontecido quando a Sra. Wattis's Daphne tivera seu bebê. — Mandarão uma ambulância. — A Sra. Wattis's Daphne calculara mal o tempo e tivera o bebê a caminho do hospital.

— Gerald ia me levar — observou Stephanie. Gerald era o pai de Emily. — Não quero que o bebê nasça sem ele por perto... — Havia lágrimas em seus olhos.

— Talvez seja preciso — ponderou Emily. Stephanie desatou a chorar e subitamente parou.

— Oh... estou sentindo de novo! — Alcançou a mão de Emily e, por um ou dois minutos, nada mais importava no mundo senão o toque arrebatador de suas mãos, a respiração lenta e determinada, os gemidos de dor. Pareceu continuar por uma eternidade, porém, por fim, pouco a pouco, a dor passou. Exaurida, Stephanie permaneceu deitada. O aperto de mão tornou-se mais frouxo. Emily puxou a sua. Cruzou o quarto e entrou no banheiro da madrasta. Encontrou uma toalha limpa, embebeu-a em água fria e a levou para a cama. Limpou o suor do rosto de Stephanie e dobrou a toalha várias vezes, colocando-a sobre a testa da moça.

— Terei que deixá-la sozinha por alguns instantes. Vou descer e telefonar para o médico. Mas ficarei escutando, e tudo o que você precisa fazer é gritar... — falou Emily.

Havia um telefone no escritório, na mesa de seu pai. Odiava ter de usar o telefone, então sentou-se na cadeira alta a fim de se fortalecer e por ser aquela a única forma de aproximar-se dele. O número do hospital estava escrito na agenda de telefones do pai. Discou com cautela e aguardou. Quando uma voz masculina atendeu à chamada, Emily perguntou, o mais calmamente que pôde, pelo ramal da maternidade. Aguardou novamente, e a demora lhe pareceu interminável. Estava ansiosa e impaciente.

— Maternidade.

O alívio a deixou incoerente.

— Ah... é... quer dizer... — Engoliu e começou novamente, mais devagar. — Aqui é Emily Bradley. Minha madrasta deveria dar à luz daqui a um mês, mas está tendo o bebê agora. O que quero dizer é que ela está com dores.

— Ah, sim — respondeu a voz, calma e abençoadamente profissional. Emily imaginou alguém formal e organizado, preenchendo um bloco à sua frente, desatarraxando a caneta, pronto para anotar todos os dados necessários. — Qual é o nome de sua madrasta?

— Stephanie Bradley. Sra. Gerald Bradley. Tem reserva neste hospital para daqui a um mês, mas acho que ela vai ter o bebê hoje mesmo. Agora.

— Ela contou o tempo das dores?

— Contou. A cada cinco minutos.

— É melhor trazê-la para cá.

— Não posso. Não tenho carro e não sei dirigir. E meu pai está viajando, e eu estou sozinha com ela.

Emily, finalmente, conseguiu expressar a urgência do caso.

— Nesse caso — ponderou a voz do outro lado, sem mais delongas — mandaremos uma ambulância.

— Acho que — acrescentou Emily, lembrando-se da Sra. Wattis's Daphne — é melhor mandar uma enfermeira também.

— Qual é o endereço?

— Wheal House, Carnton. Depois da igreja, no fim da rua.

— E quem é o médico da Sra. Bradley?

— Dr. Meredith. Mas eu mesma posso ligar para ele, enquanto vocês providenciam a ambulância e uma cama no hospital.

— A ambulância chegará aí em torno de quinze minutos.

— Obrigada. Muito obrigada.

Emily desligou o aparelho. Permaneceu sentada

por um instante, mordendo o lábio. Pensou em ligar para o médico e então lembrou-se de Stephanie e subiu as escadas, dois degraus de cada vez, afobada ante tamanha responsabilidade.

Stephanie permanecia deitada, de olhos cerrados. Aparentemente, não se mexera. Emily chamou-a pelo nome, e ela abriu os olhos. Emily sorriu, tentando confortá-la.

— Tudo bem?

— Senti outra dor. São a cada quatro minutos agora. Ah, Emily, estou com tanto medo.

— Não tenha medo. Já liguei para o hospital e eles estão mandando uma ambulância e uma enfermeira... Estarão aqui em quinze minutos.

— Estou com tanto calor. Não me sinto nada bem.

— Posso ajudá-la a trocar o macacão. Uma camisola limpa a deixaria mais à vontade.

— Ah, faria isso? Está na gaveta da cômoda.

Emily abriu a gaveta e encontrou a camisola branca, perfumada e rendada. Gentilmente, tirou seu macacão amarrotado e a ajudou com o sutiã e a calcinha. Nua, sua barriga saliente foi revelada. Emily nunca vira algo assim, porém, para sua surpresa, não a achou feia. Ao contrário, parecia uma espécie de milagre; um ninho seguro e escuro contendo um ser vivo, que se fazia notar e anunciava que era chegada a hora de vir ao mundo. Subitamente, nada mais parecia alarmante. Mas excitante. Enfiou a camisola pela cabeça de Stephanie e ajudou-a a enfiar os braços pelas mangas rendadas. Apanhou uma escova na penteadeira e uma fita de veludo, e Stephanie alcançou a escova, penteou para trás os cabelos emaranhados e os amarrou com a fita, para, enfim, deitar-se mais uma vez e esperar a próxima violenta contração. Não demorou a chegar. Quando terminou, Emily, sentindo-se tão exausta quanto Stephanie, tornou a consultar o relógio. Quatro minutos novamente.

Quatro minutos. Apavorada, Emily fez alguns cálculos de cabeça. Tudo levava a crer que o bebê não agüentaria esperar a ambulância chegar ao hospital. Nesse caso, nasceria ali mesmo, em casa, no quarto azul, na cama imaculada. Ter um bebê era algo complicado. Emily sabia, pelos livros que lera, sem falar na vez em que assistira a uma gata dar à luz uma ninhada de filhotinhos malhados. Algumas precauções deveriam ser tomadas, e Emily sabia exatamente quais. No armário de roupas de cama, ela encontrou um lençol emborrachado, comprado para o bebê, e uma pilha de toalhas brancas e felpudas.

— Você é brilhante — elogiou Stephanie, enquanto Emily, com alguma dificuldade, refazia a cama com a madrasta ainda deitada. — Pensou em tudo.

— Bem, sua bolsa pode estourar.

Stephanie, apesar de tudo, desatou a rir.

— Como sabe de tudo isso?

— Não sei. Apenas faço. A mamãe me contou como é ter um bebê ao narrar os fatos da vida. Ela estava descascando couve-de-bruxelas na ocasião, e me lembro de estar encostada na pia, observando-a, imaginando que deveria haver uma maneira mais fácil de se ter um bebê.

— E acrescentou: — Mas é claro que não há.

— Não, não há.

— Minha mãe só teve a mim, mas ouvi outras pessoas dizerem que, uma vez terminado, a gente se esquece da dor e só pensa no milagre que é ter um filho. E, então, quando se tem outro, a gente se lembra da velha dor e pensa: "Devo estar fora do juízo normal para querer ter outro filho." Mas aí já é tarde demais. Agora, se você estiver bem, vou descer e telefonar para o médico.

A Sra. Meredith atendeu ao chamado e disse que o médico não estava, mas que deixaria um recado no centro cirúrgico, pois ele sempre ligava para lá a fim de checar as emergências.

— É muito urgente — suplicou Emily, explicando a situação. A Sra. Meredith disse que, nesse caso, tentaria encontrá-lo ela mesma. — Já ligou para o hospital, Emily?

— Liguei, e eles estão enviando uma ambulância e uma enfermeira. Devem chegar a qualquer instante.

— A Sra. Wattis está com você?

— Não. Ela foi para Fourbourne.

— E seu pai?

— Está em Bristol. Não tem idéia do que está acontecendo. Só estamos Stephanie e eu.

Houve uma ligeira pausa.

— Vou encontrar o médico — afirmou a Sra. Meredith, e desligou.

— Agora — lembrou Emily — temos que encontrar papai.

— Não — pediu Stephanie. — Vamos aguardar até que esteja tudo bem. Ele ficaria preocupado, e não há nada que possa fazer. Vamos esperar que o bebê chegue e então ligaremos para ele.

Sorriram uma para a outra, duas mulheres conspirando para proteger o homem que amavam. No momento seguinte, Stephanie arregalou os olhos e escancarou a boca, sufocando o grito de agonia.

— Oh, Emily...

156   O QUARTO AZUL

— Está tudo bem... — Emily segurou sua mão. —
Tudo bem. Estou aqui. Não vou embora. Estou aqui. Vou
ficar com você...

Cinco minutos depois, o vilarejo foi invadido pelo estardalhaço das sirenes. O carro chegou roncando alto pela
rua sulcada, virou no portão e avançou pela entrada da
garagem. Emily mal teve tempo de descer as escadas
antes que eles chegassem, dois homens corpulentos carregando uma padiola, e uma enfermeira com uma mala.
Emily os recebeu no vestíbulo.

— Acho que ela não vai conseguir chegar ao hospital...

— Veremos — falou a enfermeira. — Onde ela está?

— Lá em cima. Primeira porta à esquerda. Há toalhas e um lençol emborrachado sobre a cama.

— Boa menina — comprimentou a enfermeira, encantada, e desapareceu escada acima, com os homens
atrás. Quase no mesmo instante, surgiu outro carro que,
com os pneus chiando sobre os cascalhos, freou logo atrás
da ambulância. Dele saiu, como uma bala, o médico.

O Dr. Meredith era um velho amigo de Emily.

— O que aconteceu? — perguntou ele.

Emily lhe respondeu.

— Era para ser daqui a trinta dias. Deve ser culpa
do calor. — O médico se permitiu um ligeiro sorriso. —
Isso é ruim ou tudo vai acabar bem?

— É o que veremos. — E dirigiu-se à escada.

Parou e virou-se para ela. Seu rosto trazia uma expressão que Emily jamais vira.

— Parece-me que você fez tudo o que pôde. Sua
mãe ficaria orgulhosa de você. Por que não vai dar um

passeio? Vá se sentar no jardim. Tão logo tudo termine, eu a chamarei.

Sua mãe ficaria orgulhosa de você. Emily cruzou a sala de visitas, as portas envidraçadas, até a varanda. Sentou-se no topo da pequena escada que levava ao gramado. Imediatamente, sentiu-se alquebrada. Pousou os cotovelos sobre os joelhos e descansou o queixo nas mãos. *Sua mãe ficaria orgulhosa de você.* Pensou em sua mãe. Era engraçado, mas não se sentiu triste. A dor da ausência não mais a afligia. Ponderou sobre o assunto. Talvez só precisemos das pessoas se outras pessoas não precisem da gente.

Ainda estava ali sentada, matutando, quando, meia hora mais tarde, o Dr. Meredith veio encontrá-la. Ouviu seus passos sobre o lajeado assim que ele cruzou as portas de vidro. Virou-se para ele. O médico estava sem a jaqueta e enrolara as mangas da camisa. Lentamente, aproximou-se e sentou-se ao lado dela. E a informou:

— Você ganhou uma irmãzinha. Dois quilos e novecentos e cinqüenta gramas, e inteiramente perfeita.

— E Stephanie?

— Um tanto abatida, mas feliz. Um estado tipicamente maternal.

Emily sentiu o sorriso tomar conta de seu rosto e, ao mesmo tempo, um nó na garganta; seus olhos se encheram de lágrimas. O Dr. Meredith, sem palavras, ofereceu-lhe um grande lenço de algodão, e Emily tirou os óculos, enxugou as lágrimas e assoou o nariz.

— Papai já sabe?

— Já. Acabei de falar com ele pelo telefone. Está voltando para casa agora mesmo. Vai chegar aqui por volta da meia-noite. A ambulância voltou ao hospital, mas a enfermeira vai passar a noite aqui.

— Quando poderei ver o bebê?

— Pode vê-lo agora mesmo, se quiser. Mas só um pouquinho.

Emily ficou de pé.

— Eu quero — disse ela.

Os dois entraram na casa. Lá em cima, a enfermeira, ligeira e competente, deu a Emily uma máscara de algodão para cobrir nariz e boca.

— Por precaução — observou ela. — É um recém-nascido, e não queremos correr nenhum risco.

Emily obedeceu e amarrou a máscara. Junto com o Dr. Meredith, ela entrou no quarto azul. Ali, na bela cama de casal, recostada sobre um par de travesseiros, estava Stephanie. E, em seus braços, aninhado num xale, que envolvia a cabecinha coberta de cabelos da cor dos de Stephanie, estava o bebezinho. Uma nova pessoa. Sua irmãzinha.

Emily inclinou-se e encostou o rosto contra o rosto de Stephanie. Não podia beijá-la, por causa da máscara, mas Stephanie a beijou. Todo o constrangimento que antes havia entre elas dissipou-se no ar. Não se sentiam acanhadas diante da presença uma da outra, e Emily percebeu que nunca mais isso tornaria a acontecer. Olhou para o rostinho do bebê e falou, maravilhada:

— Ela é linda.

— Nós a tivemos juntas — comentou Stephanie, sonolenta. — Ela é tão sua quanto minha.

— Você agiu muito bem, Emily — opinou a enfermeira. — Eu não teria feito melhor.

— Somos uma família agora — concluiu Stephanie.

— Era o que você queria? — quis saber Emily.

— Era tudo o que eu sempre quis.

✳ ✳ ✳

Uma família. Tudo havia mudado, tudo estava diferente, mas isso não significava que não seria bom. Quando viu o médico partir em seu carro e desaparecer na curva da entrada da garagem, Emily não entrou em casa imediatamente. A noite havia caído, o jardim estava escuro e docemente perfumado, após o longo dia calorento. As primeiras estrelas brilhavam no céu safira. Uma linda noite. Perfeita para alguém começar a crescer.

Estava exausta. Tirou os óculos e esfregou os olhos. Olhou para o par de lentes, pensativa. Talvez, usar lentes de contato não fosse tão ruim assim. Se Stephanie podia suportar a dor de ter um bebê, então certamente Emily podia aprender a usá-las.

Podia tentar. Quando tivesse idade suficiente, tentaria.

Gilbert

Despertando; sem abrir os olhos, porém ciente da luz do dia e do feixe tépido de sol que jazia sobre a cama, Bill Rawlins foi tomado de uma indescritível sensação de felicidade e bem-estar. Pensamentos agradáveis lhe vinham à mente: de que era domingo, e, por isso, ele não teria de ir trabalhar; de que aquele seria um ótimo dia; de que o corpo cálido e macio de sua esposa estava a seu lado na cama, a cabeça pousada sobre a curva do braço; de que ele era, sem sombra de dúvida, o homem mais afortunado do planeta.

A cama era espaçosa e aconchegante. Sua velha tia lhes ofertara quando ele se casou com Clodagh, há dois meses. Havia sido sua cama de casal, informara-lhe tia com certo orgulho, e, a fim de tornar o presente ainda mais tentador, dera de lambugem uma bonita colcha nova e seis pares de lençóis de linho que pertenceram à família.

Era a única coisa, além da escrivaninha e de suas roupas, que lhe pertenciam realmente. Ter-se casado com uma viúva lhe trouxera certas complicações, porém, o local onde iriam morar não fora uma delas. Não seria justo levar Clodagh e suas duas filhas para o antigo apartamento de apenas dois cômodos em que ele morava quando solteiro e não fazia sentido despender vultosa quantia para comprar uma casa nova, já que a dela era perfeita. O apartamento em que morara ficava no Centro da cidade, a poucas quadras do trabalho; mas essa casa situava-se a alguns quilômetros interior adentro e possuía ainda um vasto jardim. Ademais, salientara Clodagh, aquele era o lar das meninas. Ali estavam seus esconderijos secretos, o balanço no plátano, a sala de jogos no sótão.

Bill não precisou ser persuadido. Era a coisa mais acertada a ser feita.

— Você vai morar na casa de Clodagh? — perguntaram, perplexos, seus amigos.

— Por que não?

— Será um tanto complicado. Afinal, é onde ela viveu com o primeiro marido.

— E onde foi muito feliz — observou Bill. — E espero que ela seja feliz comigo também.

O marido de Clodagh, pai de suas duas filhas, morrera num trágico acidente de carro há três anos. Bill, embora tivesse trabalhado e morado no mesmo distrito por vários anos, só veio conhecê-la há dois anos, quando foi convidado, convenientemente, para compor a mesa de um jantar, e se viu sentado ao lado de uma mulher alta e esbelta, cuja abundante cabeleira loura estava elegantemente presa num coque.

Bill achou bonito seu rosto comprido e delicado, e notou que nele havia tristeza. Seu olhar era grave, sua boca, hesitante. Foi justamente a tristeza que tocou seu coração duro e experiente. Seu pescoço frágil, exposto pelo penteado antiquado, pareceu-lhe vulnerável como o de uma criança, e quando finalmente ele a fez sorrir, e seu sorriso o contagiou, ele se viu, como qualquer homem, perdido de amor.

— Vai *casar* com ela? — perguntaram, igualmente perplexos, os mesmos amigos. — Uma coisa é casar com uma viúva. Outra, é casar com alguém que já tem uma família.

— Considero isso um bônus.

— Ainda bem que pensa assim. Sempre gostou de criança?

—. Não — admitiu ele — mas nunca é tarde para começar a gostar.

Clodagh tinha trinta e três anos de idade; Bill tinha trinta e sete. Um solteirão convicto; assim era conhecido. Um tipo simpático e bem-apessoado, bom jogador de golfe e freqüentador assíduo das quadras de tênis do clube local, mas, definitivamente, um solteirão convicto. Como iria conseguir?

Conseguiu, tratando as duas meninas como adultas. Chamavam-se Emily, de oito anos, e Anna, de seis. Apesar de sua determinação em não se deixar intimidar por elas, considerava enervantes seus olhares insistentes. Ambas eram louras, de cabelos compridos e olhos surpreendentemente azuis. Os dois pares de olhos o vigiavam sem cessar, acompanhando cada passo seu, sem demonstrar afeição ou rejeição.

Eram bastante educadas. Vez ou outra, quando ainda cortejava a mãe, ele lhes oferecia pequenos presentes. Caixas de balas, quebra-cabeças ou outros jogos. Anna, a menos complicada das duas, ficava satisfeita com as lembranças, corria para abri-las e demonstrava sua alegria com sorrisos e abraços ocasionais. Porém, Emily era um caso mais difícil. Ela agradecia polidamente e desaparecia com o embrulho intacto, a fim de lidar com ele a sós e, presumivelmente, decidir, por si mesma, se o aprovava ou não.

Certa vez, ele foi capaz de consertar um boneco de Anna — ela nunca brincava com bonecas — e, depois disso, houve um certo entendimento entre os dois, mas qualquer afeição que Emily tinha para mostrar era direcionada apenas para seus animais de estimação. Eram três. Um gato hediondo, que caçava ferozmente e roubava qualquer comida que suas patas descaradas pudessem tocar; um velho cão *spaniel* fedorento que nunca saía para um passeio sem voltar para casa mais imundo do que saíra; e um peixe de aquário. O gato se chamava Breeky, o cachorro, Henry, e o peixe, Gilbert. Breeky, Henry e Gilbert eram três das muitas razões para que Bill se mudasse para a casa de Clodagh. Não seria viável que tais exigentes criaturas fossem domiciliadas em qualquer outro ambiente.

Emily e Anna foram ao casamento de vestidos corde-rosa e branco e faixas de cetim na cintura. Todos disseram que as duas pareciam angelicais, porém, durante toda a cerimônia, Bill sentiu seus incômodos e gélidos olhos azuis perfurarem-lhe a nuca. Quando terminou, ambas, obedientes, jogaram confetes, comeram bolo de casamento e então rumaram para a casa da mãe de Clodagh, enquanto os noivos partiam para a lua-de-mel.

Ele a levou a Marbella, e os dias ensolarados passaram rapidamente, um melhor do que o outro, enriquecidos por risos, troca de confidências e cálidas noites estreladas em que, com as janelas escancaradas para a escuridão aveludada do céu, eles se amavam ao som do sussurro do mar da praia em frente ao hotel.

Enfim, contudo, Clodagh estava saudosa de suas filhas. Triste, ela se despediu de Marbella, mas Bill sabia que ela não via a hora de voltar. Ao se aproximarem da casa, lá estavam Emily e Anna, esperando-os, com uma faixa caseira onde se lia, em letras maiúsculas, que eles eram BEM-VINDOS AO LAR.

Bem-vindos ao lar. De agora em diante, aquele era o seu lar. De agora em diante, ele não era apenas marido, mas pai também. De agora em diante, quando guiava para o escritório, levava duas meninas no banco traseiro do carro e as deixava na calçada diante da escola. De agora em diante, nos finais de semana, não jogava golfe, mas cortava a grama, plantava pés de alface e consertava o que estivesse quebrado. Uma casa sem um faz-tudo ficaria reduzida ao abandono, e essa casa ficara quase três anos sem um homem. Havia dobradiças rangendo, torradeiras defeituosas, aparadores de grama sem fio. As tarefas caseiras pareciam-lhe intermináveis. Portões empenados, cercas desmoronadas e barracões que careciam de óleo.

E havia ainda os animais de Emily, que pareciam viver eternamente envoltos em dramas emergenciais. O gato desaparecia por três dias e era dado como morto, para reaparecer no dia seguinte com a orelha dilacerada e uma horrenda ferida nas costas. Tão logo o bichano voltava do veterinário, o cachorro inventava de comer alguma porcaria e passava mal durante quatro dias, deitado na cesta, encarando Bill com olhos avermelhados e reprovadores, como se tudo fosse culpa dele. Apenas Gilbert, o peixe dourado, permanecia tediosamente saudável, nadando em círculos no aquário, mas mesmo ele exigia constante cuidado e atenção. Bill tinha de limpar o aquário e providenciar sua comida especial, comprada na loja de animais.

Fazia tudo da melhor maneira possível, deliberadamente paciente e prestimoso. Quando os ânimos se exaltavam e havia brigas e discussões, que normalmente terminavam em gritos de "Isso não é justo!" e portas batendo estrondosamente, ele se mantinha fora do caminho, deixando o necessário arbitramento para Clodagh, temendo envolver-se e dizer ou fazer algo errado.

— O que houve? — perguntava ele, quando Clodagh surgia exasperada, chateada, exausta, e tentava explicar, sem sucesso, pois ele a abraçava e beijava, e era impossível falar e beijar ao mesmo tempo. Surpreendia-se com o fato de que, apesar dos altos e baixos da vida doméstica, a mágica descoberta em Marbella não havia desaparecido. Ao contrário, tudo parecia cada dia melhor, e ele amava a esposa do fundo do coração.

E agora era domingo. Manhã de domingo. Sol quente, cama quente, mulher quente. Virou a cabeça e enterrou o rosto no pescoço dela, cheirando seus cabelos sedosos e perfumados. Nesse instante, pressentiu alguma coisa. Estava sendo observado. Virou o pescoço e abriu os olhos.

Emily e Anna, de camisola e com os longos cabelos lisos desgrenhados pela noite de sono, estavam sentadas na beirada da cama, observando-o. Oito e seis anos. Não seriam jovens demais para se iniciar na educação sexual? Desejou que sim.

— Olá — cumprimentou ele.

— Estamos com fome. Queremos tomar o café da manhã — falou Anna.

— Que horas são?

Ela espalmou as mãos.

— Não sei.

Ele esticou o braço e alcançou o relógio.

— Oito horas — disse a elas.

— Estamos acordadas há séculos e estamos famintas.

— Sua mãe ainda está dormindo. Vou preparar a refeição para vocês.

Elas não se moveram. Ele puxou o braço sob o ombro de Clodagh e se sentou. Pela expressão das duas, elas desaprovavam sua nudez.

— Vão trocar de roupa e escovar os dentes e, quando tiverem terminado, o café estará na mesa.

Obedeceram, os pés descalços correndo no assoalho de madeira. Quando sumiram de vista, ele se ergueu da cama, vestiu um robe de toalha, fechou silenciosamente a porta do quarto e desceu as escadas. Na cozinha, Henry ressonava dentro da cesta. Bill o cutucou com o dedão do pé, e o velho cão bocejou, deu uma boa espreguiçada e finalmente dignou-se a pular da cama. Bill o guiou até a porta dos fundos, que dava para o jardim, e Henry saiu. Nesse mesmo instante, Breeky surgiu de repente, parecendo, mais do que nunca, um velho tigre judiado, e passou feito uma bala entre as pernas nuas de Bill. Em sua boca havia um enorme rato morto, que ele se pôs a devorar no meio da cozinha.

Era cedo demais para tanto canibalismo. Correndo o risco de ter o braço arrancado, Bill removeu o rato do chão e o jogou na lata de lixo sob a pia. Breeky, furioso, pôs-se a miar ruidosamente, e Bill foi forçado a acalmá-

168 O QUARTO AZUL

lo com um pires de leite. Breeky bebeu o líquido, espirrando leite por todo o linóleo e, então, quando esvaziou o pires, pulou para o parapeito da janela, fechou os olhos e começou a se lavar.

Bill limpou o leite derramado e colocou uma chaleira para ferver. Encontrou a frigideira, o *bacon* e os ovos. Na torradeira, colocou as fatias de pão e forrou a mesa de pinho escovado. Feito isso, e ainda sem a presença das duas meninas, subiu para se vestir. No minuto em que vestia uma velha camisa branca de algodão, ouviu os passos das duas descendo as escadas até a cozinha, matraqueando em voz alta. Pareciam felizes. Porém, no instante seguinte, o que se ouviu foram gritos desesperados que fizeram gelar seu coração.

Com a camisa por abotoar, Bill foi até o patamar da escada e gritou:

— O que houve?

Outro grito. Imaginando todo tipo de desgraça, saltou os degraus da escada até o andar de baixo. Lá, Emily e Anna, de costas para ele, olhavam fixamente para o aquário. Os olhos de Anna brilhavam de lágrimas, mas Emily parecia chocada demais para chorar.

— O que aconteceu?

— É o *Gilbert!*

Ele cruzou a sala e, sobre suas cabeças, espiou dentro do pequeno aquário. No fundo, de lado, com os olhos arregalados, olhando para cima, jazia o peixinho dourado.

— Está morto — constatou Emily.

— Como você sabe?

— Porque está.

O peixe parecia mesmo estar morto.

— Talvez esteja tirando uma soneca — sugeriu Bill, sem muita esperança.

— Não. Ele morreu. Ele *morreu.*

Com isso, as duas desataram a chorar tragicamente. Com um braço em torno de cada uma, Bill tentou consolá-las. Anna pressionou o rosto contra sua barriga e, com os braços, envolveu sua coxa. Mas Emily permaneceu rígida, soluçando incontrolavelmente, os braços magricelos cruzados sobre o peito ossudo, como se tentasse manter-se de pé.

Era terrível. Seu primeiro instinto foi ir até a escada e pedir socorro. Clodagh saberia o que fazer...

Foi então que pensou: "Não." Ali estava a chance de mostrar seu valor. Ali estava a chance de transpor os obstáculos; de contar somente consigo e ganhar o respeito delas de uma vez por todas.

Finalmente conseguiu acalmá-las. Achou um pano de prato para ser usado como lenço, levou-as ao sofá sob a janela e as fez sentar-se ali com ele, uma de cada lado.

— Agora, escutem — pediu ele.

— Ele morreu. Gilbert morreu.

— Sim, eu sei que ele morreu. Mas, quando as pessoas ou os animais de que gostamos morrem, o que fazemos é enterrá-los decentemente, oferecer-lhes um bonito funeral. Então, por que não vão até o jardim para procurar um lugar realmente bonito para cavarmos um belo buraco? Verei se consigo arranjar uma caixa de charutos ou outra coisa parecida para usarmos como caixão. E vocês poderão fazer coroas de flores para colocarmos sobre o túmulo de Gilbert. E, talvez, uma cruzinha.

Os dois pares de olhos azuis, observadores como sempre, lentamente demonstraram algum interesse. As bochechas ainda estavam úmidas de lágrimas, mas o drama e a tragédia exerciam forte apelo e pareciam atraentes demais para se resistir.

— Quando a Sra. Donkins morreu, sua filha usou um véu negro sobre o chapéu — lembrou Emily.

— Talvez sua mãe tenha um véu negro para você pôr no chapéu.

— Tem um na caixa de costura.

— Aí está. Vai poder usá-lo!

— O que eu vou usar? — quis saber Anna.

— Tenho certeza de que a mamãe vai encontrar alguma coisa para você.

— Eu quero fazer a cruz.

— Não. Eu quero.

— Mas...

Ele interrompeu rapidamente a discussão.

— A primeira coisa a fazer é escolher um bom lugar. Por que não se ocupam disso, enquanto eu preparo o café da manhã? E depois do café...

Mas elas não escutaram o resto. No mesmo instante, levantaram-se às pressas e saíram. À porta dos fundos, Emily parou.

— Vamos precisar de uma pá — lembrou ela, parecendo subitamente atarefada.

— Há uma colher de jardineiro na caixa de ferramentas.

Correram para o jardim, transbordando de entusiasmo, esquecendo a dor ante a idéia excitante de um funeral de verdade, com véus negros nos chapéus. Bill observou-as. A breve cena o deixara esgotado e esfomeado. Sorrindo para si mesmo, voltou ao fogão e começou a fritar o *bacon*.

Foi então que ouviu o ruído suave de passos na

escada e viu sua mulher surgir pela porta. Usava camisola e um penhoar solto de algodão. Os cabelos caíam em seus ombros, os pés estavam descalços, seus olhos, sonolentos.

— O que foi isso? — perguntou ela, entre um bocejo.

— Olá, querida. Acordamos você?

— Alguém estava chorando?

— Sim. Emily e Anna. Gilbert morreu.

— Gilbert? Ah, não. Não acredito.

Ele foi beijá-la.

— Lamento que seja verdade.

— Ah, pobre Emily. — Afastou-se de seu abraço. — Está mesmo morto?

— Veja você mesma.

Clodagh aproximou-se do aquário e espiou seu interior.

— Mas *por quê?*

— Não sei. Não entendo muito de peixes de aquário. Talvez tenha comido alguma coisa que não lhe fez bem.

— Mas não pode ter morrido assim, sem mais nem menos.

— Você deve entender mais de peixes do que eu.

— Quando eu tinha a idade de Anna, também tinha peixinhos de aquário. Sambo e Goldy eram seu nomes.

— Nomes originais.

Ficaram em silêncio, enquanto ela observava o inerte Gilbert. Então disse, pensativa:

— Lembro de uma vez em que Goldy se comportou assim. E meu pai lhe deu um golinho de uísque, e ele voltou a nadar. Além do mais, quando os peixes morrem, costumam flutuar na água.

Bill ignorou a última observação.

— Um golinho de *uísque?*

172   O QUARTO AZUL

— Temos algum uísque?

— Sim. Tenho uma garrafa preciosa que guardo para os amigos mais íntimos. Suponho que Gilbertmereça, e, se você tem certeza de que quer, podemos tentar reanimá-lo, mas me parece um desperdício despejar uísque sobre um peixe morto. É como jogar pérolas aos porcos.

Clodagh não respondeu. Em vez disso, enrolou as mangas e enfiou a mão no aquário, tocando, de leve, o rabo de Gilbert com o dedo. Nada aconteceu. Era inútil. Bill voltou para a frigideira de *bacon*. Talvez estivesse sendo um tanto egoísta quanto ao uísque.

— Se quer tentar..

— Ele mexeu o rabo!

— Mexeu?

— Ele está vivo. Está nadando... ah, olhe, querido.

Realmente, Gilbert estava vivo. Endireitou-se, sacudiu as nadadeiras douradas e voltou ao seu circuito regular, certo como a chuva.

— Clodagh, você opera maravilhas. Olhe para ele.

— De passagem, os olhos de Gilbert encontraram os de Bill. Por um momento, ele se irritou. — Maldito peixe estúpido, dando um susto desse na gente — comentou ele, sorrindo em seguida, aliviado. — Emily vai vibrar quando souber.

— Onde está ela?

Ele se lembrou do funeral.

— Está no jardim, com Anna. — Por alguma razão, Bill não contou a Clodagh sobre os planos traçados na sua ausência. Não lhe contou o que estava para acontecer.

Clodagh sorriu.

— Bem, agora que esse probleminha foi resolvido,

ROSAMUNDE PILCHER

vou tomar um banho. Deixarei que conte a novidade a elas — e lhe deu um beijo antes de subir.

Minutos mais tarde, enquanto o *bacon* fritava e o café coava, as duas meninas reapareceram, irrompendo a cozinha num turbilhão de excitamento.

— Encontramos um lugar maravilhoso, Bill, embaixo do canteiro de rosas da mamãe, e cavamos um buraco enorme...

— E eu fiz uma coroa de margaridas...

— E eu fiz uma cruz com dois pedaços de madeira, mas vou precisar de um barbante ou um prego ou qualquer coisa para amarrar...

— E nós vamos cantar um *hino*.

— É. Vamos cantar "Tudo Belo e Brilhante".

— E também pensamos...

— Deixe que *eu* conto...

— *Nós* pensamos...

— Agora, ouçam. — Ele precisou aumentar a voz para se fazer ouvir. Elas se calaram. — Escutem por um instante. E olhem. — Levou-as para perto do aquário. — Olhem.

Elas olharam. Viram Gilbert, nadando por todo o aquário em seu modo habitual e descabido, sua cauda frágil e translúcida movendo-se rapidamente, seus olhos redondos parecendo mais vivos do que antes.

Houve, por um momento, um silêncio absoluto.

— Estão vendo? Ele não estava morto. Estava apenas tirando um cochilo. A mamãe fez cócegas nele, e isso fez com que ele acordasse. — O silêncio imperava. — Não é maravilhoso? — Até para si mesmo, sua voz soou um tanto entusiástica e enjoativa demais.

Nenhuma das duas disse uma palavra. Bill aguardou, e, então, finalmente, Emily falou:

— Vamos matá-lo — disse ela.

Bill viu-se dividido entre o terrível choque e uma incontrolável vontade de rir e, por um segundo, imaginou se deveria ralhar com a menina ou explodir em gargalhadas. Munido de um esforço sobre-humano, conseguiu se conter, fazendo uma longa e fértil pausa antes de arrematar, com extraordinária paciência.

— Ah, não acho que queremos fazer isso.

— Por que não?

— Porque... é errado matar qualquer ser vivo.

— Por que é errado?

— Porque a vida nos é dada por Deus. É sagrada. — Dizendo isso, sentiu-se ligeiramente incomodado. Embora tivesse se casado com Clodagh numa igreja, havia anos que não pensava em Deus, dessa maneira, e agora sentia uma pontada de culpa, como se estivesse tomando o nome de um velho amigo em vão. — É errado matar qualquer coisa, ainda que seja apenas um peixe. Além do mais, você ama o Gilbert. Ele lhe pertence. Não se pode matar a quem se ama.

O lábio inferior de Emily saltou para frente.

— Quero fazer um enterro. Você prometeu.

— Mas não com o Gilbert. Acharemos outra coisa para enterrar.

— O *quê?* Quem?

Anna conhecia bem a irmã.

— Não o meu boneco — afirmou, categórica.

— Não, claro que não será ele. — Bill pôs a cabeça para funcionar e teve uma idéia luminosa. — Um rato. Um pobre ratinho morto. Vejam... — Parecendo um mágico, ele abriu a lata de lixo com o pé na alavanca e apresentou, com certa pompa, o troféu de caça de Breeky,

ROSAMUNDE PILCHER

segurando o corpinho rígido do animal pelo rabo. —
Breeky trouxe isso pela manhã e eu o tirei dele. Vocês
vão querer que um pobre ratinho termine na lixeira?
Não acham que ele merece uma cerimônia?

Elas encararam a oferta de Bill. Após um instante,
Emily respondeu.

— Podemos colocá-lo na caixa de charutos como
você disse?

— É claro.

— E entoar os hinos e tudo o mais?

— Claro que podem. Cantaremos "Todas as Criaturas, Grandes e Pequenas". Nada poderia ser muito
menor do que isso. — Numa toalha de papel, ele deitou
o animalzinho cuidadosamente. Então lavou as mãos e,
secando-as, virou-se para elas.

— O que me dizem?

— Podemos fazer isso agora?

— Primeiro vamos comer. Estou faminto.

Anna imediatamente puxou uma cadeira e se sentou,
mas Emily resolveu dar mais uma espiada em Gilbert.
Pressionou o nariz contra a parede de vidro do aquário e
seguiu seu vaivém com o dedo. Bill esperou pacientemente. De repente, ela se virou para ele. Seus olhos se
encontraram.

— Estou feliz que ele não tenha morrido — confessou ela.

— Eu também. — Ele sorriu, e ela sorriu de volta, e,
de súbito, ela se pareceu tanto com a mãe, que ele abriu
os braços para ela, e Emily foi ao seu encontro. Abraçaram-se, em silêncio, sem que precisassem dizer coisa
alguma. Ele se inclinou e beijou sua cabeça, e ela não
tentou se esquivar. Aquele era seu primeiro abraço.

176 O QUARTO AZUL

— Sabe de uma coisa, Emily? — observou ele. — Você é uma boa menina.

— Você também é bom — afirmou ela. O coração de Bill se encheu de gratidão, pois, de alguma forma, pela graça de Deus, ele não dissera nem fizera nada de errado. Fizera a coisa certa. E aquele era o começo. Não muito, mas o começo.

Então Emily acrescentou:

— Muito, muito bom.

Muito, muito bom. Talvez, nesse caso, fosse mais do que o começo, e ele estava apenas na metade do caminho. Recompensado, deu-lhe mais um abraço e a soltou. E, finalmente, antes de darem início à cerimônia fúnebre, todos se sentaram para tomar o desjejum.

O presente de Natal antecipado

Duas semanas antes do Natal, numa manhã escura e amargamente fria, Ellen Parry, como fazia há vinte e dois anos, levou o marido, James, de carro até a estação, deu-lhe um beijo de despedida e observou sua figura de sobretudo preto e chapéu-coco desaparecer atrás da cancela. Só então, com prudência, devido ao gelo acumulado na estrada, guiou de volta para casa.

Ao percorrer a rua do lugarejo, que lentamente despertava, e sair na pacífica zona rural que se estendia adiante, seus pensamentos, matutinamente desconexos e indisciplinados, voaram para o fundo de sua mente, como passarinhos na gaiola. Sempre havia, nessa época do ano, uma série de coisas a fazer. Depois de lavar a louça do café da manhã, prepararia a lista de compras para o fim de semana, talvez batesse um bolo de frutas, enviasse os cartões de Natal, comprasse os presentes de última hora ou esvaziasse o quarto de Vicky.

Não. Mudou de idéia. Não arrumaria o quarto de Vicky até que tivesse certeza de que ela passaria o Natal com eles. Vicky tinha dezenove anos. No outono, conseguira encontrar um emprego em Londres e um pequeno apartamento, que compartilhava com outras duas moças. A ruptura, todavia, não fora completa, pois, nos finais de semana, ela geralmente voltava para casa, trazendo consigo alguma amiga e uma sacola de roupas sujas para serem lavadas na máquina da mãe. Na última vez em que viera, Ellen começara a fazer planos para o Natal, mas Vicky pareceu desconcertada e finalmente criou coragem para contar a Ellen que talvez não viesse ficar com os pais naquele ano. E comentara sobre alguns amigos que iriam esquiar na Suíça.

Ellen, tomada de surpresa pela notícia, tentara esconder a decepção, porém, intimamente, sentiu-se abalada diante da perspectiva de vir a passar o Natal sem a única filha. Mas sabia que seria pior caso bancasse a mãe possessiva e se recusasse a deixá-la viajar.

Tudo aquilo havia sido muito doloroso. Quem sabe, quando voltasse para casa, o carteiro tivesse passado e deixado uma carta de Vicky. Imaginou o envelope sobre o capacho da porta e a letra grande da filha.

"Querida mamãe. Prepare a festa e enfeite a casa com ramos de azevinhos. A viagem à Suíça foi cancelada. Passarei as festas de fim-de-ano com você e papai."

Estava tão certa de que a carta estaria lá e tão ansiosa para lê-la, que permitiu que o carro ganhasse um pouco mais de velocidade. A luz tênue da manhã de inverno revelava agora as valas congeladas e as sebes endurecidas pelo gelo. Luzes discretas reluziam nas janelas dos chalés, e a colina encontrava-se coroada por um monte de neve. Pensou nos cânticos de Natal e no aroma do abeto que invadiria a casa, e foi subitamente tocada pela excitação infantil da velha magia.

Passados alguns minutos, estacionou o carro na garagem e entrou na casa pela porta dos fundos. A cozinha estava confortavelmente aquecida, apesar do frio da rua; os vestígios do café da manhã permaneciam sobre a mesa, porém, ignorando-os, ela se dirigiu ao vestíbulo em busca da correspondência. O carteiro havia passado e deixado uma pilha de envelopes sobre o capacho. Parou e apanhou os papéis do chão, certa de que estaria ali a carta de Vicky. Nada tendo encontrado, achou que houvesse algum engano e revistou as cartas uma segunda vez. Mas não havia nada de sua filha.

Por um momento, sentiu a dor da decepção, e em seguida, com esforço, recobrou-se. Talvez o carteiro da tarde... A esperança é a última que morre. Levou a pilha de envelopes para a cozinha, tirou o casaco de lã de carneiro e sentou-se a fim de abrir a correspondência.

A maioria eram cartões. Ellen abriu um a um e os dispôs em semicírculo. Sabiás, anjos, árvores de Natal, renas. O último era grande e extravagante, uma reprodução de Bruegel de um grupo de esquiadores. Com amor, de Cynthia. Havia, junto ao cartão, uma carta. Ellen serviu-se de uma xícara de café e pôs-se a lê-la.

Há muito tempo, Ellen e Cynthia tinham sido grandes amigas no colégio. Mas depois que cresceram, suas vidas tomaram rumos inteiramente distintos. Ellen casara-se com James e, após uma temporada num pequeno apartamento em Londres, mudara-se, com a chegada do bebê, para a mesma casa em que moravam até hoje. Uma vez por ano, ela e James saíam de férias... geralmente para lugares onde James pudesse jogar golfe. Isso era tudo. Durante o resto do tempo, ela se ocupava das coisas de que as mulheres do mundo todo normalmente se ocupam — fazer compras, cozinhar, costurar, podar o jardim, lavar e passar. Entreter-se com as amigas mais chegadas; dedicar-se a algum trabalho social e assar bolos para as quermesses da igreja. Tudo sem muito compromisso e, considerava ela, um tanto monótono.

Cynthia, por outro lado, casara-se com um médico brilhante, tivera três filhos, abrira seu próprio antiquário e ganhava muito dinheiro. Suas férias eram sempre inimaginavelmente excitantes, quer fosse cruzando os Estados Unidos, escalando as montanhas do Nepal ou visitando a Grande Muralha da China.

Enquanto os amigos de Ellen e James eram médicos, advogados ou homens de negócios, a casa de Cynthia, em Campden Hill, era um ponto de encontro de pessoas fascinantes. Rostos famosos da televisão coloriam suas festas, escritores questionavam o existencialismo, artistas discutiam o abstracionismo, políticos entregavam-se a densos debates. Certa vez, convidada a ficar para jantar após um dia de compras com a amiga, Ellen se viu à mesa entre um ministro de estado e um jovem de cabelo cor-de-rosa e brinco na orelha, e tentar travar algum diálogo com tais indivíduos provara ser uma penosa experiência.

Mais tarde, Ellen se amaldiçoara:

— Não sei conversar sobre nada — confessara ela a James. — A não ser sobre como preparar geléia ou deixar as roupas branquinhas, como aquelas mulheres horríveis dos comerciais de televisão.

— Podia ter falado de livros. Você lê mais do que qualquer um que eu conheço.

— Não se pode conversar sobre *livros*. Ler é simplesmente viver as experiências de outra pessoa. Eu deveria estar *fazendo* alguma coisa, vivendo minhas próprias experiências.

— E quando perdemos o gato? Isso não conta como experiência?

— Ora, *James*.

Foi então que surgiu a idéia. Nunca pensara realmente no assunto, mas foi naquele instante que surgiu a idéia. Quando Vicky saísse de casa, talvez pudesse...? Mencionou o assunto casualmente com o marido algumas noites depois, mas ele estivera lendo o jornal e mal escutara o que ela tinha a dizer, e, quando ela tornou a tocar no assunto dias mais tarde, James, diplomaticamente, teceu um comentário insosso, jogando um balde de água fria nos planos da esposa.

Ela suspirou, abandonou a ambição e leu a carta de Cynthia.

"Querida Ellen. Coloquei o bilhete dentro do cartão para dizer olá e lhe deixar a par das últimas novidades. Você não chegou a conhecer os Sanderford, Cosmo e Ruth, quando estiveram aqui."

Ellen não conhecia os Sanderford, mas sabia exatamente de quem se tratava. Quem não tinha ouvido falar deles? Ele era um eminente diretor de cinema, e ela, uma romancista, criadora de bizarras e divertidas histórias sobre o cotidiano familiar. Quem nunca assistiu aos debates de que eles participavam na televisão? Quem nunca leu os artigos dela contando como criou seus quatro filhos? Quem nunca se encantou com os filmes dele, com sua visão oblíqua e original das coisas, com sua sensibilida-

182 O QUARTO AZUL

de? O que quer que os Sanderford fizessem era notícia. Pensar neles era o suficiente para fazer qualquer mortal comum sentir-se completamente inadequado. Os Sanderford. Com o coração dilacerado, Ellen continuou a ler:

Divorciaram-se há um ano, amigavelmente, e ainda podem ser vistos, de tempos em tempos, almoçando juntos. Mas ela comprou uma casa próxima à sua, e tenho certeza de que ficaria encantada em receber uma visita. Seu endereço é Monk's Thatch, Trauncey, e o telefone é Trauncey 232. Ligue para ela e diga que eu lhe pedi que fizesse isso. Tenha um Natal maravilhoso, com amor, Cynthia.

Trauncey ficava a pouco mais de um quilômetro dali. Eram praticamente vizinhas. Em Monk's Thatch ficava o chalé de um velho guarda-caça, onde uma placa anunciava, há meses, que a casa estava à venda. Agora, provavelmente, a placa fora retirada, pois Ruth Sanderford a comprara e estava morando nela, sozinha, e Ellen deveria entrar em contato com ela.

A idéia era assustadora. Se pelo menos a recém-chegada fosse uma pessoa comum, uma mulher solitária necessitando de companhia e consolo, então seria diferente. Mas Ruth Sanderford não era uma mulher comum. Era famosa, inteligente e provavelmente estaria saboreando o novo isolamento, após sua fulgurante conquista artística, somada à tarefa de ter criado quatro filhos. Ficaria entediada com a presença de Ellen e ressentida pela sugestão de Cynthia para que a procurasse.

A idéia de uma fria recepção que sua tentativa de aproximação pudesse causar fez Ellen entrar em desespero. Qualquer dia, quem sabe, iria. Não antes do Natal. Talvez no Ano-Novo. De qualquer forma, estava ocupada demais agora. Tinha muito o que fazer. Bolos de frutas, preparar a lista de presentes...

Decidida a deixar Ruth Sanderford fora de sua mente, subiu a escada e fez a cama. No fim do corredor, a porta do quarto de Vicky permanecia fechada. Ellen a abriu e olhou para dentro, observou a poeira acumulada sobre a penteadeira, a pilha de cobertores sobre a cama, as janelas cerradas. Sem os objetos de Vicky, o cômodo guardava um ar estranhamente impessoal, um quarto sem dono. Parada ali à porta, Ellen subitamente se deu conta de que, sem dúvida, Vicky iria mesmo para a Suíça. O Natal, entretanto, resistiria à sua ausência.

O que fariam, ela e James? Sobre o que conversariam, sentados em extremidades opostas da mesa, com o enorme peru entre os dois? Talvez fosse melhor cancelar o peru e encomendar costeletas de carneiro. Talvez fosse melhor viajar para um daqueles hotéis que oferecem ceia de Natal para pessoas solitárias e idosas.

Fechou a porta depressa, deixando para trás não apenas o quarto de Vicky, mas as imagens assustadoras de velhice e solidão que um dia chegam para todos. Na outra extremidade do corredor, uma escada estreita levava ao sótão. Sem motivo aparente, Ellen subiu os degraus e entrou no cômodo espaçoso de teto inclinado. Estava vazio, exceto por algumas poucas malas e pelas mudas que ela plantara para a primavera, agora cobertas por folhas de jornal. Trapeiras e uma enorme claraboia permitiam aos primeiros e tênues raios de sol que iluminassem o lugar, e havia no ar um agradável aroma de madeira e cânfora.

Num canto do quarto havia uma caixa com os enfeites de Natal. Mas teriam uma árvore esse ano? Vicky sempre gostava de decorar a árvore, e nada daquilo faria sentido sem a sua presença. Na verdade, nada parecia fazer sentido.

"Diga-lhe que eu falei para você telefonar."

Ruth Sanderford estava de volta. Morando em Monk's Thatch, a poucos metros dali, separada dela apenas pelos campos cobertos de neve. Está certo, então ela era famosa, mas Ellen havia lido todos os seus livros e os adorara, identificara-se com as mães preocupadas, com a raiva, a incompreensão dos filhos, as esposas frustradas.

"Mas eu não sou frustrada."

O sótão era parte da idéia que tivera; o projeto que James descartara sem demora, o plano que ela permitira que morresse por não haver ninguém para encorajá-la.

James e Vicky. Seu marido e sua filha. Imediatamente, Ellen irritou-se com os dois. Irritou-se com os preparativos de Natal, com a casa. Desejou fugir. Iria, agora mesmo, ligar para Ruth Sanderford. Antes que a repentina coragem se esvaísse, ela desceu a escada, vestiu o casaco, encontrou um vidro de geléia caseira e outra de frutas e pôs tudo numa cesta. Como se estivesse partindo numa intrépida e arriscada jornada, Ellen saiu na manhã fria e bateu a porta atrás de si.

O dia estava lindo agora. Um céu pálido e limpo, o gelo reluzindo nas árvores desfolhadas, os sulcos da terra arada duros como ferro. Gralhas grasnavam do alto dos galhos, e o ar estava gélido e doce como o vinho. Recobrou a disposição; balançou a cesta, saboreando o revigorante bom ânimo. A trilha situava-se ao longo da extremidade do prado, além dos degraus de madeira da cerca. Mais adiante, por trás dos arbustos, avistava-se Trauncey. Uma igrejinha com uma torre pontiaguda, um aglomerado de chalés. Mais um degrau, e ganharia a estrada. A fumaça subia serenamente das chaminés, formando colunas cinzentas no ar imóvel. Um velho, guiando um burro e uma carroça, cruzou seu caminho. Desejaram-se bom-dia. Ellen prosseguiu, subindo a estradinha sinuosa.

Em Monk's Thatch, a placa onde se lia "vende-se" fora-se. Ellen abriu o portão e atravessou o caminho de tijolos. A casa era comprida e baixa, e, de tão velha, deixava aparente sua estrutura de madeira, e era coberta por um telhado de sapé que pendia sobre as pequenas janelas como cílios hirsutos. A porta era pintada de azul, e nela havia uma argola de bronze. Ellen fez a argola soar e só então, enquanto aguardava, deu-se conta do ruído da serra elétrica.

Ninguém atendeu a porta, por isso, após um instante, ela seguiu o zumbido e, no jardim ao lado da casa, avistou uma figura trabalhando. Era uma mulher, que Ellen conhecia dos programas de televisão.

Num tom de voz acima do normal, cumprimentou:

— Olá.

Tendo sido interrompida, Ruth Sanderford parou de serrar e ergueu o rosto. Por um instante, permaneceu como estava, inclinada sobre o cavalete, e então endireitou o corpo e apoiou a serra sobre o tronco cortado de uma velha árvore. Limpando as mãos nas calças, aproximou-se.

— Olá.

186   O QUARTO AZUL

Era uma mulher distinta, de traços delicados. Alta, esbelta e forte como um homem. Os cabelos grisalhos haviam sido presos num coque no alto da cabeça; o rosto estava bronzeado, os olhos eram castanhos. Usava, com as calças empoeiradas, um suéter de tricô azul-marinho e um lenço de *pois* amarrado ao pescoço.

— Quem é você?

Seu tom não foi rude. Parecia realmente interessada.

— Sou... Sou Ellen Parry. Amiga de Cynthia. Ela me pediu que viesse.

Ruth Sanderford sorriu. Era um sorriso bonito, cálido e amistoso. Na mesma hora, Ellen deixou de sentir-se tensa.

— É claro. Ela me falou de você.

— Só vim dizer olá. Não quero incomodá-la, caso esteja ocupada.

— Não está me incomodando. Já estava mesmo terminando. — Ela voltou ao cavalete, agachou-se e juntou uma pilha de toras de madeira recém-cortadas. — Não preciso fazer isso... Tenho um estoque de lenha guardado no sótão... mas estou escrevendo há dois dias e achei que um pouco de exercício seria uma boa terapia. Além do mais, está uma manhã mágica, é quase um crime ficar dentro de casa. Venha, vamos tomar uma xícara de café.

Ela guiou o caminho pela passagem, liberou uma das mãos a fim de virar a maçaneta da porta e a empurrou com o pé. Era tão alta, que precisou abaixar a cabeça, mas Ellen não, pois era bem mais baixa. Sentindo um misto de admiração e alívio pela boa acolhida, seguiu atrás de Ruth e fechou a porta.

ROSAMUNDE PILCHER

Desceram dois degraus, direto para a sala de estar, que, de tão comprida e espaçosa, certamente ocupava quase todo o primeiro piso do acanhado chalé. Num canto, havia uma lareira, no outro, uma enorme mesa de cerejeira. Sobre ela estava uma máquina de escrever aberta, resmas de papéis, livros de consulta, uma caneca repleta de lápis afiados e um vaso vitoriano com flores desidratadas.

— Linda sala — elogiou Ellen.

A anfitriã empilhou a lenha numa cesta já repleta e virou-se.

— Desculpe a bagunça. Como eu disse, estava trabalhando.

— Não acho que a casa esteja bagunçada. — Simples, talvez, e um tanto surrada, porém bastante aconchegante, com as paredes cobertas de livros e os sofás descorados, um de cada lado da lareira. Havia ainda fotografias por toda parte e estranhas peças de porcelana. — A mim parece ser a casa ideal. Simples e acolhedora. — Deixou a cesta na mesa. — Trouxe algo para você. Geléia de laranja e de frutas. Nada demais.

— Ah, quanta gentileza. — Ela riu. — Um presente de Natal antecipado. E eu estava mesmo sem geléia. Vamos levar tudo isso para a cozinha, e porei a chaleira no fogo.

Ellen tirou o casaco de pele e seguiu Ruth por uma porta fechada com trinco nos fundos da sala, e entraram numa modesta cozinha, que outrora provavelmente fora uma lavanderia. Ruth encheu a chaleira e a pôs para ferver. Procurou o café no guarda-louça e tirou duas canecas de uma prateleira. Encontrou uma bandeja de estanho onde se lia Carlsberg Lager no fundo, mas precisou es-

188 O QUARTO AZUL

quadrinhar a cozinha à procura de açúcar. Apesar de ter criado três filhos, obviamente não era do tipo doméstico.

— Há quanto tempo está morando aqui? — inquiriu Ellen.

— Ah, faz uns dois meses. É o paraíso. Uma tranqüilidade.

— Está escrevendo um novo romance?

Ruth sorriu de esguelha.

— Isso mesmo.

— Não quero parecer aduladora, mas acontece que li todos os seus livros e adorei todos eles. E também assisti a seu debate na televisão.

— Ah, não.

— Esteve muito bem.

— Fui convidada para fazer um programa outro dia, mas não sei por que, sem Cosmo, a coisa não me pareceu fazer muito sentido. Éramos uma equipe. Quer dizer, na televisão. Mas agora estamos divorciados, e acho que ambos estamos mais felizes assim. E nossos filhos também. Na última vez em que almoçamos juntos, Cosmo me contou que estava pensando em se casar novamente. Com uma moça que trabalha com ele há dois anos. Ela é realmente um doce. Será uma esposa maravilhosa.

Era um tanto desconcertante ser a confidente de uma mulher que acabara de conhecer, mas ela falava de forma tão natural que fazia tudo parecer perfeitamente normal e até mesmo agradável.

Ruth prosseguiu, enquanto colocava colheradas de café instantâneo nas canecas.

— Sabia que é a primeira vez na vida que moro sozinha? Vim de uma família imensa, casei aos dezoito anos e engravidei em seguida. Depois disso, nunca tive um momento ocioso. As pessoas parecem se multiplicar de forma extraordinária. Eu tinha meus amigos, e Cosmo tinha os dele, e então foi a vez de as crianças começarem a trazer os amigos para casa, e seus amigos tinham amigos, e por aí vai. Nunca sabia para quantas pessoas teria que cozinhar. Como não sou uma cozinheira de mão cheia, geralmente preparava travessas e mais travessas de espaguete. — A chaleira apitou; ela encheu as canecas e alcançou a bandeja. — Venha. Vamos voltar para a sala.

Sentaram-se, cada uma num sofá, diante do calor da lareira. Ruth sorveu um gole de café e então deitou a caneca na mesinha de centro que as separava.

— Uma das vantagens de morar sozinha é que posso cozinhar quando quero e o que quero. Se tenho vontade, trabalho até as duas da manhã e durmo até as dez.

— Sorriu. — Cynthia é sua amiga há muito tempo?

— É, sim. Freqüentamos a mesma escola.

— Onde você mora?

— No vilarejo ao lado.

— Tem família?

— Marido e uma filha, Vicky. Apenas.

— Sabe, logo, logo serei avó. Acho a idéia assustadora. Parece que foi ontem que meu primeiro filho nasceu. A vida passa depressa, não? Nunca temos tempo para realizar tudo o que planejamos.

Para Ellen, Ruth havia realizado tudo, mas não foi o que disse à nova amiga. Em vez disso, sem querer soar melancólica, perguntou:

— Seus filhos vêm visitá-la?

— Ah, claro. Não teriam me deixado comprar esta casa se não a tivessem aprovado primeiro.

— Eles vêm com freqüência?

— Um deles veio me ajudar com a mudança, mas

viajou para a América do Sul, e acho que só tornarei a vê-lo daqui a alguns meses.

— E quanto ao Natal?

— Ah, passarei o Natal sozinha. Estão todos crescidos agora, têm sua própria vida. Acabarão procurando o pai se não tiverem onde dormir. Não sei. Nunca sei. Nunca soube. — Ela riu, não de seus filhos, mas de si mesma, por ser vaga e tola.

— Não creio que Vicky venha passar o Natal conosco. Ela vai para a Suíça, esquiar — comentou Ellen.

Se esperava solidariedade e compaixão, nada conseguiu.

— Ah, que divertido. O Natal na Suíça é perfeito. Levamos as crianças para lá quando eram pequenas, e Jonas quebrou a perna. O que faz da vida, além de ser esposa e mãe?

A pergunta inesperada a deixou desconcertada.

— Eu... Na verdade não faço nada... — admitiu.

— Tenho certeza de que faz. Parece imensamente capaz.

Aquilo era encorajador.

— Bem... eu... cuido do jardim. E cozinho. E faço parte de um comitê. Também costuro.

— Deus do céu, sabe costurar. Não consigo nem enfiar a linha na agulha. Só precisa olhar as capas das minhas poltronas para perceber. Estão todas precisando de remendos... Não, não estão. Precisam mais do que isso. Suponho que seria melhor comprar mais *chintz* e fazer capas novas. Você costura suas próprias roupas?

— Não, roupas não. Faço cortinas e coisas assim. — Hesitou por um momento e então disse rapidamente: — Se quiser, posso remendar as capas de suas poltronas. Seria um prazer.

ROSAMUNDE PILCHER

— O que me diz de fazer capas novas? Faria isso?

— Claro.

— Com debruns e tudo mais?

— Claro.

— Faria mesmo? Quer dizer, profissionalmente. Como um trabalho. Após o Natal, quando as coisas se acalmarem e você não estiver muito ocupada?

— Mas...

— Ah, por favor, diga que sim. Não quero saber quanto vai custar. E na próxima vez que eu for a Londres, irei à Liberty's comprar alguns metros do mais bonito *chintz* que encontrar. — Ellen apenas a fitou. Ruth pareceu um tanto constrangida. — Ah, querida. Eu a ofendi. — Tentou mais uma vez, remendando o que dissera. — Você poderia dar o dinheiro para a igreja, se quisesse, como obra de caridade.

— Não se trata disso!

— Então por que ficou tão estarrecida?

— Porque sim. Porque é sobre isso que estive *pensando*. Quer dizer, profissionalmente. Fazer capas, cortinas e coisas assim. Trabalhos manuais. No ano passado, freqüentei aulas noturnas de corte e costura. E agora, com Vicky morando em Londres, e James fora o dia todo... Sabe, tenho um belo sótão disponível, iluminado e acolhedor. E tenho uma bela máquina de costura. Tudo que eu precisaria fazer é comprar uma mesa grande...

— Semana passada, vi uma dessas numa loja. Uma velha mesa de passar roupas...

— Mas o único problema é que James, meu marido, não acredita que seja uma boa idéia.

— Ah, os maridos são notoriamente ruins em acreditar em boas idéias.

192 O QUARTO AZUL

— Ele disse que eu não tenho queda para negócios. Imposto de renda, contas e outras taxas a pagar. E ele tem razão — arrematou ela com pesar — porque sabe que não sei somar dois e dois.

— Contrate um contador.

— Um *contador*?

— Não fale assim, como se eu tivesse dito algo vergonhoso. Até parece que estou lhe aconselhando a arranjar um amante. É claro, um contador, para fazer os cálculos para você. Sem mais objeções. A idéia é fantástica.

— E se eu não conseguir nenhum trabalho?

— Vai arranjar tanto trabalho, que não dará conta de tudo.

— Pior ainda.

— De jeito algum. Poderá recrutar algumas senhoras da vila como auxiliares. Gerar empregos. Melhor ainda. Em breve, estará administrando um pequeno negócio.

Um pequeno negócio. Faria algo criativo, de que ela gostava e para a qual tinha habilidade. Empregaria outras pessoas. Quem sabe ganharia dinheiro como Cynthia. Ponderou sobre o assunto. Passado um minuto, concluiu:

— Não sei se terei energia para tanto.

— Claro que terá. E já conseguiu sua primeira encomenda. A minha.

— É o James. Eu... não *creio* que ele concordaria.

— Concordar? Ele vai vibrar. E quanto à sua filha, será a melhor coisa que fará por ela. Não é fácil para os filhos deixar o ninho, principalmente quando se é filha única. Se você estiver ocupada e feliz, ela não se sentirá culpada. Fará muita diferença para ela e para o relacionamento de vocês. Vamos lá! Talvez nunca tenha tido a

ROSAMUNDE PILCHER

chance de fazer algo por si mesma, e aqui está ela. Agarre-a, Ellen, com as duas mãos.

Ellen a observou, séria, e subitamente começou a rir. Ruth franziu o cenho.

— Por que está rindo?

— Acabei de entender por que você faz tanto sucesso na televisão.

— Vou lhe dizer por quê. Porque, como dizem meus filhos, represento muito bem meu papel de mulher. Cosmo sempre me chamou de feminista feroz e talvez ele tenha razão. Certamente sempre o fui. Tudo que sei é que a pessoa mais importante no mundo somos nós mesmos. *Você* é a pessoa com quem tem que conviver. Você é sua própria companhia, seu próprio orgulho. Autoconfiança nada tem a ver com egoísmo... É apenas um poço que não seca até o dia em que morremos e não precisamos mais dele.

Ellen, estranhamente tocada, não conseguiu pensar em nada para dizer em resposta. Ruth virou-se e olhou para a lareira. Ellen notou as linhas em torno de seus olhos, as curvas generosas de sua boca, os cabelos grisalhos e sedosos. Não era jovem, mas ainda era bonita; experiente, ferida talvez — provavelmente exausta vez por outra — mas jamais derrotada. Na meia-idade, ela dera início a uma nova vida, animada e solitária. Certamente, com o apoio de James, não seria muito difícil seguir seu exemplo.

— Para quando quer suas capas novas? — perguntou.

Era hora, enfim, de voltar para casa. Ellen levantou-se, vestiu o casaco e apanhou a cesta vazia. Ruth abriu a porta e ambas saíram para o ar gelado do jardim.

194 O QUARTO AZUL

— Você tem uma amoreira. Dará uma boa sombra no verão — observou Ellen.

— Nem me lembro mais do verão.

— Se... se estiver sozinha no Natal, gostaria de passar o dia com James e eu? Sei que o fiz parecer enfadonho, mas ele é realmente uma boa pessoa.

— Quanta gentileza. Adoraria.

— Então está combinado. Obrigada pelo café.

— Obrigada pelo presente de Natal antecipado.

— Você também me deu um presente antecipado.

— Dei?

— Estímulo.

Ruth sorriu.

— É para isso — acrescentou ela — que servem os amigos.

Ellen voltou calmamente para casa, balançando a cesta vazia, a cabeça fervilhando de idéias. Ao abrir a porta e entrar na cozinha, o telefone começou a tocar, e ela apanhou o aparelho ainda com as luvas nas mãos.

— Mãe. É Vicky. Sinto muito não ter telefonado antes, mas estou ligando para dizer que estou indo *mesmo* para a Suíça. Espero que não se importe, mas é uma chance maravilhosa; eu nunca esquiei e achei que talvez pudesse passar o Ano-Novo com vocês. Ficará muito chateada? Acha que estou sendo egoísta?

— *É claro* que não — respondeu ela, de coração. Não achava que Vicky estava sendo egoísta. Estava fazendo o que queria, tomando suas próprias decisões, divertindo-se, conquistando novos amigos. — É uma oportunidade maravilhosa, e você deve agarrá-la com as duas mãos. — (*Agarre-a, Ellen, com as duas mãos.*)

ROSAMUNDE PILCHER

— Você é um anjo. E você e papai não ficarão sós e tristes?

— Convidei uma pessoa para passar o Natal conosco.

— Ah, que ótimo. Imaginei que ficariam deprimidos e que comeriam costeletas e não enfeitariam a árvore de Natal.

— Então imaginou errado. Mandarei seus presentes pelo correio esta tarde.

— E eu vou mandar os seus. Que bom que está sendo tão compreensiva.

— Mande um cartão-postal.

— Vou mandar. Prometo. Vou mandar. E, mãe...

— Sim, querida?

— Feliz Natal.

Ellen recolocou o fone no gancho. Então, sem nem mesmo tirar o casaco, subiu a escada, passou pelo quarto de Vicky e avançou rumo ao sótão. Lá estava o aroma de pinho e cânfora. Lá estavam as amplas janelas e a clarabóia. Ali, ficaria a mesa; aqui, a tábua de passar e, desse lado, a máquina de costura. Ali ela iria cortar, alinhavar e coser. Sua mente imaginou rolos de linho e *chintz*, debruns para cortinas, metros e metros de veludo. Teria seu próprio nome — Ellen Parry. Sua própria vida. Um pequeno negócio.

Teria ficado ali o resto do dia, perdida em idéias, acalentando seus projetos, caso não tivesse avistado, subitamente, a caixa que continha os adornos da árvore de Natal.

Natal.

A menos de duas semanas, e ainda havia tanto a fazer. Assar as tortas de frutas, enviar os cartões, encomendar a árvore. Não havia, lembrou-se sem culpa,

196 O QUARTO AZUL

sequer lavado a louça do café da manhã. Esquecendo o futuro a fim de viver o excitante presente, ela cruzou o sótão e apanhou a caixa do chão. E, então, carregando com cuidado a carga preciosa, ela desceu a escada.

Os *pássaros brancos*

Do jardim, onde se empenhava em cortar as últimas rosas antes que o gelo as destruísse, Eve Douglas ouviu o telefone tocar dentro de casa. Não se apressou em atender, porque era segunda-feira, e a Sra. Abney estava lá, empurrando o aspirador de pó de um lado para o outro e enchendo a casa com o cheiro de lustra-móveis. A Sra. Abney adorava atender o telefone e, um minuto depois, abriu a janela da sala de estar e acenou com uma flanela a fim de atrair a atenção de Eve.

— Sra. Douglas! Telefone.

— Estou indo.

Carregando o ramalhete espinhento numa das mãos e a tesoura na outra, Eve percorreu o gramado salpicado de folhas, retirou as botas enlameadas e entrou.

— Acho que é o seu genro, da Escócia.

O coração de Eve se acelerou. Deixou as flores e a tesoura sobre a arca do vestíbulo e apressou-se até o telefone. A mobília estava espalhada pela sala, as cortinas enroladas sobre as poltronas para facilitar a limpeza e o polimento dos móveis. O aparelho estava sobre a escrivaninha. Apanhou o fone.

— David?

— Eve.

— Sim?

— Eve... é Jane.

— O que aconteceu?

— Nada. Só que, ontem à noite, achamos que o bebê estava chegando..., mas as contrações pararam. E hoje de manhã o médico esteve aqui e disse que a pressão dela estava um pouco alta, por isso a levamos para o hospital...

Ele parou. Após um instante, Eve perguntou:

— Mas não era para daqui a um mês?

— Eu sei. É isso.

— Quer que eu vá para aí?

— Poderia vir?

— Sim. — Sua mente vagou, checando o conteúdo do *freezer*, cancelando pequenos compromissos, tentando imaginar como deixaria Walter sozinho. — Sim, é claro. Tomarei o trem das cinco e meia. Chegarei aí por volta de quinze para as oito.

— Estarei na estação. Você é um anjo.

— Jamie está bem?

— Está ótimo. Nessie Cooper está cuidando dele; ficará com ele até você chegar.

— Então até mais tarde.

— Sinto muito ter de incomodá-la.

— Não há problema. Dê um beijo em Jane por mim. E, David... — Sabia que era algo estúpido para dizer, mas, mesmo assim, disse. — ... Tente não se preocupar.

Lentamente, com cuidado, recolocou o fone no gancho. Olhou para a Sra. Abney, que estava parada à porta. A expressão alegre da Sra. Abney se fora, e, em seu lugar,

ROSAMUNDE PILCHER

surgiram preocupação e ansiedade, e Eve entendeu que o que via era o reflexo de sua própria imagem. Nada precisou ser dito ou explicado. Eram velhas amigas. A Sra. Abney trabalhava para Eve há mais de vinte anos. Acompanhara o crescimento de Jane, comparecera ao seu casamento, envergando um conjunto turquesa e um chapéu da mesma cor. Quando Jamie nasceu, a Sra. Abney tricotara uma manta azul para o carrinho. Era, de certa forma, parte da família.

— Não há nada de errado, há? — perguntou ela.

— Eles acham que o bebê está a caminho. Com um mês de antecedência.

— A senhora terá que ir.

— Sim — concordou Eve, abatida.

Teria de ir de qualquer forma, mas havia planejado tudo para o mês seguinte. A irmã de Walter viria do sul para lhe fazer companhia e cozinhar, mas não havia como chamá-la agora, tão de repente.

— Não se preocupe com o Sr. Douglas. Posso cuidar dele — afirmou a Sra. Abney.

— Mas você tem muito o que fazer... tem sua própria família...

— Se não puder vir de manhã, darei um pulo aqui à tarde.

— Ele pode preparar seu desjejum sozinho... — Do jeito que falava, era como se o pobre Walter não fosse capaz de nada além de cozinhar um ovo. Mas não era bem assim, e a Sra. Abney sabia disso. Walter tinha a fazenda para administrar; saía para trabalhar às seis e só voltava com o pôr-do-sol. Ingeria enormes quantidades de comida, pois era gordo e trabalhava demais. Precisava de alguém que cuidasse dele.

O QUARTO AZUL

200

— Eu... não sei quanto tempo ficarei longe.

— O que importa agora — concluiu a Sra. Abney — é a saúde de Jane e do bebê. E a senhora tem que estar lá.

— Ah, Sra. Abney, o que eu faria sem a senhora?

— Muitas coisas, espero — disse ela, que era natural da Northumbria e não tinha o hábito de demonstrar emoções. — E, agora, por que não prepara um xícara de chá quente?

Grande idéia. Enquanto tomavam o chá, Eve fez as listas. Quando terminou, tirou o carro da garagem, guiou até o Centro, parou no supermercado e comprou todo tipo de comida que Walter pudesse preparar sozinho. Sopa enlatada, quiches, tortas e legumes congelados. Comprou pão, manteiga e quilos de queijo. Os ovos e o leite vinham da fazenda. No açougue, o açougueiro embrulhou costeletas, filés e salsichas, sebo e ossos para os cães, e concordou em mandar uma camionete para fazer a entrega.

— Vai viajar? — perguntou ele, partindo um osso com tutano em dois com a ajuda de um cutelo.

— Vou para a Escócia, ficar com minha filha. — O açougue estava cheio, e ela não quis anunciar o motivo da viagem.

— Será uma boa mudança de ares.

— Sim — respondeu Eve, desanimada. — Será ótimo.

Chegou em casa e encontrou Walter, que havia retornado mais cedo, sentado à mesa da copa, comendo batatas ensopadas e couve-flor com queijo que a Sra. Abney preparara e guardara no forno. Walter usava seu velho traje de trabalho que o fazia parecer um matuto. Estivera, e parecia fazer muito tempo, no Exército; Eve se casara com ele na ocasião em que era um alto e vistoso capitão, e tiveram um casamento tradicional — ela delicadamente vestida de branco, e um arco de espadas os aguardando na saída da igreja. Por várias vezes ele foi transferido de base (Alemanha, Hong Kong, Warminster), e ficavam instalados em alojamentos para casais, impedidos de desfrutar de uma casa só deles. E, então, Jane chegou, e foi aí que o pai de Walter, que dedicara a vida a cuidar de sua fazenda na Nortúmbria, declarou que não tinha intenção de morrer trabalhando e que passaria adiante a responsabilidade de administrar a propriedade.

Foi assim que Eve e Walter tomaram a grande decisão. Walter abandonou o Exército, passou dois anos na faculdade de agronomia e assumiu a fazenda logo em seguida. Nenhum dos dois se arrependia da decisão tomada, porém, o exaustivo trabalho físico deixara marcas em Walter. Aos cinqüenta e cinco anos, seus cabelos estavam grisalhos, seu rosto bronzeado estava coberto de rugas, e sua mãos, permanentemente manchadas de óleo de motor.

Ele ergueu os olhos quando ela apareceu, arcada pelo peso das cestas de compras.

— Olá, querido.

Sentou-se na outra extremidade da mesa sem mesmo tirar o casaco.

— Encontrou a Sra. Abney?

— Não, ela já havia saído quando eu cheguei.

— Terei que ir à Escócia.

Sobre a mesa, seus olhares se cruzaram.

— Jane? — perguntou Walter.

— É.

O súbito choque deixou-o visivelmente ansioso. Precisava tranqüilizá-lo.

— Não se preocupe. É apenas o bebê que está querendo chegar um pouco antes da hora.

— Ela está bem?

Tentando aparentar calma e naturalidade, Eve explicou que David havia ligado.

— Essas coisas acontecem. E ela já está no hospital. Tenho certeza de que está recebendo todos os cuidados.

Mas Walter diria o que Eve estava tentando esquecer desde que David telefonara.

— Ela não passou nada bem quando Jamie nasceu.

— Oh, Walter, não...

— O médico lhe avisou que não poderia ter outro filho.

— Agora é diferente. As coisas são diferentes. A medicina está mais adiantada... — Ela prosseguiu, vagamente, tentando confortar não apenas o marido, mas a si mesma. — Você sabe... ultra-sonografias e todas essas coisas... — Mas ele não parecia convencido. — Além do mais, ela sempre quis ter outro filho.

— Nós também queríamos outro filho, mas só tivemos Jane.

— Sim, eu sei. — Levantou-se e foi até ele. Beijou seu rosto e pôs os braços em torno de seu pescoço, escondendo o rosto entre os cabelos do marido. Então falou: — Está cheirando a silagem. — E em seguida: — A Sra. Abney cuidará de você, enquanto eu estiver fora.

— Eu deveria ir com você — lembrou ele.

— Querido, você não pode. David sabe disso, também é fazendeiro. E Jane vai entender. Não pense mais nisso.

— Detesto a idéia de deixá-la ir sozinha.

— Não estarei sozinha. Nunca estou sozinha. Estamos sempre juntos, ainda que seja a quilômetros de distância. — Ela o soltou e sorriu.

— Ela seria tão especial — indagou Walter — se não fosse nossa única filha?

— Seria. Ninguém poderia ser mais especial do que Jane.

Quando Walter saiu, Eve se ocupou das tarefas domésticas, guardando as compras, preparando uma lista para a Sra. Abney, enchendo o *freezer*, lavando a louça. Subiu ao quarto a fim de fazer a mala. Quando terminou tudo, ainda eram duas e meia. Tornou a descer e vestiu o casaco e as botas; assobiou para os cães e saiu para um passeio, atravessando os campos rumo ao gelado mar do Norte e à pequena praia em meia-lua que eles consideravam parte da propriedade.

Era mês de outubro, sossegado e frio. As primeiras geadas deixaram as árvores âmbares e douradas; o céu estava carregado de nuvens, e o mar cinzento como aço. A maré estava alta, a areia, macia e limpa como um lençol lavado. Os cães iam na frente, deixando marcas de pegadas na areia prístina. Eve prosseguiu, o vento soprando em seus cabelos, sussurrando em seus ouvidos.

Pensou em Jane. Não como estava agora, deitada numa cama anônima de hospital, desejando que Deus a abençoasse. Mas quando era ainda uma garotinha, depois mocinha e finalmente adulta. Jane, com seus cabelos castanhos cacheados, seus olhos azuis e seu doce sorriso. A menina esforçada que costurava roupas de bonecas na velha máquina da mãe, que brincava com seu pônei e assava pãezinhos doces nas tardes úmidas de inverno. Lembrou-se de Jane adolescente, alta, da casa cheia de amigas, do telefone que tocava sem parar. Jane fora uma adolescente inconstante e irritante como tantas outras. Contudo, sua afabilidade e vitalidade garantiram que nunca ficasse sem algum pretendente.

— Vai casar logo — costumava provocá-la a Sra. Abney, mas Jane possuía seus próprios planos.

— Não vou me casar antes dos trinta, pelo menos. Só vou me casar até ter feito tudo o que quero fazer.

Mas, quando completou vinte e um, decidiu passar um fim de semana na Escócia, onde conheceu David Murchison e se apaixonou. Mais um pouco e Eve se viu envolvida com os preparativos do casamento, tentando imaginar como faria para montar o toldo para a festa no jardim da frente e procurando nas lojas de Newcastle um vestido de noiva que lhe agradasse.

— Vai casar com um fazendeiro! — encantara-se a Sra. Abney. — É melhor pensar duas vezes. Foi criada em fazenda e já experimentou esse tipo de vida.

— Eu não — respondeu Jane. — Vou pular de um monte de esterco para outro!

Jamais estivera doente em toda a vida, porém, quando Jamie nasceu, há quatro anos, ela sofrera algumas complicações no parto, e o bebê permaneceu na UTI por dois meses antes de finalmente receber alta e ir para casa. Naquela época, Eve viajara para a Escócia a fim de ajudar a cuidar da casa da filha, e Jane levara tanto tempo para se recuperar, que, secretamente, Eve rezou para que ela jamais tivesse outro filho. Mas Jane pensava diferente.

— Não quero que Jamie seja filho único. Não que eu não tivesse adorado ter sido sua única filha, mas deve ser mais divertido ter irmãos. Além disso, David quer mais um.

— Mas, querida...

— Ah, vai ficar tudo bem. Não exagere, mãe. Sou forte como um touro; foi apenas uma indisposição do meu organismo. De qualquer forma, serão apenas alguns meses de incômodo e o resto da vida de alegria.

O resto da vida. O resto da vida de Jane. Subitamente, Eve foi tomada de um pânico paralisante. Duas linhas de um poema que lera certa vez vieram à sua mente como tambores rufando:

> Eterna florescência
> que acomete minha frágil filha...

Sentiu um calafrio percorrer sua espinha. Alcançara agora a metade da praia, onde um afloramento rochoso, invisível na maré enchente, revelava-se, abandonado como um navio naufragado. Sobre a rocha, incrustada de caramujos e algas marinhas, havia um par de gaivotas com olhos de contas, grasnando ao vento.

Eve parou para observá-las. Pássaros brancos. Por alguma razão, os pássaros brancos sempre foram uma parte importante de sua vida, ainda que de forma simbólica. Quando criança, adorava observar as gaivotas velejando no céu azul do litoral, durante as férias de verão, e seus gritos jamais deixaram de evocar aqueles dias ensolarados, longos e descompromissados.

E havia ainda os gansos selvagens que, durante o inverno, adejavam sobre a fazenda de David e Jane na Escócia. De manhã à noite, os bandos cruzavam os céus, deslizando suavemente e enfim mergulhando sobre a lama juncosa deixada a descoberto na maré baixa do grande estuário que delimitava as terras de David.

E as pombas-de-leque. Ela e Walter passaram a lua-de-mel num hotel modesto em Provença. A janela do quarto era voltada para um átrio de pedras com um pombal no centro, e as pombas-de-leque os acordavam todas as manhãs com seu arrulhar e com o alvoroço que faziam com seus bucólicos repentes de vôo. No último dia de lua-de-mel, eles haviam saído, e Walter lhe comprara um par de pombas brancas de porcelana, que ainda hoje enfeitavam o console da lareira da sala de visitas. Eram dois de seus bens mais preciosos.

Pássaros brancos. Lembrou-se de que era criança durante a guerra e que seu irmão mais velho estava desaparecido. A segurança da família havia sido destruída pelo medo e a ansiedade. Porém só até aquela manhã, quando Eve olhou pela janela do quarto e avistou uma gaivota que se equilibrava no telhado da casa em frente. Era inverno, e o sol da manhã, uma bola de fogo escarlate, havia acabado de surgir no horizonte. E, quando subitamente a gaivota se lançou no ar, Eve notou o reflexo cor-de-rosa que coloria o lado inferior de suas asas. A surpresa diante de tamanha beleza a encheu de conforto. Foi então que teve certeza de que seu irmão estava vivo; quando, uma semana mais tarde, seus pais souberam de fonte oficial que, embora ainda fosse prisioneiro de guerra, ele estava bem e a salvo, não entenderam por que razão Eve recebera a notícia tão serenamente. Mas ela nunca lhes contou sobre a gaivota.

E aquelas gaivotas...? Não, não lhe traziam conforto. Viraram a cabeça, perscrutando a areia vazia à procura de algum possível naco de detrito comestível, grasnaram e, na ponta das patas, espalharam as asas imponentes, brancas como neve, e se foram, flutuando nos braços do vento.

Eve suspirou e consultou o relógio. Era hora de ir. Assobiou para o cães e deu início à longa caminhada de volta.

Estava quase escuro quando o trem entrou na estação, mas ela avistou o genro alto que a aguardava na plataforma, sob o poste de luz, aconchegado em sua velha jaqueta de brim, o colarinho virado para cima. Eve desceu do interior aquecido da cabine e sentiu o vento gelado, que naquela estação sempre parecia soprar daquele jeito, mesmo em pleno verão.

Ele se aproximou.

— Eve. — Beijaram-se. Sentiu a bochecha fria de Davis em seus lábios e o achou terrivelmente magro e abatido. Ele se abaixou e apanhou sua mala. — É tudo o que trouxe?

— É.

Sem nada falarem, caminharam juntos pela plataforma, subiram a escada e saíram no pátio, onde o carro de David os aguardava. Ele abriu o porta-mala e guardou a bagagem e só então deu a volta para destrancar a porta. Somente após terem tomado a estrada rumo ao campo foi que ela perguntou:

— Como está Jane?

— Não sei. Na verdade, ninguém sabe ao certo. Sua pressão subiu muito e foi o que deflagrou tudo isso.

— Posso vê-la?

— Não esta noite, foi o que disse a irmã. Talvez amanhã de manhã.

208   O QUARTO AZUL

Não havia muito a ser acrescentado, por isso, Eve perguntou:

— E como está Jamie?

— Está bem. Como eu lhe disse, Nessie Cooper foi muito gentil e está tomando conta dele, junto com seus próprios filhos. — Nessie era casada com Tom Cooper, o capataz de David. — Ele ficou contente quando soube que você estava a caminho.

— Que amorzinho. — Em meio à escuridão do carro, ela sorriu. Sentiu como se não sorrisse há anos, mas era importante, pelo bem de Jamie, que chegasse com o semblante alegre e sereno, apesar dos horrores que teimavam em povoar sua mente.

Quando finalmente chegaram, Jamie e a Sra. Cooper estavam na sala de estar, assistindo à televisão. Jamie vestia pijama e tomava uma caneca de chocolate, mas, quando ouviu a voz do pai, largou-a e correu para encontrá-los no vestíbulo, porque gostava muito de Eve e ansiava por reecontrá-la, e também porque achava que ela lhe traria um presente.

— Oi, Jamie. — Ela se inclinou para beijá-lo. Ele cheirava a sabonete.

— Vovó, hoje almocei com Charlie Cooper, e ele tem seis anos e um par de chuteiras de futebol.

— Minha nossa! Com travas de verdade?

— É, de verdade, e tem uma bola e me deixa brincar com ela, e eu quase aprendi a dar um chute de primeira.

— É mais do que eu sei — admitiu Eve.

Ela tirou o chapéu e começou a desabotoar o casaco, e enquanto isso, a Sra. Cooper surgiu pela porta e apanhou seu próprio casaco sobre a cadeira do vestíbulo.

— Prazer em vê-la, Sra. Douglas.

ROSAMUNDE PILCHER

Era uma mulher educada, esbelta e parecia jovem demais para ter quatro — ou seriam cinco? — filhos. Eve perdera a conta.

— O prazer é meu, Sra. Cooper. Foi muito gentil em ficar com Jamie. Quem está cuidando de seus filhos?

— Tom. Mas os primeiros dentinhos do bebê estão começando a nascer e por isso tenho que ir.

— Não tenho como lhe agradecer por tudo o que fez.

— Ora, não foi nada. Eu... só espero que tudo corra bem.

— Tenho certeza de que sim.

— Não parece justo, não é? Eu tive filhos, sem problemas. Um atrás do outro, fácil como uma coelha, é o que Tom sempre diz. Já a Sra. Murchison... bem, sei lá. Não me parece justo. — Ela vestiu o casaco e o abotoou. — Voltarei amanhã para lhe dar uma mão, se quiser, se não se importar que eu traga o bebê. Ele pode ficar sentado no carrinho, na cozinha.

— Adoraria que viesse.

— Torna mais fácil a espera — admitiu a Sra. Cooper. — Ajuda, quando se tem alguém com quem conversar.

Quando ela se foi, Eve e Jamie subiram ao quarto, e ela abriu a mala e encontrou o presente do neto, um trator modelo John Deere, e ele educadamente insistiu que era exatamente o que estava querendo, perguntando como ela havia adivinhado. De posse do trator, ele foi para o seu quarto, feliz. Deu-lhe um beijo de boa-noite e foi, com o pai, escovar os dentes e se deitar. Eve desfez a mala e lavou as mãos, trocou os sapatos e escovou o cabelo; então desceu, e ela e David se sentaram para tomar um drinque. Ela foi até a cozinha e preparou uma pequena refeição, e ambos jantaram diante da lareira. Mais tarde, David pegou o carro e voltou ao hospital, e

210 O QUARTO AZUL

Eve lavou a louça. Feito isso, ligou para Walter, mas quase não havia o que contar. Esperou que David retornasse, mas ele não trouxe novidade.

— Disseram que ligarão caso aconteça alguma coisa — ele informou. — Quero estar com ela. Eu estava com ela quando Jamie nasceu.

— Eu sei. — Eve sorriu. — Ela sempre diz que não teria tido Jamie sem você. E eu lhe disse que provavelmente teria se arranjado. Você parece exausto. Vá para a cama e tente dormir um pouco.

Sua expressão era tensa.

— Se... — As palavras pareciam estar sendo arrancadas de sua garganta. — Se algo acontecer a Jane...

— Não vai acontecer nada — interrompeu ela rapidamente, pousando a mão em seu ombro. — Não deve nem pensar nisso.

— E no que devo pensar?

— Deve ter fé. E, se o telefone tocar no meio da noite, você vai me acordar, não vai?

— É claro.

— Então, boa-noite, querido.

Dissera a David para tentar dormir, mas ela mesma não conseguiu pegar no sono. Permaneceu deitada na cama macia, a luz apagada, olhando o pedacinho de escuridão do céu através das cortinas puxadas e da janela aberta; ouvindo o tique-taque das horas no relógio antigo que havia no corredor. O telefone não tocou. O dia amanheceu pouco depois que ela adormeceu, e então, quase imediatamente, Eve acordou. Eram sete e meia. Levantou-se, trocou a camisola e foi ao encontro de Jamie, que já estava acordado, sentado na cama, brincando com o trator.

ROSAMUNDE PILCHER

— Bom-dia.

— Posso brincar com Charlie Cooper hoje? Quero mostrar a ele o meu John Deere.

— Ele não vai à escola de manhã?

— Vai. Que tal à tarde?

— Pode ser.

— O que faremos agora de manhã?

— O que quer fazer?

— Podíamos descer até a praia, olhar os gansos. Sabia, vovó, que tem gente que atira neles? O papai odeia isso, mas diz que não pode fazer nada, porque a praia é pública.

— Caçadores de aves.

— É, isso mesmo.

— Acho que deve ser duro para os gansos voarem de tão longe, do Canadá até aqui, e receber um tiro.

— O papai também diz que os gansos deixam os campos na maior desordem.

— Eles precisam comer. E, por falar nisso, o que vai querer para o café da manhã?

— Ovos cozidos.

— Vou preparar.

Na cozinha, encontraram um bilhete de David sobre a mesa:

"Sete horas. Já alimentei o gato e estou indo para o hospital novamente. Ninguém telefonou à noite. Ligarei se algo acontecer."

— O que ele diz? — quis saber Jamie.

— Apenas que foi visitar sua mãe.

O QUARTO AZUL

— O bebê já chegou?

— Ainda não.

— Ele está na barriga dela. Tem que sair de lá.

— Não creio que vá demorar muito agora.

Enquanto tomavam o desjejum, a Sra. Cooper chegou, com seu bebê de bochechas rosadas num carrinho que ela manobrou para um canto da cozinha.

Deu-lhe um biscoito.

— Alguma notícia, Sra. Douglas?

— Não, ainda não. Mas David está no hospital agora. Vai ligar para casa se tiver alguma.

Subiu e fez sua cama e a de Jamie; então, após uma ligeira hesitação, entrou no quarto de Jane e David na intenção de arrumar a cama deles também.

Foi impossível não se sentir uma invasora. Havia no ar um aroma de lírio-do-vale, a única essência que Jane gostava de usar. Viu a penteadeira com as coisas pessoais da filha: a escova de cabelo prateada da avó, as fotos de David e Jamie, o bonito colar de contas que ela pendurara no espelho. Havia roupas espalhadas por toda parte: o macacão *jeans* que ela usara antes de embarcar na ambulância; um par de sapatos, um suéter escarlate. Viu a coleção infantil de animais de porcelana sobre a prateleira e a enorme fotografia de Walter e Eve.

Virou-se para a cama e viu que David passara a noite no lado onde Jane dormia, com a cabeça enterrada no enorme travesseiro branco rendado. Por algum motivo, aquilo foi a gota d'água. "Eu a quero de volta", disse ela, furiosa, para ninguém em particular. "Eu a quero de volta. Quero que volte para casa, sã e salva, para ficar ao lado de sua família. Não suporto mais isso. Quero saber agora se ela vai ficar bem."

ROSAMUNDE PILCHER

O telefone tocou.

Sentou-se na beirada da cama e alcançou o aparelho.

— Sim?

— Eve, é David.

— O que houve?

— Nada, ainda, mas parece que o pânico tomou conta de todos por aqui, e eles não querem mais esperar. Vão levá-la para a sala de parto agora. Estou indo com ela. Ligarei quando houver alguma novidade.

— Está certo. — "Parece que o pânico tomou conta de todos por aqui." — Pensei... pensei em levar Jamie para passear. Mas não vamos demorar, e a Sra. Cooper ficará aqui.

— Boa idéia. Tire-o de casa. Dê-lhe um beijo por mim.

— Cuide-se, David.

A praia ficava atrás de um antigo pomar de maçãs e de um restolhal. Passaram pela sebe de espinheiro e desceram os degraus sobre a cerca, e na relva havia um declive que culminava nos juncos e na orla. A maré estava baixa, a terra lamacenta se estendia costa afora. Eve avistou as baixas colinas e a vastidão do céu azul, entremeado de nuvens cinzentas que se moviam lentamente.

Jamie, ainda descendo a escada, disparou:

— Lá estão os caçadores de gansos.

Eve os enxergou, próximos à água. Havia dois homens, e tudo levava a crer que tinham construído um esconderijo com a capoeira arrastada pela alta da maré. Estavam ali parados, as silhuetas contra a lama reluzente, as armas a postos. Uma dupla de *spaniels* malhados os acompanhava. Permaneciam em silêncio, à espreita. Ao longe, do meio do estuário, Eve ouviu o grasnado dos gansos selvagens.

Ajudou Jamie a descer, e, de mãos dadas, apressaram-se declive abaixo. Aproximaram-se de um grupo de pássaros de gesso que os caçadores haviam disposto de forma a simular um bando de gansos comendo.

— São de brinquedo — observou Jamie.

— São iscas. Os caçadores esperam que os gansos de verdade os vejam e pensem que o lugar é seguro para pousar.

— Que coisa horrível. Isso não é justo. Se algum deles se aproximar, vovó, vamos levantar os braços para espantá-los.

— Acho que os caçadores não iriam gostar nada disso.

— Então vamos espantar os caçadores.

— Não podemos fazer isso. Não estão violando lei alguma.

— Vão atirar nos nossos gansos.

— Os gansos selvagens pertencem a todos.

Os caçadores os viram. Os cães empinaram as orelhas e começaram a uivar. Um dos homens os xingou. Confusos, sem saber exatamente que direção tomar, Eve e Jamie permaneceram próximos ao bando de iscas, hesitantes; nesse instante, uma movimentação no céu chamou a atenção de Eve, que, ao olhar para cima, avistou uma linha de pássaros vindos do mar.

— Veja, Jamie.

Os caçadores também os viram. Alvoroçados, os dois homens se viraram para observar a chegada das aves.

— Não os deixe vir para cá! — Jamie estava apavorado. Puxou a mão que segurava a da avó e saiu em disparada, tropeçando nas botas de borracha, acenando, a fim de tentar desviar a direção dos pássaros e afastá-los da mira das espingardas. — Vão embora, vão embora, não se aproximem!

Eve sentiu que deveria tentar detê-lo, mas seria inútil. Nada no mundo poderia mudar o rumo daquele vôo inexorável. E havia ainda algo de incomum com aquelas aves. Os gansos selvagens costumavam voar do norte para o sul, em linhas simétricas, mas os daquele bando se aproximavam do leste, do mar, e pareciam cada vez maiores. Por um instante, a visão de Eve ficou embaciada. Entretanto, quando seus olhos finalmente conseguiram enquadrar o foco, ela notou que não eram gansos, mas doze cisnes brancos.

— São cisnes, Jamie. São cisnes.

Ele ouviu e parou. Permaneceu em silêncio, a cabeça inclinada para cima, observando-os. Aproximaram-se, e o ar encheu-se do som da batida de suas imensas asas. Eve avistou os longos pescoços brancos esticados para frente, as patas encolhidas flutuando atrás. E, então, passaram sobre eles, voando rio acima, e o barulho de suas asas tornou-se cada vez mais indistinto, até que finalmente os cisnes desapareceram, engolidos pela manhã cinzenta e pelas longínquas colinas.

— Vovó — Jamie puxou e balançou a manga de seu casaco. — Vovó, está me ouvindo? — Ela o olhou. Aturdida, foi como se olhasse para ele pela primeira vez. — Vovó, os caçadores não atiraram neles

Doze cisnes brancos.

— Não é permitido caçar cisnes. Eles pertencem à rainha.

— Que bom. Eram *lindos*.

— Sim, sim, eram lindos.

— Aonde acha que estão indo?

— Não sei. Rio acima. Além das colinas. Talvez haja um lago escondido onde possam fazer seus ninhos e se alimentar. — Mas Eve estava distraída, não pensava nos cisnes. Pensava em Jane e, subitamente, sentiu que não deveriam perder tempo em voltar para casa.

— Venha, Jamie. — Pegou sua mão e começou a escalar a subida pela relva em direção à escada sobre a cerca, puxando o menino atrás de si. — Vamos voltar.

— Mas ainda não passeamos.

— Já passeamos bastante. Depressa. Vamos ver se somos realmente rápidos.

Subiram a escada e correram pelo restolhal. As pernas curtas de Jamie tentavam a todo custo acompanhar os passos largos da avó. Atravessaram o pomar, sem parar para catar as frutas caídas das árvores nem trepar nos velhos troncos secos. Sem parar para nada.

Alcançaram a trilha que levava à casa da fazenda, e Jamie, exausto, sem poder continuar, parou abruptamente em protesto ao estranho comportamento da avó. Mas Eve, sem tempo a perder, pegou-o no colo e disparou, sem se dar conta do peso do neto.

Enfim, chegaram à casa e entraram pela porta dos fundos, sem parar nem mesmo para livrar-se das botas

ROSAMUNDE PILCHER

217

enlameadas. Passaram pela varanda dos fundos e entraram na cozinha aquecida, onde o bebê continuava sentado placidamente no carrinho, e a Sra. Cooper descascava batatas na pia. Ela se virou assim que eles surgiram, e, nesse exato instante, o telefone tocou. Eve pôs Jamie no chão e correu para atender. A campainha só teve tempo de soar uma vez antes que ela alcançasse o aparelho.

— Sim.

— Eve, é David. Está terminado. Está tudo bem. Ganhamos outro garotinho. O parto foi complicado, mas ele é forte e sadio, e Jane está bem. Um pouco cansada, mas eles já a levaram de volta para o quarto, e você poderá visitá-la esta tarde.

— Oh, *David*...

— Posso falar com Jamie?

— É claro.

Entregou o aparelho ao menino.

— É o papai. Você ganhou um irmão. — Ela se virou para a Sra. Cooper, parada ao lado com uma faca numa mão e uma batata na outra. — Ela está bem, Sra. Cooper. Ela está bem. — Teve vontade de abraçá-la, de beijar suas bochechas rosadas. — É um garotinho, e nada saiu errado. Ela está bem... e...

Era inútil. Não podia mais falar. E não podia mais enxergar a Sra. Cooper, pois as lágrimas anuviaram sua visão. Eve nunca chorava e não quis que Jamie a visse chorar; então, virou-se e deixou a Sra. Cooper para trás, saiu da cozinha e da casa, de volta ao ar frio e renovado da manhã.

Tudo terminara bem. O alívio a fez sentir-se tão leve, que achou que fosse capaz de alçar vôo. Estava chorando e rindo ao mesmo tempo, o que era ridículo. Enfiou a mão no bolso e retirou um lenço, enxugou os olhos e assoou o nariz.

Doze cisnes brancos. Estava feliz por Jamie ter estado ao seu lado, de outro modo, acharia, pelo resto da vida, que a deslumbrante visão houvesse sido apenas uma fantasia de sua mente esgotada. Doze cisnes brancos. Ela os vira aproximarem-se e então desaparecerem. Para sempre. Sabia que jamais tornaria a testemunhar tamanho milagre.

Ergueu a cabeça e olhou para o céu vazio. O tempo estava encoberto agora, e logo começaria a chover. Imediatamente, sentiu os primeiros pingos frios de chuva tocarem seu rosto. Doze cisnes brancos. Enfiou as mãos nos bolsos do casaco, virou-se e voltou para casa a fim de ligar para o marido.

A árvore

Às cinco horas de uma tarde mormacenta em Londres, Jill Armitage, empurrando o carrinho de bebê, onde estava seu pequeno Robbie, emergiu dos portões do parque e começou a percorrer o quilômetro de calçada que levava a sua casa.

Era um parque pequeno, não muito espetacular. A grama estava pisada, as trilhas salpicadas de sujeira de cachorro, os canteiros de flores apinhados de lobélias, gerânios vermelhos e estranhas plantas com folhas cor de beterraba. Mas, pelo menos, havia um canto para as crianças brincarem, uma ou duas árvores frondosas, uma gangorra e alguns balanços.

Ela enchera uma cesta com alguns brinquedos e um lanche frugal para ambos e a pendurara na alça do carrinho. Tudo o que podia ser visto de seu filho eram o topo de seu chapeuzinho de algodão e o par de tênis vermelho de lona. Ele usava um *short* e seus braços e ombros estavam cor de abricó. Desejou que o filho não tivesse tomado muito sol. Estava com o dedo na boca e cantarolava "mé, mé, mé", som que fazia sempre que estava com sono.

Alcançaram a rua principal e pararam, aguardando

o sinal de trânsito. O tráfego das duas pistas avançava diante deles. O sol refletia-se nos pára-brisas, os motoristas usavam manga de camisa, o ar recendia a fumaça e gasolina.

As luzes mudaram, os carros frearam, e o trânsito parou. Jill empurrou o carrinho pela faixa de pedestres. Do outro lado, havia uma quitanda, e Jill pensou no jantar daquela noite e entrou para comprar um pé de alface e um quilo de tomates. O homem que a atendeu era um velho amigo — morar na parte pobre de Londres era um pouco como morar num vilarejo — e chamou Robbie de "queridinho" e lhe deu, de presente, um pêssego para a sobremesa.

Jill agradeceu ao verdureiro e continuou sua caminhada. Pouco tempo depois, virou a esquina, onde, antigamente, as casas georgianas eram grandiosas, e as ruas, mais largas, pavimentadas de pedras. Desde que se casou e veio morar no bairro, acostumara-se com a decrepitude do lugar, as paredes encardidas, as cercas quebradas, os porões funestos com suas cortinas encardidas e degraus de pedra viscosos, de onde brotava mato. Felizmente, nos últimos dois anos, sinais auspiciosos de benfeitorias começaram a surgir. Ali, uma casa mudara de dono e nela subiram andaimes, grandes caixas de materiais de construção enchiam a calçada, agora cheias de todo tipo de entulho. Mais adiante, um apartamento no porão ostentava uma nova demão de tinta branca, e madressilvas foram plantadas num vaso enorme e atingiram a cerca, serpenteando e entrelaçando-se nela, e rapidamente a madeira estava carregada de flores. Pouco a pouco, janelas estavam sendo substituídas, portas pintadas de preto reluzente ou azul centáureo, maçanetas de bronze e caixas de correio novas e polidas eram instaladas. Carros novos e caros estacionavam diante das casas, e mães novas e vistosas levavam seus filhos às compras ou os traziam de festas de aniversários, carregando balões de gás, usando narizes de plástico e chapéus de papelão.

Ian costumava dizer que o bairro estava progredindo, mas a verdade era que seus habitantes, não podendo morar em Fulham ou Kensington, começaram a tentar a sorte ali mesmo.

Ian e Jill haviam comprado a casa há três anos, assim que se casaram, mas ainda arcavam com o peso da hipoteca, e, quando Robbie nasceu e Jill parou de trabalhar, seus problemas financeiros se agravaram. E, agora, para tornar as coisas ainda piores, outro bebê estava a caminho. Eles queriam outro filho; mas não planejavam para tão cedo.

— Não há problema — afirmara Ian quando se recuperou do choque. — Conseguiremos superar essa crise num piscar de olhos. Pense como será divertido para as crianças terem apenas dois anos de diferença.

— Só acho que não podemos arcar com mais despesas.

— Não custa nada para ter um bebê.

— Não, mas custa muito criá-los. E comprar sapatos. Sabe quanto custa comprar um par de sandálias para Robbie?

Ian respondeu que não sabia e que não queria saber. Conseguiriam dar um jeito nas coisas. Era um eterno otimista, e o melhor de tudo era que seu otimismo a contagiava. Beijou a esposa, foi à loja de bebidas e comprou uma garrafa de vinho, que beberam naquela mesma noite, com salsichas e purê de batatas.

222 O QUARTO AZUL

— Pelo menos temos um teto para morar — ele lhe disse — ainda que a maior parte dele pertença ao banco.

E era verdade, mas mesmo seus melhores amigos tiveram que admitir que a casa era peculiar. Pois no fim da rua havia uma curva pronunciada, e a casa de número 23, onde moravam, era alta e estreita, cuneiforme, a fim de poder acomodar-se ao ângulo da esquina. Foi exatamente essa peculiaridade que os atraíra à primeira vista, além do preço; mas atingira tal estado de depredação, que exigiria uma reforma total. Sua peculiaridade era parte de seu charme, o que não ajudava muito, uma vez que não possuíam tempo, energia nem meios para dar cabo da pintura externa ou aplicar uma demão de massa corrida na estreita fachada.

Apenas o porão, paradoxalmente, reluzia. Era lá que morava Delphine, a inquilina. O aluguel de Delphine ajudava a pagar a hipoteca. Ela era uma pintora que se havia voltado, com algum sucesso, para a arte publicitária e usava o porão como seu *pied-à-terre* londrino, variando entre ele e um chalé em Wiltshire, onde um decrépito celeiro fora transformado num belo ateliê, e um campo coberto de vegetação descia até as margens juncosas de um riacho. Algumas vezes, Jill, Ian e Robbie eram convidados para passar um fim de semana nesse lugar paradisíaco, e tais visitas acabavam sempre se transformando em festa — de malcasados convidados, grande quantidade de comida e vinho e intermináveis discussões sobre assuntos esotéricos, em geral incompreensíveis para Jill. Mas, como costumava salientar Ian sempre que retornavam à velha e monótona Londres, uma bela mudança de ares.

Delphine, imensamente gorda, vestida com seu

graciosco cafetã, sentava-se agora do lado de fora da casa, aquecendo-se sob uma nesga de sol que, àquela hora do dia, penetrava seus domínios. Jill levantou Robbie do carrinho, e o bebê enfiou a cabeça na cerca e olhou para Delphine, que baixou o jornal e o encarou de volta por trás dos óculos redondos e escuros.

— Olá — saudou ela. — Onde você esteve?

— No parque — respondeu Jill.

— Com esse calor?

— Não há outro lugar para ir.

— Você deveria tomar alguma providência em relação a seu jardim.

Há dois anos Delphine insistia nisso, até que Ian lhe disse que, da próxima vez, iria estrangulá-la pessoalmente.

— Corte aquela árvore horrorosa.

— Não comece novamente com isso — implorou Jill. — Seria complicado demais.

— Bem, pelo menos iriam se livrar dos gatos. Mal consegui dormir esta noite por causa dos miados.

— O que podemos fazer?

— Qualquer coisa. Consigam uma arma e atirem neles.

— Ian não tem arma. E, mesmo se tivesse, a polícia poderia pensar que estávamos tentando assassinar alguém, se começássemos a disparar contra os bichanos.

— Que esposa fiel você é. Bem, se não querem atirar nos gatos, que tal irem ao chalé esse fim de semana? Posso levar todos vocês no meu carro.

— Oh, Delphine. — Era a melhor coisa que havia acontecido o dia inteiro. — Tem certeza de que quer nos levar?

— É claro. — Jill imaginou o ar fresco do campo, o

cheiro das flores; e deixaria que Robbie enfiasse os pés na água do riacho raso e pedregoso.

— Não posso imaginar nada melhor... mas terei que consultar Ian primeiro. Pode ser que ele prefira jogar críquete.

— Venham tomar um cálice de vinho comigo, após o jantar. Combinaremos a viagem.

Às seis horas, Robbie já havia tomado banho e jantado — um suculento pêssego — e agora dormia em seu berço. Jill tomou uma ducha, vestiu a roupa mais fresca que possuía — um penhoar de algodão — e desceu à cozinha a fim de preparar o jantar.

A cozinha e a sala de jantar, separadas apenas pela estreita escadaria, tomavam todo o primeiro piso da casa, mas nem assim eram muito espaçosas. A porta da frente dava direto para a sala, e por isso não havia onde pendurar os casacos ou deixar o carrinho do bebê. Na extremidade da sala de jantar, a janela dava vista para a rua; mas na cozinha havia enormes janelas de batente, que pareciam indicar que antes havia ali uma sacada com uma escada que levasse ao jardim. A sacada e os degraus haviam desaparecido — demolidos talvez —, e as janelas de batente se abriam para nada além do declive de seis metros para o pátio da frente. Antes de Robbie nascer, costumavam deixar as janelas abertas nos dias quentes, porém, depois de sua chegada, Ian, por uma questão de segurança, pregou-as à parede, e assim permaneceram.

A mesa de pinho escovada ficava rente à parede, encostada nas janelas. Jill sentou-se junto dela e fatiou os tomates para a salada, enquanto fitava, preocupada, o horroroso jardim. Cercado por paredes altas de tijolos esfarelados, era um pouco como olhar para o fundo de um poço. Próximo à casa, havia um pátio de tijolos, um trecho de grama irregular, e, mais à frente, o abandono, a terra pisada, sacos velhos de papelão que voavam por todos os cantos, e a árvore.

Jill nascera e crescera no campo, e achava difícil acreditar que algum dia odiaria um jardim. Ainda assim, mesmo se houvesse qualquer acesso, ela jamais penduraria roupa limpa ou deixaria o filho brincar naquele jardim.

E, quanto à árvore, ela positivamente a detestava. Era um plátano, porém anos-luz distante dos simpáticos plátanos de que ela se lembrava dos tempos de infância, bons para trepar, frondosos; produzindo sombra no verão, espalhando suas sementes no inverno. Aquele ali nunca deveria ter crescido; nunca deveria ter sido plantado; jamais deveria ter atingido tal altura, tal densidade, tal dimensão sombria e depressiva. Encobria o céu, e a escuridão que produzia desencorajava qualquer tipo de vida, exceto a dos gatos, que espreitavam, rosnavam em cima dos muros e utilizavam a terra escassa como toalete. No outono, quando as folhas caíam dos galhos, e Ian enfrentava com bravura a sujeira dos gatos e saía para acender uma fogueira, a fumaça resultante era negra e fedorenta, como se as folhas tivessem absorvido do ar, durante os meses de verão, tudo que fosse imundo, repugnante e tóxico.

Seu casamento era feliz, e, na maior parte do tempo, Jill desejava que nada fosse diferente. Mas a árvore revelava o que havia de pior nela e a fazia desejar possuir muito dinheiro para mandar arrancá-la.

Algumas vezes, dizia isso ao marido.

— Queria ter um trabalho que me rendesse um ótimo salário ou algum parente absolutamente rico para poder mandar derrubá-la Por que não temos uma fada-madrinha? Você não tem nenhum parente?

— Você sabe que eu só tenho Edward Makepeace, e ele presta tanto quanto um fim de semana chuvoso em novembro.

Edwin Makepeace era a vergonha da família, e por que os pais de Ian se deixaram convencer a convidá-lo para padrinho de seu filho era um enigma que Jill jamais conseguira solucionar. Era uma espécie de primo distante e tinha fama de ser desanimado, exigente e mesquinhamente paranóico com relação a dinheiro. O passar dos anos nada fizera para remediar tais traços de personalidade. Estivera casado durante anos com uma mulher aborrecida chamada Gladys. Não tiveram filhos, simplesmente viveram juntos numa casa pequena em Woking, um lugar reconhecidamente melancólico. Mas, pelo menos, Gladys cuidara dele, e, quando ela faleceu e o deixou sozinho, Edwin tornou-se uma constante preocupação para a família.

Pobre coitado, diziam todos, desejando que alguém o convidasse para o Natal. Esse alguém geralmente era a mãe de Ian, mulher generosa, sempre determinada a não deixar que a presença depressiva de Edwin estragasse as festividades da família. O fato de que ele a presenteava apenas com uma caixa de lenços, que ela nunca usava, em nada lhe ajudava a ser estimado pelo resto da família. Não que Edwin, como costumavam salientar, não tivesse dinheiro. Apenas não gostava de compartilhá-lo com ninguém.

ROSAMUNDE PILCHER

— Talvez pudéssemos cortá-la nós mesmos.

— Querida, ela é grande demais. Acabaríamos nos matando ou botando a casa abaixo.

— Poderíamos contratar um profissional. Um cirurgião de árvores.

— E o que faríamos com os ossos quando o cirurgião terminasse seu trabalho?

— Uma fogueira?

— Uma fogueira. Desse tamanho? A casa inteira viraria fumaça.

— Poderíamos ao menos fazer um orçamento.

— Meu amor, eu mesmo posso fazer um orçamento. Custaria uma fortuna. E não temos tal fortuna.

— Um jardim. Seria como termos outro quarto. Mais espaço para Robbie brincar. E o bebê que vai nascer poderia tomar sol no carrinho.

— Como? Pendurando o carrinho na janela da cozinha por uma corda?

Haviam discutido incontáveis vezes e esgotado o assunto.

"Não vou mencionar isso de novo", Jill prometeu a si mesma, mas... Parou de fatiar os tomates, sentada à mesa com a faca em uma das mãos e o queixo apoiado na outra, e olhou pelo vidro encardido da janela que não podia ser lavado pois não havia como alcançá-lo.

A árvore. Sua imaginação removeu-a dali; mas o que fariam com o que restasse? O que cresceria naquele pedaço árido de terra? Como manteriam os gatos afastados? Remoía os insuperáveis problemas quando ouviu o ruído da chave do marido na porta. Pulou da cadeira, como se estivesse fazendo algo indecente, e rapidamente voltou a fatiar os tomates. A porta se fechou, e ela olhou por sobre os ombros e sorriu para ele.

— Olá, querido.

Ele largou a pasta e veio beijá-la.

— Deus, que dia mais abafado. Estou suado e cheirando mal. Vou tomar um banho e depois descerei para ficar com você...

— Tem uma lata de cerveja na geladeira.

— Estamos ricos. — Tornou a beijá-la. — Mas você cheira gostoso. A frésias. — Ele afrouxou a gravata.

— É o sabonete.

Ele se dirigiu à escada, despindo-se enquanto caminhava. — Espero que faça o mesmo comigo.

Cinco minutos depois, ele estava de volta à cozinha, descalço, usando um velho par de calças *jeans* desbotadas e uma camisa de manga curta que comprara para a lua-de-mel.

— Robbie está dormindo — falou ele. — Acabei de verificar. — Abriu a geladeira, apanhou a lata de cerveja, encheu dois copos, levou-os até a mesa e deixou-se cair numa cadeira ao lado da esposa. — O que fez hoje?

Ela lhe contou que foi ao parque, que Robbie ganhou um pêssego do quitandeiro e que Delphine os convidara para o fim de semana no chalé. — Disse que nos levaria em seu carro.

— Ela é um anjo. Que idéia maravilhosa.

— E nos convidou também para um cálice de vinho com ela após o jantar. Para combinarmos a viagem.

— Na verdade, uma festinha.

— Ora, só nos fará bem.

Entreolharam-se, sorridentes. Ele esticou o braço e pousou a mão sobre o estômago chato e delgado da mulher.

ROSAMUNDE PILCHER

— Para uma grávida, você está bastante apetitosa.
— Comeu uma fatia de tomate. — Isso é o jantar ou estamos descongelando a geladeira?

— É o jantar. Tomates com presunto frio e salada de batata.

— Estou faminto. Vamos comer e falar com Delphine. Você disse que ela ia abrir uma garrafa de vinho?

— Foi o que ela disse.

Ele bocejou.

— Antes fossem duas.

O dia seguinte era quinta-feira, quente como sempre, mas de alguma forma isso não tinha importância agora, pois o fim de semana os aguardava.

— Vamos para Wiltshire — Jill informou Robbie, enfiando uma pilha de roupas na máquina de lavar. — Você vai poder molhar os pezinhos no rio e colher flores. Lembra-se de Wiltshire? Lembra-se do chalé de Delphine? Do trator no campo?

Robbie repetiu a palavra "trator". Não falava muitas, mas essa era uma de suas preferidas. Sorriu ao dizê-la.

— Isso mesmo. Vamos para o campo. — Ela começou a fazer as malas, pois, embora a viagem fosse no dia seguinte, faria a espera parecer menor. Passou a ferro seu melhor vestido e até mesmo a camiseta mais velha de Ian. — Vamos para a casa de Delphine. — Permitiu-se uma extravagância e comprou um frango defumado para o jantar e uma cestinha para colher morangos. Haveria morangos crescendo no pomar de Delphine. Imaginou-se colhendo os morangos, o sol quente nas costas, as frutas perfumadas abrigadas sob as folhas.

O dia chegara ao fim. Deu banho em Robbie, leu uma história para ele e o deitou no berço. Quando o deixou, os olhos quase se fechando, ouviu a chave de Ian na porta e desceu correndo a escada a fim de saudá-lo.

— Querido.

Ele largou a pasta e fechou a porta. Sua expressão era fria. Ela lhe deu um beijo e perguntou:

— O que aconteceu?

— Receio que algo terrível tenha acontecido. Importa-se se não formos para o chalé de Delphine?

— Não irmos? — A decepção deixou-a fraca e vazia, como se lhe tivessem roubado a felicidade. Não pôde esconder a consternação. — Mas... ah, Ian, por que não?

— Minha mãe telefonou para o escritório. — Ian tirou a jaqueta e a pendurou na extremidade do corrimão. Afrouxou a gravata. — É o Edwin.

— Edwin? — As pernas de Jill estremeceram. Ela sentou-se no degrau da escada. — Ele não está morto, está?

— Não, mas não tem passado muito bem ultimamente. O médico lhe disse para não se aborrecer. Mas agora seu melhor amigo faleceu, e o enterro será no sábado, e Edwin insiste em vir para Londres a fim de acompanhá-lo. Minha mãe tentou demovê-lo da idéia, mas ele parece irredutível. Reservou um quarto num hotel barato, e mamãe está convencida de que ele terá um enfarte e morrerá também. Mas a questão é que ele botou na cabeça que quer vir aqui uma noite para jantar conosco. Eu disse a ela que o que ele quer mesmo é jantar de graça, mas ela jura que não é nada disso. Ele vive dizendo que nunca nos vê, que nunca veio a nossa casa, que quer conhecer Robbie... essas coisas, você sabe...

ROSAMUNDE PILCHER

Quando Ian ficava chateado, falava sem parar. Após um instante, Jill perguntou:

— Temos *mesmo* que fazer isso? Eu queria tanto ir para o campo.

— Eu sei. Mas se eu explicar para Delphine, sei que ela vai entender e nos dar uma outra chance.

— Mas é que eu... — Estava prestes a sucumbir às lágrimas. — É, que nada de excitante parece acontecer em nossas vidas. E quando acontece, não podemos aproveitar por causa de alguém como Edwin. Por que tinha que ser justamente nós? Por que outra pessoa não toma conta dele?

— Suponho que seja porque ele não tenha tantos amigos assim.

Jill fitou-o e viu sua própria decepção e indecisão estampadas no rosto do marido.

Jill indagou, ciente da inevitável conseqüência:

— Você quer que ele venha?

Ian deu de ombros, desconsolado.

— Ele é meu padrinho.

— Já seria ruim se fosse um velho bem-humorado, mas ele é tão desanimado.

— Está velho. E sozinho.

— Ele é melancólico.

— Está triste. Seu melhor amigo acabou de morrer.

— Você contou a sua mãe que havíamos combinado de ir para Wiltshire?

— Contei. E ela disse que teríamos que discutir o assunto. Eu lhe disse que ligaria para Edwin hoje à noite.

— Não podemos dizer a ele que *não* venha.

— Foi o que pensei que diria. — Os dois se entreolharam, já sabendo que a decisão estava tomada; à sua

232 O QUARTO AZUL

revelia. Sem fim de semana no campo. Sem morangos para colher. Sem jardim para Robbie. Apenas Edwin.

Ela disse: — Queria que não fosse tão difícil fazer certas escolhas. Queria que as coisas simplesmente acontecessem, sem que pudéssemos interferir.

— Se fosse assim, não seriam escolhas. Mas sabe de uma coisa? Eu a amo. Mais a cada dia, se é que é possível. — Levantou-se e beijou a mulher. — Bem... — Virou-se e abriu a porta novamente. — É melhor eu descer e contar a Delphine.

— Teremos frango defumado para o jantar.

— Nesse caso, verei se consigo achar umas moedas para comprar uma garrafa de vinho. Precisamos nos animar.

Uma vez que a triste decepção os acometera, Jill decidiu seguir a filosofia de sua mãe: se precisamos fazer uma coisa, então que a façamos bem-feita. Que mal haveria em receber o velho e tristonho Edwin Makepeace, recém-saído de um funeral? Ainda assim, prepararia um bom jantar. Cozinhou a galinha com batatas e brócolis com seu molho especial. Para sobremesa, haveria salada de frutas e um pedaço cremoso de queijo *brie*.

Lustrou a mesa desmontável da sala de jantar, forrou-a com a melhor toalha, preparou um bonito arranjo (com as flores que trouxera no dia anterior do quiosque do mercado) e afofou as almofadas de retalho da sala de visitas.

Ian havia saído para buscar o padrinho. Edwin dissera, com a voz trêmula ao telefone, que tomaria um táxi, mas Ian sabia que isso lhe custaria dez libras ou mais e insistira em ir apanhá-lo. Jill deu banho em Robbie e o vestiu com um pijama novo, e então colocou o vestido de verão que passara a ferro para levar na viagem. (Tirou da mente a imagem de Delphine, sozinha em seu carro, na companhia apenas de seu cavalete e de sua bagagem. O sol continuaria a brilhar; a onda de calor prosseguiria. Seriam convidados novamente, para outro fim de semana.)

Estava tudo pronto. Jill e Robbie se ajoelharam no sofá sob a janela de sacada da sala de estar, à espera de Edwin. Quando o carro apareceu, ela pegou o bebê no colo e desceu a escada para abrir a porta. Edwin estava subindo os degraus da calçada, e Ian vinha logo atrás. Jill não o via desde o Natal e o achou envelhecido. Não se lembrava de tê-lo visto caminhando com a ajuda de uma bengala. Usava gravata preta e terno escuro. Não trazia uma lembrança, flores ou uma garrafa de vinho. Sua aparência lembrava a de um agente funerário.

— Edwin.

— Ora, querida, aqui estamos. Que prazer em vê-la.

Edwin entrou, e ela lhe deu um beijo. Sua pele envelhecida era áspera e ressecada e cheirava vagamente a desinfetante, como um médico antigo. Emagrecera demais; seus olhos, que um dia foram friamente azuis, estavam apagados e remelentos. A tez, apesar de rosada, sem vida, exangue. Sua camisa, de colarinho engomado, parecia um número maior, e seu pescoço era viscoso e enrugado feito o de um peru.

— Sinto muito sobre seu amigo. — Achou que era importante deixar isso claro logo de início.

— Ora, ora, acontece com todo mundo um dia. Setenta anos é todo o tempo que temos, e Edgar estava com setenta e três. E eu já estou com setenta e um. Onde posso deixar minha bengala?

Não havia lugar, então Jill tomou-a de sua mão e a pendurou no corrimão da escada.

Edwin olhou à sua volta. Provavelmente jamais havia visto uma casa sem paredes para dividir os cômodos.

— Ora, ora, olhe para isso. E este aqui... — Edwin se inclinou para frente, o nariz adunco apontando para o rosto de Robbie — é seu filho.

Jill imaginou se Robbie iria decepcioná-la e explodir em lágrimas. Mas o menino não chorou e, em vez disso, simplesmente encarou Edwin de volta, sem piscar.

— Eu... o mantive acordado. Achei que iria gostar de vê-lo. Mas ele está caindo de sono. — Nesse instante, Ian entrou e fechou a porta. — Gostaria de conhecer o segundo andar?

Ela mostrou o caminho, e ele a seguiu, avançando com dificuldade; Jill podia ouvir sua respiração pesada. Na sala de visitas, ela sentou o garotinho e puxou uma cadeira para Edwin.

— Por que não se senta aqui?

Ele o fez, lentamente. Ian lhe ofereceu um cálice de xerez, e Jill os deixou, levando Robbie para o quarto.

Pouco antes de enfiar o dedo na boca, ele balbuciou:

— Nariz. — E ela sentiu um enorme carinho por ele por fazê-la rir.

— Eu sei — sussurrou ela. — Ele tem *mesmo* um nariz enorme, não tem?

Ele sorriu de volta e cerrou os olhos. Ela ergueu a grade do berço e voltou para a sala.

Edwin continuava a falar de seu velho amigo.

— Servimos juntos o Exército, durante a guerra. Depois disso, ele voltou a trabalhar com seguros, mas sempre mantivemos contato. Passamos um feriado jun-

ROSAMUNDE PILCHER

tos, Gladys, Edgar e eu. Ele nunca se casou. Fomos a Budleigh Salterton. — Olhou para Ian sobre o cálice de xerez. — Já esteve em Budleigh Salterton?

Ian respondeu que não, nunca estivera em Budleigh Salterton.

— Belo lugar. Tem um bom campo de golfe. É claro que Edgar nunca foi um bom golfista. Jogava tênis quando éramos jovens e boliche. Já jogou boliche, Ian?

Ian respondeu que não, nunca jogara boliche.

— Não — respondeu Edwin. — Claro que não. Prefere críquete, não é?

— Quando tenho oportunidade de jogar.

— Deve ser muito ocupado.

— É, muito ocupado.

— Joga nos fins de semana, suponho.

— Às vezes.

— Assisti ao campeonato de críquete pela televisão. — Sorveu outro gole de Tio Pepe, franzindo os lábios. — Não dei muita importância aos paquistaneses.

Jill levantou-se discretamente e desceu à cozinha. Quando terminou de preparar o jantar e os chamou, Edwin ainda estava falando sobre críquete, lembrando algum jogo de 1956 de que particularmente gostara. Sua voz monótona foi silenciada pela interrupção de Jill. Prontamente, os dois homens desceram a escada. Jill estava junto à mesa, acendendo as velas.

— Nunca estive numa casa como esta — observou Edwin, sentando-se e desdobrando o guardanapo. — Quanto pagou por ela?

Ian, após breve hesitação, contou-lhe.

— Quando a comprou?

— Quando nos casamos. Há três anos.

236 O QUARTO AZUL

— Não foi um mau negócio.

— Estava em péssimo estado. Ainda não está grande coisa, mas, com o tempo, ficará bem melhor.

Jill sentiu-se desconcertada diante do olhar insistente de Edwin.

— Sua sogra me disse que você vai ter outro bebê.

— Ah. Bem... é, vou.

— Não era segredo, era?

— Não. Não, é claro que não. — Ela retirou a caçarola do forno com a ajuda de luvas e mostrou-lhe o prato. — É galinha.

— Adoro galinha. Costumávamos comer galinha na Índia, durante a guerra... — Distraiu-se novamente. — É engraçado como os indianos preparam bem galinha. Devem ter muita prática. Não podem comer as vacas. São sagradas, sabe...

Ian abriu o vinho, e, depois disso, as coisas tornaram-se um pouco mais fáceis. Edwin recusou a salada de frutas, mas comeu quase todo o queijo. E falou o tempo todo, parecendo não precisar de resposta, mas apenas de alguém que sorrisse ou concordasse com ele, balançando a cabeça. Falou sobre a Índia, sobre um amigo que conheceu em Bombaim; sobre um jogo de tênis do qual participou em Camberley certa vez; sobre a tia Gladys, que se dedicava à tecelagem e ganhara um prêmio num festival do condado.

A noite longa e quente parecia interminável. O sol se escondeu em meio à neblina do céu urbano, deixando nele uma nódoa cor-de-rosa. Edwin estava agora reclamando da incapacidade de sua diarista de fritar ovos adequadamente, e, de repente, Ian desculpou-se, levantou-se e foi à cozinha preparar um bule de café.

ROSAMUNDE PILCHER

Edwin, interrompido em sua narrativa, observou-o sair.

— Aquela é a sua cozinha? — quis saber.

— É.

— Vamos dar uma olhada nela. — E antes que ela pudesse detê-lo, ele já estava se arrastando atrás de Ian. Jill o seguiu, mas ele não desviou a atenção do afilhado.

— Não tem muitos cômodos, tem?

— Não muitos — respondeu Ian. Edwin dirigiu-se às janelas de batente e espiou através dos vidros imundos.

— O que é isso?

— Isso é... — Jill juntou-se a eles, olhando agoniada para a vista horrenda. — É o jardim. Mas não o usamos porque está nojento. Os gatos vêm e deixam suas sujeiras. De qualquer forma, como pode ver, não há como chegar lá embaixo — arrematou ela, mansamente.

— E quanto ao porão?

— O porão está alugado. Para uma amiga. O nome dela é Delphine.

— Ela não se importa em morar ao lado de um depósito de lixo?

— Ela... não vem aqui com muita freqüência. Passa a maior parte do tempo no campo.

— Hummm. — Fez-se um longo e desconcertante silêncio. Edwin olhava para a árvore; seus olhos passearam desde as raízes expostas até os galhos mais altos. Seu nariz era como um ponteiro, e todos os tendões de seu pescoço saltaram como cordas.

— Por que não a derrubam?

Jill lançou um olhar aflito na direção de Ian. Atrás de Edwin, ele revirou os olhos, mas disse sensatamente:

— Seria muito difícil. Como pode ver, ela é grande demais.

238   O QUARTO AZUL

— É horrível ter uma árvore dessa no jardim.

— É — concordou Jill. Não é nada conveniente.

— Por que não fazem alguma coisa a respeito?

Ian apressou-se em responder:

— O café está pronto. Vamos subir?

Edwin virou-se para ele.

— Perguntei por que não fazem alguma coisa a respeito?

— Faremos — afirmou Ian. — Um dia...

— Não é bom esperar um dia. Um dia vocês estarão tão velhos como eu, e a árvore ainda estará aí.

— Café? — ofereceu Ian.

— E gatos causam doenças. Não é bom ter gatos por perto quando se tem criança em casa.

— Eu não deixo Robbie brincar no jardim — explicou Jill. — Não poderia, mesmo se quisesse, pois não há como chegar lá embaixo. Acho que antes havia uma sacada com degraus até o jardim, mas foi destruída antes de comprarmos a casa, e não sei por que... bem, nunca tentamos construir um acesso. — Estava determinada a não soar como se ela e Ian fossem pobres e patéticos. — Quer dizer, havia outras coisas mais importantes para serem feitas.

Edwin disse "Hummm" novamente. Permaneceu parado, com as mãos nos bolsos, olhando pela janela, e no instante seguinte Jill imaginou se ele havia entrado num tipo de coma. Foi então que se mexeu, tirou as mãos dos bolsos, virou-se para Ian e inquiriu, impaciente:

— Pensei que você tivesse preparado o café, Ian. Quanto tempo mais teremos que esperar?

Ele ficou mais uma hora, e sua interminável torrente de insuportáveis historietas parecia nunca se esgotar.

ROSAMUNDE PILCHER

Por fim, o relógio da igreja vizinha soou onze badaladas, e Edwin pôs de lado a xícara de café, consultou seu próprio relógio e anunciou que era hora de Ian levá-lo de volta ao hotel. Todos desceram. Ian apanhou a chave do carro e abriu a porta. Jill devolveu a Edwin sua bengala.

— Foi uma noite agradável. Gostei de conhecer sua casa.

Ela o beijou mais uma vez. Ele desceu a escada e cruzou a calçada. Ian, tentando não parecer muito ansioso, estava parado ao lado da porta aberta do carro. O velho entrou e, lentamente, puxou as pernas e a bengala para dentro. Ian fechou a porta e deu a volta, sentando-se atrás do volante do automóvel. Jill, ainda sorrindo, acenou para eles. Somente quando o carro desapareceu no fim da rua, e não antes disso, seu sorriso feneceu, e ela entrou, exausta, para começar a limpar a cozinha.

Naquela noite, na cama, Jill comentou:

— Até que não foi tão mal assim.

— Suponho que não. Mas ele não dá valor a nada, como se lhe devêssemos alguma coisa. Podia pelo menos ter lhe trazido uma rosa ou uma barra de chocolate.

— Isso não faz o gênero dele.

— E suas histórias! Pobre Edwin. Acho que já nasceu inoportuno. Ele é horrível nisso. Provavelmente aborreceu toda a escola e, mais tarde, toda a Inglaterra. Certamente liderava o time.

— Pelo menos não tivemos que pensar em nada para dizer.

— O jantar estava delicioso, e você foi um amor com ele. — Ian deu um enorme bocejo e virou-se de lado, querendo dormir. — De qualquer forma, cumprimos com nossa obrigação. Pela última vez.

Mas nisso Ian estava errado. Aquela não seria a última vez, embora duas semanas tivessem se passado antes que qualquer coisa acontecesse. Novamente era sexta-feira, e, como de costume, Jill estava na cozinha, preparando o jantar, quando Ian chegou do escritório.

— Olá, querido.

Ele fechou a porta, largou a pasta e foi beijá-la. Puxou uma cadeira e se sentou, e ambos se entreolharam. Ian anunciou:

— Algo extraordinário aconteceu.

Jill ficou imediatamente apreensiva.

— Extraordinariamente bom ou ruim?

Ele sorriu, enfiou a mão no bolso e puxou uma carta. Jogou o papel sobre a mesa, na direção da esposa.

— Leia.

Intrigada, Jill apanhou e desdobrou o papel. Era uma longa carta escrita à máquina. E era de Edwin.

"Meu querido Ian

Esta vai para agradecê-lo pela noite aprazível que passei com vocês e pelo excelente jantar, e ainda para dizer o quanto apreciei que tivesse me buscado e levado ao hotel. Devo admitir que muito me incomoda ter de pagar tarifas exorbitantes para andar de táxi. Gostei muito de conhecer seu filho e sua casa. Entretanto, não pude deixar de notar que seu jardim apresenta um enorme problema, e andei pensando sobre o assunto.

Sua primeira prioridade é, obviamente, livrar-se

da árvore. Em hipótese alguma deve tentar fazer isso sozinho. Existem, em Londres, firmas especializadas e qualificadas para lidar com o problema, e tomei a liberdade de pedir a três delas que entrassem em contato com você, quando melhor lhe convier, e deixá-lo a par dos orçamentos. De posse das três opções, você terá idéia das possibilidades de seu terreno, porém, nesse meio-tempo, sugiro que faça o seguinte:"

A carta prosseguia, agora redigida com a perícia de um engenheiro. Paredes já existentes seriam reforçadas e pintadas de branco. Uma cerca de treliça, para maior privacidade, seria colocada sobre os muros. O solo seria limpo, nivelado e lajeado — um bueiro seria discretamente instalado num canto a fim de facilitar a limpeza. Do outro lado das portas da cozinha, um deque de madeira — de preferência de teca — seria construído, escorado por vigas de aço, e, finalmente, uma escada de madeira dando acesso ao jardim.

"Acho que isso (prosseguia Edwin) mais ou menos supre as necessidades estruturais da reforma. Pode ser que vocês queiram construir um canteiro de flores ao longo de um dos muros ou um pequeno jardim de pedras e plantas ornamentais em torno do cepo da antiga árvore, mas isso fica a seu critério.

Resta ainda o problema dos gatos. Mais uma vez, solicitei algumas informações e descobri que existe um excelente repelente para esse fim, que não oferece danos à saúde das crianças. Um ou dois esguichos do líquido são suficientes para resolver o problema, e uma vez que o solo e a grama sejam cober-

242 O QUARTO AZUL

tos pela laje, não vejo por que os gatos voltariam a importuná-los.

Certamente, isso irá lhes custar uma boa soma em dinheiro. Cheguei à conclusão de que, com a inflação e o custo de vida subindo vertiginosamente como estão, nem sempre é fácil para um jovem casal, não importa o quão duro trabalhem, viver dentro do orçamento. E eu gostaria de ajudá-los. Na verdade, tomei providências para que constassem de meu testamento, mas me ocorreu que seria melhor dar-lhes o dinheiro agora. Com isso, poderiam dar início à reforma do jardim, e eu teria o prazer de ver realizada a transformação, antes, assim espero, que também eu siga o exemplo de meu amigo Edgar e me vá de vez.

Por fim, sua mãe me confidenciou que vocês abdicaram de um prazeroso fim de semana no campo a fim de me receber e alegrar na noite do enterro de Edgar. Sua gentileza se equipara à dela, e sinto-me feliz por possuir uma condição financeira que me permita restituir meus débitos.

Com os melhores votos,
Sinceramente
Edwin"

Edwin. Ela mal pôde ler sua assinatura pontuda, pois seus olhos estavam úmidos de lágrimas. Imaginou-o sentado em sua casinha em Woking, à meia-luz, absorto em seus problemas, tentando criar soluções; perdendo tempo em procurar firmas confiáveis, envolvido em inúmeras ligações telefônicas, fazendo cálculos, preocupado em não esquecer um único detalhe, incomodando-se...

— Então? — perguntou Ian gentilmente.

ROSAMUNDE PILCHER

As lágrimas haviam começado a rolar em seu rosto. Com o dorso da mão, Jill tentou enxugá-las.

— Nunca pensei. Nunca pensei que ele faria uma coisa *dessa*. Oh, Ian, fomos terríveis com ele.

— Você nunca foi terrível. Não saberia ser terrível com ninguém.

— Eu... nunca imaginei que ele tivesse dinheiro.

— Acho que ninguém imaginou. Não todo esse dinheiro.

— Como iremos agradecer?

— Fazendo o que ele diz. Fazendo extamente o que ele planejou e convidando-o para a inauguração do jardim. Daremos uma festa. — Ele sorriu. — Fará bem a todos nós.

Ela olhou para fora, através do vidro sujo da janela. Um saco de papel chegara voando, provavelmente vindo de alguma lata de lixo vizinha, e um gato asqueroso de orelha rasgada estava sentado no alto do muro, encarando-a.

Os olhos de Jill encontraram os olhos verdes e frios de Ian com serenidade. Então comentou:

— Vou poder pendurar a roupa ao sol. Comprarei alguns vasos e plantarei mudas de rosas na primavera e gerânios no verão. E teremos uma caixa de areia para Robbie brincar. E, se o deque for grande o bastante, poderei até pôr o bebê lá fora, no carrinho. Oh, Ian, não será *maravilhoso*? Nunca mais precisarei ir ao parque. Imagine só!

— Sabe o que eu acho? — perguntou ele. — Acho que seria uma boa idéia telefonarmos para Edwin.

Juntos, foram ao telefone e discaram seu número. E, bem pertinho um do outro, abraçados, aguardaram que o velho Edwin atendesse a ligação.

A casa na colina

O vilarejo era uma miniatura. Oliver nunca vira, em todos os seus dez anos de vida, lugar tão minúsculo. Seis casas cinzentas de granito, um *pub*, uma igreja antiga, um vicariato e uma mercearia. Diante dela, havia um velho caminhão, e um cão latia em algum lugar. Fora isso, não parecia haver ninguém por ali.

Carregando a cesta e a lista de compras que Sarah lhe entregara, ele abriu a porta da loja, sobre a qual se lia MERCEARIA E TABACARIA JAMES THOMAS e entrou, desceu dois degraus, e os dois homens que estavam em lados opostos do balcão se viraram para olhar quem entrara.

Oliver fechou a porta atrás de si.

— Só um segundo — pediu o balconista, provavelmente James Thomas, um senhor baixo e careca que usava um suéter marrom, um tipo bastante comum. O outro homem, que agora pagava pela enorme quantidade de comida que comprara, era, por outro lado, alguém bastante incomum; de tão alto que era, precisava abaixar-se a fim de não bater a cabeça nas vigas do teto. Usava jaqueta de couro, calças *jeans* remendadas e enormes botas de operário, e seu cabelo e barba eram avermelhados. Oliver, apesar de saber que não era educado encarar, não conseguiu evitar, e um par de brilhantes e pétreos olhos azuis o encarou de volta. Oliver, amedrontado, endereçou-lhe um débil sorriso, não correspondido. Passado um minuto, o homem virou-se para o balcão, tateando o maço de notas no bolso traseiro da calça. O Sr. Thomas registrou suas compras e lhe entregou a conta.

— Sete libras e cinqüenta, Ben.

O cliente pagou, empilhou uma caixa de papelão sobre a outra, levantou-as com facilidade e virou-se em direção à porta. Oliver tratou de abri-la. Ao passar por ele, o homem barbudo o fitou.

— Obrigado. — Sua voz ressoava como um gongo. *Ben*. Foi fácil imaginá-lo dando ordens no tombadilho de popa de um navio pirata ou liderando um bando de arruaceiros. Oliver o observou acomodar as caixas na traseira do caminhão e em seguida subir na boléia e dar a partida no motor. Com um estrondo, espalhando cascalhos por todos os lados, o veículo avariado partiu. Oliver fechou a porta e voltou para a loja.

— Em que posso ajudá-lo, meu jovem?

Oliver entregou-lhe a lista.

— É para a Sra. Rudd.

O Sr. Thomas fitou-o, sorrindo.

— Você deve ser o irmão mais novo de Sarah. Ela me disse que você viria passar uns tempos aqui. Quando chegou?

— Ontem à noite. Vim de trem. Tirei o apêndice e então vim para passar duas semanas com Sarah antes de voltar para o colégio.

— Mora em Londres, não é?

— Moro. Em Putney.

— Logo, logo vai se acostumar com o lugar. É a primeira vez que vem aqui, não é? Está gostando do vilarejo?

ROSAMUNDE PILCHER

— É bonito. Vim caminhando desde a casa da fazenda.

— Viu algum texugo?

— Texugo? — Não tinha certeza se o Sr. Thomas falava sério ou se estava caçoando dele. — Não.

— Se atravessar o vilarejo à meia-luz, poderá vê-los. E, se descer pelo penhasco, poderá ver as focas. Como está Sarah?

— Está bem. — Pelo menos, era o que esperava. Ela ganharia seu primeiro bebê dentro de duas semanas, e, de certa forma, foi um choque para ele ter encontrado a irmã, antes bela e esbelta, inchada como uma baleia. Não que ela houvesse perdido a beleza, mas estava enorme agora.

— Vai ajudar Will na fazenda, certo?

— Acordei cedo para vê-lo ordenhar as vacas.

— Logo, logo você também será um fazendeiro. Agora, vejamos... um quilo de farinha, um frasco de café solúvel, três quilos de açúcar granulado... — Ele encheu a cesta. — Não está pesado demais para você?

— Não, eu agüento. — Com o dinheiro que Sarah lhe dera, ele pagou a conta e ganhou de presente uma barra de chocolate. — Muito obrigado.

— Terá que subir a colina de volta até a fazenda. Tenha cuidado dessa vez.

Carregando a cesta, Oliver deixou o vilarejo, cruzou a estrada principal e deu início à subida, pela trilha estreita, que levava à fazenda de Will Rudd. Era uma caminhada aprazível. Um pequeno riacho corria ao longo da estrada, às vezes mudando de lado, de forma que não raro havia uma pequena ponte de pedra, boa para se

248 O QUARTO AZUL

debruçar e apreciar os peixes e sapos. O campo era aberto, coberto de urze, mosqueado de samambaias e tojos fulvos. Seus sólidos talos serviam de lenha para Sarah, bem como os pedaços de madeira que flutuavam pela costa e que ela costumava catar durante seus longos passeios à beira-mar. A madeira crepitava e cheirava a alcatrão, porém o tojo queimava por igual e se transformava em cinzas incandescentes.

A meio-caminho, ele alcançou a única e solitária árvore. Um carvalho antigo que fincara raízes à margem do córrego, desafiando os ventos seculares, e que crescera retorcido e deformado, atingindo respeitável plenitude. De galhos nus, suas folhas caídas jaziam espessas no solo, e, ao descer a colina, Oliver as chutara com a ponta das botas de borracha. Contudo, agora, ao se aproximar novamente da árvore, parou mortificado, pois entre as folhas jazia um coelho recém-abatido, com a pele dilacerada e as horríveis entranhas vermelhas vertendo da barriga aberta.

Quem sabe não teria sido obra de uma raposa, interrompida no meio do almoço? Talvez, naquele mesmo instante, ela estivesse espiando por entre as samambaias com olhos frios e esfomeados. Oliver olhou à sua volta, desconfiado, mas nada se moveu senão o vento que soprava as folhas. Teve medo. Algo o impeliu a olhar para cima, e lá no alto do céu pálido de novembro, ele avistou um falcão sobrevoando o lugar, pronto para atacar. Lindo e mortal. O campo era cruel. Morte, nascimento, sobrevivência, tudo estava ali mesmo, ao seu redor. Observou o falcão por alguns instantes e, então, passando ao largo do coelho morto, correu morro acima.

Era bom estar de volta à fazenda e poder tirar as

botas e entrar na cozinha quente da casa. A mesa estava posta para o almoço, e Will estava sentado, lendo o jornal, mas o deixou de lado quando Oliver apareceu.

— Pensamos que você tivesse se perdido.

— Vi um coelho morto.

— Há muitos deles por aí.

— E um falcão sobrevoando a carniça.

— Um filhote. Também o vi.

Sarah, ao fogão, servia a sopa nas tigelas. Sobre a mesa, havia uma travessa de purê de batatas e pão preto. Oliver tirou um pedaço e passou nele a manteiga, e Sarah sentou-se do outro lado, um tanto afastada da mesa por causa do volume da barriga.

— Encontrou a loja com facilidade?

— Encontrei, e havia um homem lá, altíssimo, com cabelo e barba cor de fogo. Seu nome é Ben.

— É Ben Fox. Aluga o chalé de Will, no alto da colina. Dá para ver a chaminé da janela do seu quarto.

Aquilo soou fantasmagórico.

— O que ele faz?

— É xilógrafo. Construiu uma oficina lá em cima e trabalha muito bem. Mora sozinho com um cachorro e algumas galinhas. Não há estrada até sua casa, por isso ele deixa o caminhão aqui embaixo e leva tudo o que precisa nas costas. Às vezes, são coisas pesadas, como a capinadeira que comprou, então Will lhe empresta o trator, e, em troca, ele nos ajuda no parto de alguma ovelha ou na secagem do feno.

Oliver, sorvendo a sopa, ponderou. As palavras de sua irmã faziam tudo soar amistoso e inofensivo, mas não explicavam a frieza e a hostilidade que enxergara no olhar daquele homem.

— Se quiser — falou Will — eu o levo lá em cima

para conhecê-lo. Uma de minhas vacas tem adoração por aquela parte da colina e, quando menos se espera, ela sai e leva seu bezerro até lá. É onde estão agora. Saíram hoje de manhã. Hoje à tarde, terei que ir buscá-los.

— Terá que construir um muro — observou Sarah.

— Podemos fincar algumas estacas e pregar arame farpado nelas para ver no que dá. — Sorriu para Oliver. — Gostaria de me ajudar, não gostaria?

Oliver não respondeu de imediato. Na verdade, sentia-se apreensivo diante da idéia de reencontrar Ben Fox e, ainda assim, fascinado pelo homem. Ademais, estaria em segurança com Will por perto. Decidiu-se.

— Gostaria, sim. — Sarah sorriu e serviu-se de mais uma concha de sopa.

Meia hora depois, os dois saíram, o cão pastor de Will ao lado. Oliver carregava um rolo de arame farpado, e Will, algumas estacas de madeira sobre o ombro. Um enorme martelo pesava no bolso de seu macacão.

Atravessaram as pastagens e subiram em direção ao urzal. No alto do último prado, chegaram a uma fenda no muro, onde a vaca desgarrada golpeara a ponto de pôr abaixo alguns blocos de pedra em seu esforço determinado de transpor o obstáculo. Ali, Will deixou as estacas, o martelo e o rolo de arame, e então escalou os degraus sobre o muro e guiou o caminho até o emaranhado de samambaias e sarças que se estendiam adiante. Cruzaram uma via estreita, uma coelheira, a vegetação rasteira e, mal enxergando por entre os arbustos espinhosos dos tojos, finalmente chegaram aos pés do enorme monte de pedras, escarpado como um penhasco, que coroava a colina. Entre dois desses imponentes penedos, uma ravina estreita os levaria ao cume, onde o relvado musguento encontrava-se crivado de afloramentos de granitos liquenáceos, e o vento fresco e salgado soprava diretamente do mar e enchia os agradecidos pulmões de Oliver. Avistou o oceano ao norte e o urzal ao sul; e, surpreendentemente de repente, o pequeno chalé. De um só pavimento, acocorada, protegida das intempéries, aninhada numa depressão natural do terreno estava a casa na colina. A fumaça subia de uma única chaminé, e havia um pequeno jardim, abrigado por um muro de pedras. Junto ao muro, mascando placidamente, estava a vaca de Will e seu bezerro.

— Animal estúpido — bradou Will. Deixaram-na pastando e rumaram para a frente da casa, onde havia um espaçoso alpendre de madeira sob um telhado de ferro corrugado. A porta estava aberta e de dentro vieram o ruído de uma serra elétrica e um latido feroz; no instante seguinte, um enorme cão malhado saltou sobre eles, mas felizmente, notou Oliver aliviado, para saudálos e não com a intenção de feri-los.

Will agachou-se para cumprimentar o animal. O ruído da serra elétrica cessou abruptamente. Nesse instante, o próprio Ben Fox surgiu à porta.

— Will — disse ele com sua voz gutural. — Veio buscar a vaca, não veio?

— Espero que ela não tenha feito nenhum estrago.

— Não que eu saiba.

— Vou tapar a fenda no muro.

— Ela ficará melhor lá no pasto. Aqui, pode acabar se acidentando. — Seus olhos se viraram para Oliver, que o encarava.

— Este é Oliver, irmão de Sarah — apresentou Will.

— Nós nos conhecemos esta manhã, não foi?

— Foi. Na mercearia.

— Não tinha idéia de quem você era. — Virou-se para Will. — Quer uma xícara de chá?

— Se for tomar também.

— Então entrem.

Eles o seguiram, passaram por um portão no muro, firmemente fechado por Ben atrás deles. O pomar era organizado e maravilhosamente fecundo, com verduras e pequenas macieiras. Ben Fox tirou as botas e entrou, inclinando a cabeça ruiva a fim de não esbarrar na moldura da porta, e Will e Oliver fizeram o mesmo, descendo numa sala tão fantástica, que Oliver não conseguia acreditar. Todas as paredes eram cobertas de estantes, e cada uma estava abarrotada de livros. A mobília também era admirável. Um enorme sofá, uma elegante poltrona brocada, um som estéreo e pilhas de discos. Sobre o piso de madeira havia vários tapetes espalhados, que Oliver considerou bonitos e provavelmente valiosos. O fogo crepitava na lareira, e sobre o console de granito havia um relógio extraordinário, esmaltado de dourado e turquesa, e sua vagarosa engrenagem podia ser apreciada através do vidro.

Tudo, apesar de amontoado, era elegante e ordenado, e notou algo de elegante em Ben Fox também, ao encher a chaleira elétrica e ligá-la na tomada, ao alcançar as xícaras, a jarra de leite e o açucareiro. Feito o chá, os três se sentaram à mesa, e os dois homens se puseram a conversar, deixando Oliver de fora. Calado, lançava olhares furtivos em direção ao anfitrião, entre um gole e outro do chá escaldante. Havia algo de misterioso nele, que seus olhos vazios sabiam disfarçar.

ROSAMUNDE PILCHER

Quando chegou a hora de irem, nada tendo contribuído na conversa, ele disse:

— Obrigado. — O silêncio que se seguiu foi desconcertante. — Foi então que acrescentou: — Pelo chá.

Não houve sorriso.

— Não tem de quê — respondeu Ben Fox. Apenas isso. Era hora de partir. Reuniram a vaca e o bezerro e rumaram para casa. Ben Fox observou os vizinhos partirem. No alto da colina, pouco antes de descerem pela ravina, Oliver virou-se a fim de acenar, mas o homem barbudo havia sumido, bem como o cachorro, e, enquanto seguia cuidadosamente os passos de Will pela descida do penhasco, ouviu o som da serra elétrica soar novamente.

✳ ✳ ✳

Enquanto Will fechava o buraco no muro, Oliver indagou:

— Quem é ele?

— Ben Fox.

— Não sabe mais nada a seu respeito?

— Não, e não quero saber, a menos que ele queira me contar. Todo homem tem direito à privacidade. Por que eu deveria me intrometer?

— Há quanto tempo ele mora aqui?

— Uns dois anos.

Era espantoso que um homem fosse seu vizinho mais próximo há dois anos e ainda assim não soubesse nada a seu respeito.

— Pode ser um criminoso. Um fugitivo da lei. Quem sabe? Parece um pirata.

— Nunca julgue um homem por sua aparência —

comentou Will, rispidamente. — Tudo que sei é que ele é um artesão, que é trabalhador e parece que é assim que ganha a vida. E paga o aluguel em dia. O que mais eu iria querer saber sobre ele? Agora, apanhe o martelo e segure essa ponta do arame...

Mais tarde, tentou sondar a irmã, mas Sarah nada sabia além do que Will havia lhe dito.

— Ele vem aqui com freqüência?

— Não. Nós o convidamos para passar o Natal conosco, mas ele disse que ficaria melhor sozinho.

— Ele tem amigos?

— Amigos íntimos, não. Mas é possível encontrá-lo no *pub* sábado à noite, e as pessoas parecem gostar dele... É um homem reservado, só isso.

— Talvez ele tenha um segredo.

Sarah riu.

— E quem não tem?

"Talvez seja um assassino." O pensamento cruzou sua mente, mas era terrível demais para ser dito em voz alta.

— A casa dele é cheia de livros e coisas valiosas.

— Deve ser um homem bastante culto.

— Acho que tudo aquilo é *roubado*.

— Duvido.

Ela o estava enlouquecendo.

— Mas, Sarah, você não quer saber?

— Ora, Oliver. — Coçou a cabeça. — Deixe o pobre Ben Fox em paz.

Naquela noite, enquanto estavam diante da lareira, o vento começou a soprar. A princípio assobiando suavemente e em seguida mais forte, zumbindo alto por todo

ROSAMUNDE PILCHER

o vilarejo, açoitando as paredes espessas do velho casarão. Janelas batiam, e cortinas voavam. Quando Oliver foi para a cama, permaneceu algum tempo deitado, escutando, aterrorizado, a fúria do vento. Vez por outra, o barulho diminuía, e ele podia ouvir o rugido do mar quebrando contra o penhasco.

Imaginou os monstruosos vagalhões se avolumando; pensou no coelho morto, no falcão que pairava sobre ele, na vida primitiva do campo e seus horrores. Pensou no pequeno chalé, no alto da colina, e em Ben Fox dentro dele, com seu cachorro, seus livros e seus olhos distantes; e em seu segredo. "Talvez seja um assassino." Estremeceu e rolou na cama, puxando os cobertores até as orelhas. Mas nada podia abafar o ruído do vento.

Na manhã seguinte, a tempestade não havia amainado. O terreno da fazenda encontrava-se cheio de folhas, e uma ou duas telhas quebradas haviam sido arremessadas do telhado, mas o estrago não podia ser imediatamente dimensionado, pois o vento trouxera em suas asas uma chuva fina e uma bruma densa que anulava qualquer visibilidade. Era como estar dentro de uma nuvem.

— Manhã borrascosa — disse Will durante o desjejum. Envergava seu melhor terno, pois iria ao mercado tratar de negócios. Oliver foi à porta para vê-lo partir em seu caminhão, deixando o carro para Sarah. Assim que passou sacolejando pelo mata-burro do primeiro portão, o veículo desapareceu, engolido pelo nevoeiro. Oliver fechou a porta e voltou à cozinha.

— O que pretende fazer? — quis saber Sarah. — Comprei papel e lápis de cor novos, caso quisesse desenhar. É um bom passatempo nos dias de chuva.

Mas ele não estava com vontade de desenhar.

— O que você vai fazer?

— Assar bolinhos.

— De frutas? — Adorava os bolinhos de frutas de Sarah.

— Estou sem frutas secas.

— Posso ir à mercearia.

Ela sorriu para o irmão.

— Não se importa de andar até lá no meio da neblina?

— Nem um pouco.

— Bem, se é isso o que quer fazer... Mas ponha a capa de chuva e as botas.

Com a carteira dela em seu bolso e a capa de chuva abotoada até o pescoço, ele partiu, sentindo-se um aventureiro, um desbravador, impelido pela força da ventania. Como caminhava contra o vento, havia vezes em que precisava se inclinar para se proteger da chuva; no entanto, foi impossível evitar que em pouco tempo seu cabelo estivesse ensopado e que um fio agourento de água escorresse por sua nuca. A terra sob seus pés estava pesada de lama, e assim que alcançou a primeira ponte e parou para se debruçar; viu as águas barrentas e cheias do riacho derramando-se em torrente em direção ao mar.

Estava exausto. A fim de criar ânimo para prosseguir, imaginou que na volta teria o vento a seu favor. Talvez o Sr. Thomas lhe desse outra barra de chocolate para comer durante o trajeto.

Mas, na verdade, não conseguiu chegar ao vilarejo nem à mercearia. Pois, quando alcançou a curva da estrada, onde ficava o velho carvalho, não foi possível prosse-

ROSAMUNDE PILCHER

guir. A árvore secular finalmente sucumbira ao vento; fora arrancada pelas raízes e jazia em meio a uma mixórdia de galhos quebrados pela estrada; seus ramos mais altos se emaranharam com os fios da rede telefônica.

A cena era impressionante. Mas o que mais o assustava era imaginar que provavelmente tal desastre tivesse acabado de acontecer, tão logo Will passou por ali. "Podia ter caído em cima de mim." Teve uma visão de si mesmo, preso sob o tronco monstruoso, morto como o coelho, uma vez que nenhum ser vivo sobreviveria a tamanha fatalidade. Sua boca estava seca. Sentindo um nó na garganta, estremeceu ante tal pensamento e só então virou-se e começou a correr de volta para casa.

— Sarah!

Mas ela não estava na cozinha.

— Sarah! — Ele havia tirado as botas e, atrapalhado, tentava livrar-se da capa encharcada de chuva.

— Estou aqui no quarto.

Apressou-se escada acima, apenas de meias.

— Sarah, o carvalho caiu no meio da estrada. Não consegui chegar ao vilarejo. E... — Ele parou. Havia algo errado. Sarah jazia na cama totalmente vestida, a mão cobrindo os olhos, o rosto muito pálido. — Sarah? — Lentamente, ela afastou a mão do rosto e olhou para ele; tentou sorrir.   Sarah, o que houve?

— Eu... estava fazendo a cama... e... Oliver, acho que está na hora de o bebê nascer.

— Está na hora...? Mas não era para daqui a duas semanas?

— Era.

— Tem *certeza?*

Após um segundo, ela disse:

— Tenho certeza. Talvez seja melhor ligar para o hospital.

— Não podemos. A árvore cortou os fios do telefone. A estrada bloqueada. O telefone mudo. E Will longe dali, em Truro. Os dois se entreolharam num silêncio repleto de apreensão e medo.

Ele sabia que precisava fazer alguma coisa.

— Tenho que chegar à cidade. Vou passar por cima da árvore ou dar a volta pelo urzal.

— Não. — Felizmente, ela havia se refeito. Sentou-se, balançando as pernas que pendiam da cama. — Isso levaria tempo demais.

— O bebê vai chegar *agora?*

Ela esboçou um sorriso.

— Não imediatamente. Ficarei bem por algumas horas. Mas acho que não devemos perder mais tempo.

— Então me diga o que fazer.

— Vá buscar Ben Fox — pediu Sarah. — Pode achar o caminho, esteve lá ontem com Will. Diga a ele para vir nos ajudar... e para trazer a serra elétrica, para cortar a árvore.

Ir buscar Ben Fox? Oliver olhou horrorizado para a irmã. Ir buscar Ben Fox... subir sozinho a colina, em meio à neblina, e buscar Ben Fox. Imaginou se ela fazia idéia do que estava lhe pedindo. Enquanto ele pensava, ela se levantou da cama, as mãos amparando a grande curva do abdômen, e ele sentiu um estranho e repentino impulso de proteção, como se não fosse um garoto, mas um homem adulto.

— Vai ficar bem? — perguntou ele.

— Sim. Vou tomar uma xícara de chá e me sentar um pouco.

— Irei o mais depressa possível. Vou correr até o chalé.

Pensou em levar o cão pastor de Will consigo, mas o animal era de um único dono e não deixaria a fazenda com um estranho. Sendo assim, partiu sozinho, percorrendo os campos que no dia anterior conhecera na companhia de Will. Apesar da bruma, a primeira parte não foi difícil, e, sem muita demora, ele encontrou a fenda no muro, onde eles haviam fixado a cerca improvisada. Entretanto, uma vez que conseguira transpor o muro e o labirinto de sargaço que se estendia adiante, Oliver se viu em apuros. O vento lá em cima parecia mais feroz do que nunca, e a chuva, mais fria. Os pingos atingiram seus olhos, cegando-o, e ele não conseguia achar o caminho, não enxergava um palmo adiante do nariz. Perdeu todo o senso de distância e direção. As sarças faziam-no tropeçar, os tojos arranhavam suas pernas, e, mais de uma vez, ele escorregou na lama e caiu, ferindo os joelhos. Mas continuou, subindo sempre. Disse a si mesmo que tudo o que precisava fazer era chegar ao topo; depois, seria fácil, encontraria a casa de Ben Fox. Encontraria Ben Fox.

Passado o que pareceu uma eternidade, ele percebeu que finalmente havia alcançado a base do rochedo. Ergueu as mãos e recostou-se contra o muro sólido de granito, frio, úmido e íngreme como um penhasco. O caminho, mais uma vez, havia desaparecido, mas ele sabia que precisava chegar à ravina. Mas como? Esbaforido, mergulhado nos tojos até a cintura, perdido, viu-se subitamente tomado de pânico, ampliado por seu próprio senso de urgência, solitário e desamparado, e ouviu a si mesmo choramingando como um bebê. Mordeu o

260 O QUARTO AZUL

lábio, fechou os olhos e pensou. E, então, mantendo-se junto ao rochedo, avançou pouco a pouco em torno da pedra. Após um instante, a rocha fez a curva para dentro, e ele olhou para cima e avistou os dois flancos da ravina se empinando em direção ao céu baixo e turbulento.

Suspirou aliviado e começou a subir, de quatro, a passagem escarpada. Estava imundo, enlameado, ferido e molhado, mas havia encontrado o caminho. Estava no topo e ainda assim não enxergava a casa, mas sabia que ela estava ali. Começou a correr, tropeçou, caiu, levantou-se e continuou correndo. Foi então que o cachorro começou a latir, e, em meio à bruma, ele avistou a linha do telhado, a chaminé, a luz na janela.

Chegara ao muro, ao portão do pomar. Enquanto lutava para abrir o trinco, a porta da frente se abriu e a luz e o cão lançaram-se sobre ele, e Ben Fox apareceu.

— Quem está aí?

Aproximou-se.

— Sou eu.

— O que houve?

Incoerente, ofegante, aliviado e esgotado, Oliver se pôs a gaguejar.

— Respire fundo. Está tudo bem. Segurando os ombros de Oliver, acocorou-se diante dele de modo que ficassem cara a cara. — O que houve?

Oliver respirou fundo, soltou o ar e lhe contou. Quando terminou, Ben Fox, estranhamente, não agiu de imediato. Disse:

— E você veio sozinho até aqui?

— Eu me perdi várias vezes, mas consegui encontrar a ravina, e o resto não foi difícil.

— Bom garoto. — Ben lhe deu um tapinha no ombro e ficou de pé. — Vou buscar um casaco e a serra elétrica...

A descida até a fazenda, de mãos dadas com Ben Fox, e com o cão malhado à frente, foi simples e rápida, e era difícil acreditar que Oliver custara tanto à alcançar o chalé. Na fazenda, Sarah estava à espera deles, tomando chá diante da lareira, parecendo tranqüila e recuperada. Fizera a mala e a deixara perto da porta.

— Ah, Ben.

— Você está bem?

— Estou. Tive outra contração. Agora estão vindo a cada meia hora.

— Então ainda temos tempo. Vou tirar a árvore do caminho e depois a levarei para o hospital.

— Sinto muito.

— Não sinta. Deve ficar orgulhosa de seu irmão. Ele fez um bom trabalho. — Ben olhou para Oliver. — Vem comigo ou prefere ficar com ela?

— Vou com você. — Esqueceu-se do pânico, dos ferimentos nas mãos e nos joelhos. — Quero ajudar.

Trabalharam juntos; Ben Fox serrava o emaranhado de galhos que haviam derrubado a linha telefônica, enquanto Oliver os arrastava para fora da estrada. O trabalho que realizaram foi árduo, mas, por fim, desbloquearam o caminho entre a estrada e o riacho, deixando espaço suficiente para a passagem de um carro. Feito isso, voltaram à fazenda, apanharam Sarah e sua mala e entraram no carro.

Quando alcançaram a árvore caída, Sarah se assustou.

— Nunca vai conseguir passar.

— Ora, vamos ter que tentar — afirmou Ben, guiando pelo trecho estreito. Ouviram os galhos arranharem a lataria do carro, produzindo horripilantes rangidos, até que finalmente conseguiram concluir a travessia.

— O que Will dirá quando vir o que aconteceu a seu carro?

— Terá outras coisas com o que se preocupa, como um bebê.

— O hospital só está me esperando para daqui a duas semanas.

— Não importa.

— ... e Will. Preciso telefonar para ele.

— Cuidarei disso. Relaxe e agüente firme, porque vou ter que correr até o hospital. É uma pena não termos uma sirene de polícia.

Ele só não correu mais por causa da forte neblina na estrada, mas ainda assim fizeram uma viagem divertida e em pouco tempo estavam cruzando o arco de tijolos vermelhos e o átrio do pequeno hospital municipal.

Ben ajudou Sarah a descer do carro e apanhou sua bagagem. Oliver queria acompanhá-los, mas lhe disseram que ficasse e esperasse.

Não queria ficar sozinho.

— Por que tenho que esperar aqui?

— Apenas obedeça — aconselhou Sarah, beijando-o. Ele a abraçou e, quando ela sumiu de vista, tornou a entrar no carro, tristonho. Não apenas porque estava exausto e porque seus joelhos e mãos doíam novamente, mas por haver uma ligeira ansiedade em seu peito, que nada mais era do que preocupação com a irmã. Seria um mau sinal o bebê chegar antes do tempo? Haveria alguma coisa errada com ele? Imaginou um dedo faltando nos pés, os olhos vesgos. A chuva continuava a cair; a manhã parecia que duraria para sempre. Consultou o relógio e viu, com certo espanto, que ainda não era meio-dia. Desejou que Ben Fox voltasse.

Finalmente ele apareceu, atravessando a passos largos o átrio do hospital, o semblante tenso e ansioso. Sentou-se atrás do volante e bateu a porta. Por um longo momento, nada disse. Oliver imaginou que diria que Sarah havia morrido.

Engoliu em seco.

— Há... algum problema se o bebê nascer mais cedo? — Sua voz soou aguda demais.

Ben correu os dedos pelos espessos cabelos ruivos.

— Não. Arranjaram uma cama para ela, e a essa hora ela já deve estar na sala de parto. Tudo sob controle.

— Então por que você demorou tanto?

— Estava tentando entrar em contato com Will. Liguei para o mercado de Truro. Levaram algum tempo para localizá-lo, mas ele já está a caminho.

— É... — Era impossível falar com alguém de costas para você. Oliver passou para o banco da frente. — É um mau sinal o bebê chegar antes do tempo? Há alguma coisa errada com ele?

Ben virou-se para ele, e Oliver viu que seus estranhos olhos estavam diferentes; havia uma certa suavidade em seu olhar, como o céu claro numa manhã fria de primavera.

— Estava preocupado com ela?

— Um pouco.

— Ela vai ficar bem. É uma moça saudável, e a natureza pode operar maravilhas.

— Acho — começou Oliver — isso tudo assustador.

Ben esperou que ele se estendesse no assunto, e, de repente, tornou-se fácil confiar, dizer coisas àquele homem que não confiaria a mais ninguém, nem mesmo a Will.

264 O QUARTO AZUL

— É cruel. Nunca morei no campo. Nunca percebi isso. Mas o vilarejo e a fazenda... estão cheios de raposas e gaviões, uns matando os outros, e eu vi um coelho morto na estrada ontem de manhã. E o vento estava tão violento ontem à noite, e ouvi a fúria do mar, e fiquei pensando em marinheiros se afogando e navios naufragando. Por que tem que ser assim? E, então, a árvore caiu, e o bebê está chegando antes do tempo...

— Eu já lhe disse. Não deve se preocupar com o bebê. Ele só está um pouco impaciente, só isso.

Oliver não estava convencido.

— Mas como é que você *sabe?*

— Eu sei — veio a resposta tranqüila.

— *Você* já teve um bebê?

A pergunta saiu sem pensar. Mal acabou de falar e já havia se arrependido, pois Ben Fox virou o rosto, e Oliver só pôde ver o ângulo fechado da maçã de seu rosto, as linhas em torno de seus olhos, a saliência de sua barba. Um longo silêncio interveio, e foi como se o homem não estivesse mais ali. Por fim, Oliver não agüentou e insistiu:

— Já teve?

— Já — respondeu Ben. Tornou a virar para Oliver.

— Mas ele nasceu morto, e também perdi minha mulher, que morreu logo depois. Mas veja, ela nunca foi forte. Os médicos lhe disseram que não deveria ter filhos. Eu não teria me importado. Acostumei-me com a idéia, mas ela insistiu em correr o risco. Disse que um casamento sem filhos era um casamento pela metade, e eu permiti que ela tentasse.

— Sarah sabe disso?

Ben Fox sacudiu a cabeça.

— Não. Ninguém por aqui sabe disso. Morávamos

em Bristol. Eu era professor de inglês na universidade. Mas depois que minha mulher morreu, decidi que não poderia mais viver naquele lugar. Desisti do meu emprego, vendi minha casa e vim para cá. Trabalhar com madeira sempre foi meu passatempo preferido, e agora é assim que ganho a vida. É um bom lugar para se viver, no alto da colina, e as pessoas são amáveis. Deixam que eu viva minha vida em paz. Respeitam minha privacidade.

Oliver quis saber:

— Mas não ajudaria ter amigos? Conversar com alguém?

— Talvez, um dia.

— Está conversando comigo.

— É. Estamos conversando.

— Pensei que você estivesse fugindo de alguma coisa. — Decidiu lavar a alma. — Na verdade, pensei que escondesse um segredo, que a polícia estivesse atrás de você ou que tivesse assassinado alguém, que era um fugitivo.

— Sou um fugitivo de mim mesmo.

— Vai parar de se esconder agora?

— Pode ser — admitiu Ben Fox. — Talvez não esteja mais me escondendo. — De repente, ele sorriu. Era a primeira vez que Oliver o via sorrir, seus olhos se apertaram, seus dentes revelaram-se brancos e alinhados. Ben estendeu sua mão robusta e descabelou o garoto. — Talvez seja hora de parar de fugir. Assim como é hora de você aceitar as coisas como elas são. A vida não é mesmo nada fácil e apresenta um desafio após o outro, como uma corrida de obstáculos. E receio que só terminem no dia de nossa morte.

— É — concordou Oliver. — Acho que sim.

266 O QUARTO AZUL

Ficaram ali por mais algum tempo, num silêncio confortador e amistoso, e, então, Ben Fox consultou o relógio.

— O que quer fazer, Oliver? Ficar aqui sentado, esperando Will ou sair e procurar um lugar para almoçar?

Comer parecia uma ótima idéia.

— O que eu realmente gostaria é de um sanduíche de filé.

— Eu também. — Ben ligou o carro, e ambos se afastaram do hospital, passando pelo arco e percorrendo as ruas da cidadezinha, à procura de um *pub* que lhes agradasse.

— Além do mais — ressaltou Oliver — Will não vai querer nós dois por perto. Vai preferir ficar a sós com Sarah.

— Está falando como um homem — concluiu Ben Fox. — Está falando como um homem.

Uma noite inesquecível

Embaixo do secador, com os cabelos enrolados e presos com grampos, Alison Stockman recusou as revistas que lhe foram oferecidas e abriu a bolsa, tirou de lá um bloco e um lápis e examinou, talvez pela décima quarta vez, sua lista.

Não possuía o dom de fazer listas. Era do tipo absolutamente casual, uma feliz e lépida dona-de-casa que freqüentemente esquecia de comprar coisas essenciais, como pão e manteiga ou detergente de louça, mas que possuía a capacidade de se arranjar com o que houvesse em casa, simplesmente improvisando.

Não que às vezes não precisasse preparar listas, mas sempre o fazia impulsivamente, utilizando qualquer pedacinho de papel que lhe caísse nas mãos — o verso de algum envelope, talões de cheques, contas antigas. Isso acrescentava certo mistério à vida. *Abajur. Quanto?* Ela encontrava rabiscado num recibo de carvão entregue há seis meses atrás, e gastava um tempo enorme tentando se lembrar o que afinal significava aquele bilhete. Que abajur? E quanto teria custado?

Desde que se mudaram de Londres para o campo, ela tentava, aos poucos, mobiliar e decorar a nova casa.

mas nunca parecia haver bastante tempo ou dinheiro disponível — seus dois filhos pequenos os tomavam quase todo para si — e ainda havia quartos com papel de parede antigo ou sem tapetes ou lâmpadas sem luminárias.

Essa lista, entretanto, era diferente. Dizia respeito à noite seguinte, uma data tão importante que a levara a comprar um bloco de anotações especialmente para organizar os preparativos da ocasião; e anotara, bastante compenetrada, cada detalhe a ser comprado, cozinhado, polido, limpo, lavado, passado ou descascado.

Aspirar a sala de jantar, polir a prataria. Riscou esse último. *Pôr a mesa.* Riscou esse também. Fizera isso pela manhã, enquanto Larry estava no maternal e Janey dormia no berço.

— Os copos não vão ficar empoeirados? — perguntara Henry quando ela lhe contou seus planos, mas Alison lhe assegurou que não, e que, de qualquer forma, eles jantariam à luz de velas, por isso, mesmo que estivessem empoeirados, o Sr. e a Sra. Fairhurst provavelmente não iriam enxergar. Ademais, que mal haveria se os cálices de vinho estivessem empoeirados?

Encomendar os filés de carne. Esse item também foi riscado. *Descascar as batatas.* Esse também; estavam na despensa numa vasilha com água e um pequeno pedaço de carvão. *Tirar os camarões do freezer.* Isso ficaria para amanhã de manhã. *Preparar a maionese. Cortar o alface. Descascar os cogumelos. Fazer o suflê de limão da mamãe. Comprar o creme.* Riscou este último, mas o resto teria que esperar até o dia seguinte.

Tomou nota: *Preparar os arranjos de flores.* Isso significava colher os primeiros e tímidos narcisos que come-

ROSAMUNDE PILCHER

çavam a florescer no jardim e misturá-los a raminhos de groselha que, auspiciosamente, não deixaria a casa inteira cheirando a gatos.

Anotou: *Lavar as melhores xícaras de café.* Foram presente de casamento e estavam guardadas na cristaleira da sala de estar. Estariam, sem dúvida, empoeiradas, ainda que os copos de vinho não estivessem.

Escreveu: *Tomar banho.*

Isso era essencial, mesmo se tivesse tomado um às duas da tarde. De preferência, depois de ter juntado o carvão e colocado no cesto de lenha.

Remendar a cadeira, escreveu. Tratava-se de uma das cadeiras da sala de jantar, seis delicados modelos de encosto abaulado que Alison arrematara num leilão. Possuíam assentos de veludo verde, debruados com delicadas tranças douradas, mas o gato de Larry, Catkin, havia utilizado uma delas para afiar as unhas, e o debrum se soltara do veludo. Com cola e tachas, ela o poria no lugar. Não precisava ficar perfeito. Deveria apenas não aparecer.

Guardou a lista de volta na bolsa e pensou em sua sala de jantar. O fato de agora possuírem uma era impressionante, porém não era acolhedora — diminuta, voltada para o norte e que não servira para nada mais. Ela havia sugerido que ali fosse o escritório de Henry, mas o marido alegara que era demasiado frio; sugerira ainda que fosse um quarto de brincar de Larry, mas Larry preferiu brincar com seus brinquedos no chão da cozinha. Quase nunca utilizavam a sala, uma vez que faziam todas as refeições na cozinha, no terraço, quando o tempo estava quente ou, mesmo, no jardim, quando o sol de verão estava alto, e eles faziam piqueniques, os quatro, sob a sombra do plátano.

Como sempre, Alison perdia-se em devaneios. A sala de jantar. Era tão sombria, que decidiram que nada poderia deixá-la mais sombria e revestiram suas paredes com papel verde-escuro para combinar com as cortinas de veludo que a mãe de Alison costurara no enorme sótão. Havia uma mesa de armar, as cadeiras de encosto abaulado e um aparador vitoriano que uma tia de Henry lhes legara. Havia ainda duas pinturas monstruosas na parede. Contribuições de Henry. Comparecera a um leilão na intenção de comprar uma grade em bronze para a lareira e saíra de lá com duas telas deprimentes. Numa delas, via-se uma raposa devorando um pato morto; na outra, uma vaca montanhesa em meio a uma terrível tempestade.

— Ajudarão a encher as paredes — justificara-se Henry, enquanto as pendurava na sala de jantar. — Ficarão aí somente até que eu possa comprar um autêntico Hockney ou um Renoir, ou um Picasso. Ou o que você quiser.

Desceu da escada e beijou a esposa. Estava em manga de camisa e havia uma teia de aranha em seu cabelo.

— Não quero nada disso — falou Alison.

— Mas deveria. — Ele a beijou. — Eu quero.

Era verdade. Não por si, mas pela mulher e pelos filhos. Por eles, era ambicioso. Haviam vendido o apartamento em Londres e comprado essa casinha, pois ele fazia questão de que os filhos crescessem no campo e entendessem de vacas, plantações, árvores e estações; e, por causa da hipoteca, juraram que cuidariam eles mesmos da pintura das paredes e da decoração. Tais intermináveis tarefas geralmente tomavam todo o fim de semana, e a princípio foi tudo muito bem, pois era inverno. Porém os dias tornaram-se mais longos, e chegou o verão, e eles abandonaram temporariamente a reforma interior para cuidarem do negligenciado jardim coberto de mato.

Em Londres, tinham tempo para passar juntos, para arranjar uma babá e sair para jantar; para sentar e escutar música no aparelho de som, enquanto Henry lia o jornal e Alison distraía-se com o bordado. Mas agora Henry saía para trabalhar às sete e meia da manhã e só retornava perto de doze horas depois.

— Será que vale a pena? — ela lhe perguntava algumas vezes, mas Henry nunca desanimava.

— Não será assim para sempre — prometia ele. — Vai ver.

Trabalhava na Fairhurst & Hanbury, uma firma de engenharia elétrica, que, desde que Henry ingressara como executivo júnior, havia crescido, prosperado e expandido seus negócios, atingindo um número interessante de empreendimentos, como, por exemplo, a fabricação de computadores comerciais. Pouco a pouco, Henry havia galgado os degraus da promoção e agora encontrava-se possivelmente preparado para o cargo de diretor de exportação; o atual diretor decidira aposentar-se mais cedo, mudar-se para uma fazenda em Devonshire e criar galinhas.

Na cama, atualmente o único lugar onde encontravam paz e privacidade para conversar, Henry avaliara, para Alison, suas possibilidades de assumir o cargo. Não pareciam muito auspiciosas. Ele era o mais jovem dos candidatos. Suas qualificações, embora boas, não eram brilhantes, e os demais eram todos mais experientes.

— Mas o que você teria que *fazer?* — Alison quis saber.

— Bem, é o seguinte. Eu teria que viajar. Ir a Nova Iorque, Hong Kong, Japão. Desbravar/descobrir novos mercados. Ficaria fora quase todo o tempo. E você ficaria muito mais tempo sozinha do que agora. E teríamos que receber. Quer dizer, se os compradores estrangeiros viessem nos ver, teríamos que lhes dar atenção, entretê-los... esse tipo de coisa.

Ela ponderou, deitada ternamente em seus braços, no escuro, com a janela aberta e o ar fresco do campo soprando em seu rosto.

— Não me agrada a idéia de ficar longe de você por muito tempo — comentou ela — mas eu agüentaria. Eu não ficaria sozinha, por causa das crianças. E sei que você sempre voltaria para mim.

Ele a beijou e observou:

— Eu já disse que a amo?

— Uma ou duas vezes.

— Eu quero esse cargo. Tenho plena capacidade para assumi-lo. E quero me ver livre dessa hipoteca e poder levar as crianças para a Bretanha durante as férias de verão e talvez pagar alguém para cuidar do jardim para nós.

— Não diga isso. — Alison pôs o dedo contra os lábios de Henry. — Não devemos contar com o ovo na galinha.

Essa conversa noturna acontecera há um mês e desde então eles não voltaram a falar sobre a promoção de Henry. Mas há uma semana, o Sr. Fairhurst, presidente da firma em que Henry trabalhava, convidara-o para almoçar no clube. Henry achou difícil de acreditar que o Sr. Fairhurst estivesse sendo tão gentil simplesmente pelo prazer de sua companhia. Degustavam um delicioso queijo inglês e sorviam um cálice de vinho do porto

ROSAMUNDE PILCHER

quando o Sr. Fairhurst foi ao ponto principal. Perguntou por Alison e as crianças. Henry respondeu que estavam ótimos.

— É bom para as crianças viverem no campo. Alison gosta de lá?

— Gosta. Fez várias amigas na cidade.

— Isso é bom. É muito bom. — Pensativo, o homem mais velho serviu-se de mais uma fatia de queijo. — Nunca cheguei a conhecer Alison pessoalmente. — Sua voz soou como se estivesse apenas pensando alto e não dirigindo um comentário pessoal a Henry. — Claro que já a vi, no clube de dança, mas isso não conta. Gostaria de conhecer sua nova casa...

Sua voz foi sumindo. Ele ergueu a cabeça. Os olhos de Henry, do outro lado da toalha de mesa engomada e dos talheres de prata reluzentes, encontraram os dele. Percebeu, então, que o Sr. Fairhurst estava aguardando um convite social.

Limpou a garganta e indagou:

— O senhor e a sua esposa gostariam de jantar conosco uma noite dessas?

— Bem — disse o presidente, parecendo surpreso e encantado, como se tudo houvesse sido idéia de Henry. — É muita gentileza. Tenho certeza de que a Sra. Fairhurst adoraria.

— Eu... direi a Alison para ligar para ela e marcar a data.

— Vão nos testar, não vão? Para o cargo — indagou Alison, quando Henry lhe deu a notícia. — Pelo bem dos clientes estrangeiros. Eles querem saber se estou à altura de seu novo cargo.

274 O QUARTO AZUL

— Posto dessa forma, parece bastante frio, mas... sim, suponho que seja exatamente isso que farão.

— Terá que ser um jantar muito requintado?

— Não.

— Mas terá que ser formal.

— Bem, ele é o presidente.

— Oh, meu Deus.

— Não me olhe assim. Não suporto quando me olha assim.

— Oh, Henry. — Alison quis chorar, mas ele a tomou em seus braços, confortando-a. Sobre sua cabeça, ele falou: — É provável que sejamos testados, mas certamente é um bom sinal. É bem melhor do que ser simplesmente ignorado.

— Tem razão. — Fez uma pausa. — Ao menos temos uma sala de jantar.

Na manhã seguinte, ela ligou para a Sra. Fairhurst e, tentando não parecer nervosa demais, convidou-a e ao marido para jantar.

— Quanta gentileza! — A Sra. Fairhurst pareceu genuinamente surpresa, como se aquele fosse seu primeiro convite.

— Nós... pensamos no dia seis ou sete desse mês. O que lhe for mais adequado.

— Só um instante, vou buscar minha agenda. — Seguiu-se uma longa espera. O coração de Alison estava acelerado. Era ridículo sentir-se tão ansiosa. Finalmente, a Sra. Fairhurst voltou ao telefone. — Dia sete seria melhor.

— Às sete e meia?

— Perfeito.

— Pedirei a Henry para desenhar um pequeno mapa; assim, o Sr. Fairhurst encontrará o caminho mais facilmente.

— É uma ótima idéia. Sempre acabamos nos perdendo.

As duas riram, despediram-se e desligaram. Imediatamente, Alison tornou a pegar o telefone e discou o número de sua mãe.

— Mãe.

— Querida.

— Preciso de um favor. Ficaria com as crianças para mim na próxima sexta-feira?

— É claro. Por quê?

Alison explicou. Sua mãe resolveu a questão em minutos.

— Irei até aí de carro para buscá-los, logo após a hora do chá. E eles podem passar a noite aqui. Seria uma boa idéia. É impossível preparar o jantar e colocar as crianças na cama ao mesmo tempo, e, se eles perceberem que vocês esperam visitas, não vão querer ir dormir. Crianças são todas iguais. O que está pensando em oferecer para o jantar?

Alison ainda não havia pensado nisso e resolveu decidir naquele momento, e sua mãe deu-lhe algumas sugestões úteis, além de sua receita especial de suflê de limão. Perguntou pelas crianças, partilhou algumas notícias sobre a família e desligou. Alison tornou a usar o telefone, dessa vez para marcar hora no cabeleireiro.

Feito isso, sentiu-se capaz e eficiente, duas sensações nada familiares. Sexta-feira, dia sete. Deixou o telefone, atravessou o vestíbulo e abriu a porta da sala de jantar. Estudou o ambiente criteriosamente, e a sala pareceu carranquear de volta para ela. Com as velas, disse a si mesma, semicerrando os olhos, e as cortinas cerradas, talvez não pareça tão ruim.

"Ah, por favor, Deus, não deixe que nada dê errado. Não me deixe desapontar Henry. Pelo bem dele, permita que seja um sucesso."

Deus ajuda a quem se ajuda. Alison fechou a porta da sala de jantar, vestiu o casaco, caminhou até o Centro e comprou um pequeno bloco de anotações com um lápis amarrado.

Seu cabelo estava seco. Saiu do secador, sentou-se diante do espelho e foi devidamente penteada.

— Vai a algum lugar esta noite? — perguntou o jovem cabeleireiro, empunhando um par de escovas, como se a cabeça de Alison fosse um tambor.

— Não. Hoje à noite, não. Amanhã. Vou receber alguns convidados para jantar.

— Que ótimo. Quer que eu aplique laquê?

— Talvez fosse melhor.

O rapaz borrifou o líquido por todo o cabelo, trouxe um espelho para que ela pudesse admirá-lo atrás e por último desfez o laço do roupão de náilon cor de malva e a ajudou a tirá-lo.

— Muito obrigada.

— Divirta-se amanhã à noite.

Assim esperava. Pagou a conta, vestiu o casaco e saiu para a rua. Escurecia. A loja ao lado do cabeleireiro era uma doceria. Alison entrou e comprou duas barras de chocolate para os filhos. Entrou no carro e guiou para casa, estacionou na garagem e entrou pela porta da cozinha. Ali, encontrou Evie servindo o chá para as crianças. Janey estava sentada na cadeira alta, e ambos comiam bolinhos de peixe com batata frita, e a cozinha recendia deliciosamente a massa de bolo.

— Ora — falou Evie, admirando o cabelo de Alison — ficou bonito.

Alison deixou-se cair numa cadeira e sorriu para as três alegres fisionomias em torno da mesa.

— Estou exausta. Sobrou algum chá no bule?

— Vou fazer um bule fresco para você.

— Está assando alguma coisa?

— Bem — ponderou Evie. — Tinha algum tempo livre e resolvi bater um bolo. Achei que viesse a calhar.

Evie era uma das melhores coisas que acontecera a Alison desde que se mudara para o campo. Era uma solteirona de meia-idade, robusta e cheia de energia, que cuidava da casa para o irmão solteiro e cultivava a terra em torno da casa de Alison e Henry. Alison a conhecera na mercearia da vila. Evie se apresentara e dissera que, se Alison precisasse de ovos, a qualquer hora, poderia comprá-los dela. Evie criava suas próprias galinhas e fornecia ovos para algumas famílias da vila. Alison aceitou a oferta de bom grado e passou a levar os filhos num passeio até a fazenda para buscar os ovos.

Evie adorava crianças. E sugeriu:

— Quando precisar de babá, ligue para mim. — De tempos em tempos, Alison a contratava. As crianças gostavam quando Evie vinha tomar conta deles. Ela sempre lhes comprava guloseimas e pequenas lembranças, ensinava Larry a jogar cartas e era jeitosa e amorosa com Janey; gostava de segurar o bebê sobre os joelhos, a cabecinha loura e redonda contra seus seios macios que mais pareciam dois enormes travesseiros.

Agora, Evie aproximou-se do fogão, encheu de água a chaleira e agachou-se a fim de olhar o bolo no forno.

— Quase pronto.

— Você é um amor, Evie. Mas não é hora de voltar para casa? Jack deve estar esperando o chá.

278   O QUARTO AZUL

— Ah, Jack foi ao mercado hoje. Não deve voltar tão cedo. Se quiser, posso pôr as crianças na cama para você. Terei mesmo que esperar até o bolo assar.

— Sorriu para Larry. — Gostaria disso, não é, meu bem? Que Evie lhe desse banho e lhe ensinasse a fazer bolhas de sabão com os dedos?

Larry pôs a última batatinha na boca. Era uma criança séria que não se deixava levar facilmente por qualquer impulso. Ele perguntou:

— Promete que vai ler uma história para mim? Quando me colocar na cama?

— Se você quiser.

— Quero que leia *Onde Ele Está?* Tem um cágado na história.

— Bem, então Evie vai lê-la para você.

Quando terminaram o chá, os três subiram. Do primeiro andar, Alison podia ouvir a água escorrendo pelo ralo e sentir o perfume da espuma de banho. Enfiou a louça na lavadora e ligou-a. Lá fora, a luz do dia fenecia, e antes que escurecesse por completo, ela tirou a roupa do varal, dobrou-a e guardou-a no roupeiro. Ao descer a escada, apanhou do chão uma locomotiva vermelha, um ursinho sem olho, uma bola com guizos e uma coleção de blocos. Juntou tudo na cesta de brinquedos que ficava na cozinha, pôs a mesa para o café e preparou uma bandeja com o jantar que ela e Henry comeriam diante da lareira.

Aquilo a despertou: foi até a sala de estar, acendeu a lareira e cerrou as cortinas. A sala ficava triste sem flores, mas Alison planejava deixá-la florida amanhã. Ao voltar à cozinha, Catkin apareceu, insinuando-se pela passagem da porta, anunciando que fazia tempo que

ROSAMUNDE PILCHER

passara a hora do jantar e que estava faminto. Ela abriu uma lata de comida para gatos e despejou leite em sua tigela. Catkin aproximou-se e começou a comer ordeiramente.

Alison pensou no jantar que teria de preparar para si e o marido. Na despensa havia uma cesta de ovos caipiras que Evie trouxera. Comeriam omelete com salada. Havia seis laranjas na fruteira e certamente restara um pedaço de queijo na queijeira. Na geladeira, apanhou alface e tomates, metade de um pimentão verde e alguns talos de aipo e preparou uma salada. Misturava a salada ao molho francês quando ouviu o carro de Henry subir a rua e entrar na garagem. No instante seguinte, ele surgiu à porta dos fundos, parecendo exausto, amarrotado, carregando sua pasta bojuda e o jornal.

— Oi.

— Olá, querido. — Beijaram-se. — Teve um dia exaustivo?

— Demais. — Ele olhou para a salada e beliscou um pedacinho de alface. — É para o jantar?

— Sim, e teremos omelete também.

— Alimentação frugal. — Inclinou-se sobre a mesa. — Estamos guardando o apetite para amanhã à noite?

— Não brinque. Esteve com o Sr. Fairhurst hoje?

— Não, ele esteve fora da cidade. Onde estão as crianças?

— Evie está dando banho nelas. Não está escutando? Ela ficou até mais tarde. Assou um bolo para nós. Ainda está no forno. E Jack foi ao mercado.

Henry bocejou.

— Vou subir e dizer a ela para deixar a torneira ligada. Vou tomar um banho.

Alison esvaziou a máquina de lavar louça e também subiu. Por alguma razão, sentia-se alquebrada. Era um prazer pouco comum poder zanzar pelo quarto, sem pressa para coisa alguma. Despiu-se das roupas que estivera usando o dia inteiro, abriu o guarda-roupa e alcançou o chambre comprido de veludo que Henry lhe dera no último Natal. Não costumava usá-lo com freqüência, pois nunca parecia haver motivo para usá-lo. Era forrado com seda e bastante confortável. Ela fechou os botões, amarrou a faixa, enfiou os pés num par de sandálias douradas e cruzou o corredor até o quarto das crianças para lhes desejar boa-noite. Janey estava no berço, a um passo de cair no sono. Evie estava sentada na beirada da cama de Larry, terminando de ler a história. O menino tinha o dedo enfiado na boca, e seus olhos pareciam sonolentos. Alison abaixou-se a fim de beijá-lo.

— Vejo-o pela manhã — despediu-se ela. Ele fez um sinal com a cabeça e voltou a atenção para Evie. Queria ouvir o final da história. Alison deixou-os e desceu. Pegou o jornal que Henry trouxera e o levou à sala de estar a fim de ler a programação da televisão para aquela noite. Enquanto folheava o jornal, ouviu um carro aproximar-se pela rua principal. O automóvel virou no portão de sua casa. A luz dos faróis atravessou as cortinas da sala. Alison abaixou o jornal. Os cascalhos rangeram quando o carrou freou diante da porta da frente. Em seguida, a campainha soou. Ela largou o jornal no sofá e foi abrir a porta.

Do lado de fora, estacionado sobre os cascalhos, estava um enorme Daimler preto. E parados à porta, com semblante esperançoso e festivo, estavam o Sr. e a Sra. Fairhurst.

Seu primeiro instinto foi bater a porta na cara deles, gritar, contar até dez e então abrir a porta novamente e descobrir que haviam partido.

Mas, sem dúvida, eles estavam ali mesmo. O Sr. Fairhurst sorriu. Alison sorriu de volta. Sentiu o sorriso amassar suas bochechas, como se se houvesse sido esbofeteada.

— Receio — disse a Sra. Fairhurst — que estejamos um tantinho adiantados. Mas estávamos com tanto medo de não achar o caminho...

— Não. Nem um pouco. — A voz de Alison soou duas oitavas acima do normal. Trocara o dia do jantar. Dissera a Sra. Fairhurst o dia errado. Cometera o erro mais constrangedor e desagradável do mundo. — Não estão nem um segundo adiantados. Abriu a porta e pôs-se de lado. — Entrem.

O casal entrou, e Alison fechou a porta atrás deles. Começaram a tirar os casacos.

"Não posso contar a eles. Henry terá que contar. Terá que lhes servir um drinque e lhes dizer que não há nada para comer, pois eu pensei que o jantar fosse amanhã à noite."

Automaticamente, ofereceu-se para ajudar a Sra. Fairhurst com o casaco de pele.

— Vi... Vieram bem?

— Sim, muito bem — respondeu o Sr. Fairhurst, que envergava um terno preto e uma esplêndida gravata. — Henry me deu dicas bastante úteis.

— E não havia muito tráfego. — A Sra. Fairhurst cheirava a Chanel Nº 5. Ajeitou a gola de *chiffon* de seu vestido e tocou os cabelos que, como os de Alison, pareciam recém-penteados. Seu tom prateado a deixava

282 O QUARTO AZUL

extremamente elegante, e ela usava brincos de brilhante e um bonito broche na gola do vestido.

— Que casa encantadora. Tiveram sorte em encontrá-la.

— Sim, nós a adoramos. — Parados, os dois sorriam para ela. — Venham sentar-se perto do fogo.

Ela os guiou até a sala aquecida, porém triste sem as flores, e rapidamente juntou o jornal de cima do sofá e o colocou sobre uma pilha de revistas. Arrastou uma poltrona para perto da lareira. — Por favor, sente-se Sra. Fairhurst. Receio que Henry esteja atrasado, pois deixou o escritório um pouco mais tarde hoje. Mas irá descer num minuto.

Poderia oferecer-lhes um drinque, mas as bebidas ficavam no armário da cozinha e seria estranho e rude sair e deixá-los sozinhos. E se pedissem um *dry* martini? Henry sempre preparava os drinques, e Alison não sabia como preparar um *dry* martini.

A Sra. Fairhurst recostou-se confortavelmente na poltrona e falou:

— Jock teve de ir a Birmingham esta manhã, então acho que ele e Henry não se encontraram hoje... não foi, querido?

— Isso mesmo, não estive no escritório. — Ele estava parado diante do fogo e parecia apreciar o ambiente.

— Uma sala bastante acolhedora a sua.

— Ah, sim. Obrigada.

— Vocês têm um jardim?

— Temos. Com cerca de um acre. Um pouco grande demais. — Ela olhou à sua volta, nervosa, e seus olhos se iluminaram diante da caixa de cigarros. Alison a alcançou e a abriu. Nela havia quatro cigarros.

— Aceitam um cigarro?

Mas a Sra. Fairhurst não fumava, e o Sr. Fairhurst disse que, caso Alison não se importasse, iria fumar um de seus charutos. Alison respondeu que não se importava em absoluto e pôs a caixa de volta sobre a mesinha. Uma série de imagens aterrorizantes povoaram sua mente. Henry, refestelando-se no banho; a minúscula salada que era todo o jantar; a sala de jantar, gelada e inóspita.

— Vocês mesmos cuidam do jardim?

— Oh... oh, sim. Nós tentamos. Na verdade, ele estava uma bagunça quando compramos a casa.

— E têm dois filhos, não têm? — Essa foi a Sra. Fairhurst, elegantemente tentando manter a conversação.

— Sim, temos. Estão na cama. Tenho uma amiga... Evie. É irmã do fazendeiro. Ela os colocou na cama para mim.

O que mais poderia ser dito? O Sr. Fairhurst havia acendido seu charuto, e o ar se encheu de sua fragrância cara. O que mais poderia ser feito? Alison inspirou profundamente.

— Tenho certeza de que ambos adorariam beber alguma coisa. O que posso lhes servir?

— Ah, que gentileza. — Os olhos da Sra. Fairhurst passearam pela sala e não avistaram nenhum sinal de garrafas ou copos, mas se estava intrigada, cortesmente nada deixou transparecer. — Acho que um cálice de xerez seria ótimo.

— E o senhor, Sr. Fairhurst?

— O mesmo para mim.

Abençoou ambos silenciosamente por não pedirem martinis.

— Nós... Temos uma garrafa de Tio Pepe...?

— Que maravilha!

— O único problema é... vocês se importariam se eu

os deixasse sozinhos por um instante? Henry... não teve tempo de preparar uma bandeja de drinques.

— Não se preocupe conosco — asseguraram-na. — Ficaremos muito bem diante do calor da lareira.

Alison retirou-se, fechando a porta gentilmente atrás de si. A situação era pior do que qualquer coisa que jamais lhe acontecera. E aquelas pessoas eram tão simpáticas e educadas, o que só tornava as coisas ainda piores. E estavam se comportando de modo tão natural, que Alison não fazia a mais remota idéia da data acertada para o jantar.

Mas não havia tempo para fazer nada além de odiar-se. Algo precisava ser feito. Em silêncio, sobre as sandálias douradas, ela subiu a escada. A porta do banheiro estava aberta, assim como a porta do seu quarto. Lá dentro, em meio ao caos de toalhas abandonadas sobre a cama, meias, sapatos e camisas espalhadas, estava Henry, vestindo-se na velocidade da luz.

— Henry, eles estão aqui.

— Eu sei. — Ele vestiu uma camisa pela cabeça, enfiou-a para dentro da calça, puxou o zíper e alcançou a gravata. — Eu os vi pela janela do banheiro.

— É a noite errada. Acho que fiz uma tremenda confusão.

— Foi o que deduzi. — Flexionando os joelhos a fim de nivelar-se com o espelho, ele penteou o cabelo.

— Terá que contar a eles.

— Não posso contar a eles.

— Quer dizer que teremos que servir o jantar?

— Bem, teremos que servir alguma coisa.

— O que vou *fazer*?

— Já lhes serviu um drinque?

— Não.

ROSAMUNDE PILCHER

— Bem, então sirva-lhes um drinque agora mesmo, e tentaremos pensar em alguma coisa para depois.

Os dois cochichavam. Henry nem mesmo olhava para ela.

— Henry, sinto muito.

Ele abotoava o colete.

— De nada adianta isso agora. Apenas desça e lhes sirva alguma coisa.

Ela tornou a descer, parou por um instante próximo à sala de estar e escutou o murmúrio amistoso que vinha de trás da porta. Abençoou-os mais uma vez por ser do tipo de casal que sempre tem algo para dizer um ao outro, e tomou o caminho da cozinha. Havia o bolo, que acabara de sair do forno. Havia a salada. E havia Evie, o chapéu na cabeça, o casaco abotoado, prestes a sair.

— Você está com visitas — observou ela com um sorriso.

— Não são visitas. São os Fairhursts. O presidente da firma de Henry e sua esposa.

Evie parou de sorrir.

— Mas eles não vinham amanhã?

— Cometi um erro imperdoável. Vieram esta noite. E não há nada para comer, Evie. — Seu tom de voz tornou-se mais fraco. — Nada.

Evie ponderou. Reconhecia uma situação difícil assim que a via. Acostumara-se a elas. Carneiros sem mães, galinhas que não punham ovos, lareiras enfumaçadas, traças nos tapetes da igreja — no seu tempo, lidara com todo o tipo de situação. Nada lhe dava mais satisfação do que encontrar soluções para elas. Consultou o relógio e então tirou o chapéu.

— Vou ficar — anunciou — e lhe dar uma mão.

— Oh, Evie... fala *sério?*

— As crianças estão dormindo. É menos um problema. — Desabotoou o casaco. — Henry já sabe?

— Já. Está quase vestido.

— O que ele disse?

— Disse para lhes servir um drinque.

— Então o que estamos esperando? — perguntou Evie.

Encontraram uma bandeja, copos, a garrafa de Tio Pepe. Evie tirou gelo da geladeira. Alison encontrou nozes.

— A sala de jantar — disse Alison. — Planejei acender a lareira. Está gelada.

— Manterei o aquecedor a óleo aceso. Cheira um pouco, mas vai aquecer a sala mais rápido do que qualquer outra coisa. E vou fechar as cortinas e ligar a chapa elétrica. — Abriu a porta da cozinha. — Agora, vá. Depressa.

Alison atravessou o corredor com a bandeja nas mãos, ajeitou um sorriso no rosto, abriu a porta e entrou. Os Fairhursts continuavam sentados diante do fogo da lareira, com os semblantes serenos e alegres, mas o Sr. Fairhurst levantou-se e foi ajudar Alison, puxando uma mesinha e tomando a bandeja de suas mãos.

— Estávamos comentando — observou a Sra. Fairhurst — que gostaríamos muito que a nossa filha seguisse seu exemplo e se mudasse para o campo. Eles têm um apartamento adorável em Fulham Road, mas ela vai ganhar o segundo bebê no verão, e receio que o apartamento se torne apertado.

— É uma decisão e tanto para se tomar... — Alison pegou a garrafa de xerez, mas o Sr. Fairhurst falou:

— Permita-me — e serviu ele mesmo os drinques, entregando um cálice para sua mulher.

— ... Mas Henry...

Ao mencionar seu nome, ouviu os passos do marido descendo a escada e, em seguida, a porta se abriu. Lá estava ele. Ela esperava que ele irrompesse a sala com estardalhaço, esbaforido, com algum botão ou abotoadura faltando. Mas sua aparência estava em ordem, imaculada, como se tivesse gasto ao menos meia hora para se trocar e não dois meros minutos. Apesar do pesadelo que estava sendo a noite, Alison encontrou tempo para encher-se de admiração pelo marido. Ele nunca deixava de surpreendê-la e seu autodomínio era impressionante. Começou, também ela, a sentir-se mais calma. Aquele era, afinal, o futuro de Henry, sua carreira, que estava em jogo. Se ele podia enfrentar situação tão desastrosa como aquela com tranqüilidade, então certamente Alison também podia. Quem sabe, juntos, conseguiriam contornar o mal-entendido e fazer da noite um sucesso.

Henry era um homem charmoso. Desculpou-se pelo atraso, certificou-se de que seus convidados estavam confortavelmente instalados, serviu seu próprio cálice de xerez e sentou-se, inteiramente à vontade, no sofá. Ele e os Fairhursts se puseram a conversar sobre Birmingham. Alison deixou de lado seu copo, murmurou qualquer coisa a respeito do jantar e saiu da sala.

Do vestíbulo, ouviu Evie lutando com o velho aquecedor a óleo. Entrou na cozinha e amarrou um avental na cintura. Havia a salada. E o que mais? Não havia tempo para descongelar os camarões, preparar os filés ou a receita de suflê de limão de sua mãe. Mas o *freezer*, como de costume, estava repleto do tipo de comida que as crianças adoravam. Empanados de peixe, batatinhas

288 O QUARTO AZUL

congeladas, sorvete. Abriu a porta e espiou seu conteúdo. Avistou duas galinhas congeladas, três pacotes de pães de fôrma e dois picolés no palito.

"Oh, Deus, permita que eu encontre alguma coisa. Por favor, faça com que haja alguma coisa que eu possa servir aos Fairhurst."

Pensou em todas as orações desesperadas que, no curso de sua vida, havia feito a Deus. Há tempos, decidira que em algum lugar, na imensidão azul do céu, teria que existir um computador para que Deus pudesse acompanhar os milhões de bilhões de pedidos de ajuda enviados a Ele por toda a humanidade.

"Por favor, permita que eu encontre alguma coisa para o jantar."

Tring, tring, fez o computador, e lá estava a resposta. Uma travessa de *chilli* com carne, que Alison havia preparado e guardado há alguns meses e que não levaria mais do que quinze minutos para ser descongelado e aquecido na panela. E, como acompanhamento, teriam arroz e salada.

Mas sua ida à despensa provou que não havia arroz, apenas um pacote semivazio de talharim. *Chilli* com carne e talharim, acompanhado de uma salada verde fresquinha. Dito rapidamente, até que não soava tão mal.

E como entrada...? Sopa. Havia uma única lata de consomê, porém não o bastante para quatro pessoas. Vistoriou as prateleiras em busca de qualquer coisa e encontrou um frasco de sopa de rabo de canguru, que receberam de presente de um amigo gozador há dois anos. Encheu os braços com a travessa, o pacote, a lata e o frasco, fechou a porta do *freezer* e colocou tudo sobre a mesa da cozinha. Evie retornou com a lata de querosene e o nariz sujo de fuligem.

— Está dando certo — anunciou. — A sala está mais quente agora. Você não preparou um arranjo de flores e a mesa parecia um tanto nua, então arrumei as laranjas na fruteira e a coloquei no centro. Não ficou lá essas coisas, mas é melhor do que nada. — Deixou a lata sobre a mesa e observou o estranho sortimento de alimentos dispostos sobre ela. — O que é tudo isso?

— O jantar — respondeu Alison do armário de panelas, onde tentava encontrar um recipiente grande o suficiente para caber o *chilli* com carne. — Sopa, metade dela é de rabo de canguru, mas ninguém precisa saber disso. *Chilli* com carne e talharim. Não está bom?

Evie fez uma careta.

— Não parece muito para mim, mas existe gosto para tudo. — Ela mesma preferia comida simples, nada dessas bobagens estrangeiras. Um belo pedaço de carne de carneiro com molho de alcaparras, é o que Evie teria escolhido.

— E a sobremesa? O que vamos oferecer como sobremesa?

— Tem sorvete no congelador.

— Não posso servir apenas sorvete.

— Então faça uma calda. De chocolate quente estaria ótimo.

Calda de chocolate. A melhor calda de chocolate era feita de chocolate em barra derretido, e Alison tinha barras de chocolate em casa, pois comprara duas delas para as crianças e esquecera de entregar. Achou sua bolsa e as barras de chocolate.

E, depois, café.

— Farei o café — comentou Evie.

— Não tive tempo de lavar as xícaras de porcelana e elas estão na cristaleira da sala de estar.

290   O QUARTO AZUL

— Não importa, usaremos as de chá. A maioria das pessoas gostam mesmo é de xícaras grandes. Eu gosto. Melhor do que essas tacinhas delicadas. — Evie havia tirado o *chilli* com carne da travessa plástica e agora o aquecia na panela. Mexeu a comida e espiou o conteúdo da caçarola, desconfiada. — O que são essas coisinhas aqui?

— Feijões roxos.

— O cheiro é engraçado.

— É o *chilli*. É comida mexicana.

— Só espero que eles gostem de comida mexicana.

Alison desejou que sim.

Quando ela se juntou aos demais, Henry deixou que se passassem um ou dois minutos e, então, levantou-se e desculpou-se, dizendo que iria providenciar o vinho.

— Vocês jovens são realmente maravilhosos — exclamou a Sra. Fairhurst assim que ele deixou a sala. — Eu costumava detestar receber visitas para jantar quando nos casamos, e eu *tinha* alguém para me ajudar.

— Evie está me ajudando esta noite.

— E eu era uma péssima cozinheira!

— Ora, vamos, querida — seu marido a confortou. — Isso foi há muito tempo.

Pareceu-lhe uma boa hora para dizer:

— Espero realmente que gostem de *chilli* com carne. É bastante apimentado.

— É o que comeremos no jantar de hoje? Que maravilha. Não como esse prato desde que Jock e eu estivemos no Texas. Fomos até lá para uma convenção de negócios.

O Sr. Fairhurst acrescentou:

ROSAMUNDE PILCHER

— E quando estivemos na Índia, ela podia comer *curry* apimentado melhor do que ninguém. Eu estava queimando por dentro, e ela parecia ótima.

Henry retornou. Alison, sentindo-se como se fizessem parte de algum jogo ridículo, retirou-se mais uma vez. Na cozinha, Evie tinha tudo sob controle, até o último prato quente.

— É melhor levá-los para a sala de jantar — recomendou Evie — e, se estiver cheirando a querosene, não diga coisa alguma. É melhor ignorar essas coisas.

Mas a Sra. Fairhurst disse que adorava o cheiro de querosene. Lembrava-se dos chalés no campo de sua infância. E, na verdade, a tenebrosa sala de jantar não estava tão ruim assim. Evie havia acendido as velas e deixara ligada apenas as luminárias da parede sobre o aparador vitoriano. Todos tomaram seus lugares. O Sr. Fairhurst encarou a tela da vaca na chuva.

— Onde foi que achou — ele quis saber, assim que deram início à sopa — aquela linda pintura? As pessoas não penduram mais quadros como estes na sala de jantar.

Henry contou-lhe sobre a grade de bronze e o leilão. Alison avaliou se a sopa de canguru tinha gosto de cauda de canguru, mas não tinha. Tinha gosto de sopa. Nada mais.

— Vocês decoraram a sala como um cenário vitoriano. Tiveram muito bom gosto.

— Não foi nada planejado — explicou Henry. — Simplesmente aconteceu.

A decoração da sala de jantar foi o primeiro assunto no jantar. Durante o prato principal, conversaram sobre o Texas e os Estados Unidos, sobre férias e crianças.

— Costumávamos levar as crianças para Cornwall

292   O QUARTO AZUL

— lembrou a Sra. Fairhurst, enquanto enrolava delicadamente o espaguete no garfo.

— Eu adoraria levar nossos filhos à Bretanha — disse Henry. — Estive lá certa vez quando tinha quatorze anos e me pareceu um lugar perfeito para crianças.

O Sr. Fairhurst disse que, quando era garoto, costumava passar os verões na ilha de Wight. E que possuía seu próprio barco. Então velejar passou a ser o assunto em questão, e Alison ficou tão interessada, que esqueceu-se de retirar os pratos, até que Henry, enchendo seu copo de vinho, deu-lhe um ligeiro pontapé por baixo da mesa.

Ela juntou os pratos e os levou para a cozinha. Evie perguntou:

— Como tudo está indo?

— Muito bem. Eu acho.

Evie inspecionou os pratos vazios.

— Ora, então eles comeram tudo aquilo? Agora sirva a sobremesa antes que o molho endureça, e logo depois levarei o café.

Alison acrescentou:

— Não sei o que seria de mim sem você, Evie. Simplesmente não saberia o que fazer.

— Siga meu conselho — recomendou Evie, pegando a bandeja com o sorvete e as taças de sobremesa e colocando-a pesadamente nas mãos de Alison. — Compre uma agenda. Anote tudo. Ocasiões como estas são importantes demais para serem deixadas ao acaso. É o que deveria fazer. Comprar uma agenda.

— O que não compreendo — falou Henry, mais tarde — é por que não anotou a data do jantar.

Era meia-noite agora. Os Fairhurst tinham partido

às onze e meia, muitíssimo agradecidos, e convidaram Alison e Henry para jantar em sua casa. Ficaram fascinados com a casa e disseram isso novamente e que o jantar estava delicioso. Havia sido, reiterou a Sra. Fairhurst, uma noite memorável.

O carro se afastou, rumo à escuridão. Henry fechou a porta da frente, e Alison explodiu em lágrimas.

Precisou de um bom tempo e de um copo de uísque para se recuperar.

— Sou incorrigível — afirmou ela ao marido. — Sei que sou incorrigível.

— Você esteve muito bem.

— Mas a comida era estranha demais. Evie não achou que eles comeriam aquilo! E a sala de jantar não estava bastante aquecida e cheirava a...

— Não estava cheirando mal.

— E a mesa não tinha flores, apenas laranjas, e sei que você gostaria de ter tido tempo de abrir seu vinho, e eu estava usando um penhoar.

— Estava linda.

Recusava-se a ser consolada.

— Mas era tão importante. Era tão importante para você. E eu havia planejado tudo. Os filés e tudo o mais, e os arranjos que ia preparar. E tinha feito uma lista de compras e posto tudo no papel.

Foi então que ele observou:

— O que não entendo é por que não anotou a data.

Ela tentou lembrar. Havia parado de chorar, e estavam sentados no sofá diante do fogo, que fenecia.

— Não achei que houvesse motivo para escrever a data. Nunca consigo encontrar o papel quando preciso. E ela disse dia sete. Tenho certeza de que ela disse dia sete. Mas devo ter-me enganado — arrematou, desesperada.

294   O QUARTO AZUL

— Eu lhe dei uma agenda de Natal — Henry lembrou.

— Eu sei, mas Larry pegou para desenhar, e, desde então, não tornei a vê-la. Oh, Henry, você não vai conseguir a promoção, e será minha a culpa. Sei disso.

— Se eu não conseguir a promoção, será porque não mereço. Agora, não falemos mais nisso. Assunto encerrado. Vamos dormir.

Na manhã seguinte estava chovendo. Henry foi para o trabalho, e Larry foi levado por uma vizinha ao maternal. Os dentinhos de Janey estavam nascendo, e ela estava infeliz e exigindo toda a atenção da mãe. Com o bebê nos braços ou choramingando a seus pés, Alison fez as camas, lavou a louça, arrumou a cozinha. Mais tarde, quando se sentisse mais forte, telefonaria para sua mãe e diria a ela que não havia mais necessidade de vir buscar as crianças. Se ligasse agora, sabia que ia debulhar-se em lágrimas e não queria preocupar a mãe.

Quando finalmente conseguiu que Janey adormecesse, Alison entrou na sala de jantar. Estava escura e recendia a fumaça de charuto e ao querosene do velho aquecedor. Abriu as cortinas de veludo, e a luz da manhã cinzenta reluziu sobre os guardanapos sujos e amarrotados, os cálices de vinho, os cinzeiros abarrotados de cinzas. Apanhou uma bandeja e começou a juntar os copos. O telefone tocou.

Achou que era Evie.

— Alô?

— Alison. — Era a Sra. Fairhurst. — Minha querida. O que posso dizer?

Alison franziu o cenho. O que a Sra. Fairhurst teria para dizer? "Desculpe-me?"

— Foi tudo minha culpa. Eu simplesmente consultei minha agenda para checar o dia do encontro do Fundo de Salvação das Crianças e descobri que o jantar estava marcado para *esta* noite. Sexta-feira. Vocês não estavam nos esperando ontem à noite, porque não deveríamos estar aí.

Alison inspirou profundamente e, então, soltou o ar num suspiro aliviado. Sentiu que um peso enorme havia sido tirado de seus ombros. A culpa não fora sua e sim da Sra. Fairhurst.

— Bem... — Não havia motivo para mentir. Começou a sorrir. — Não.

— E você não disse uma palavra. Comportou-se como se estivesse nos esperando e nos ofereceu um jantar maravilhoso. E tudo estava tão perfeito e vocês tão tranqüilos. Não posso acreditar que fiz isso. E não consigo imaginar como pude ser tão estúpida, exceto que não consegui encontrar meus óculos e obviamente anotei o dia errado. Será que pode me perdoar?

— Mas a culpa também foi minha. Sou terrivelmente distraída. Na verdade, pensei que a confusão tinha sido minha.

— Ora, você foi tão amável. E Jock ficará furioso comigo quando eu ligar para ele e lhe contar o que aconteceu.

— Tenho certeza de que não.

— Bem, era isso, e sinto muitíssimo. Deve ter sido um pesadelo ter aberto a porta e se deparar conosco, vestidos como árvores de Natal! Mas vocês dois se saíram muito bem. Parabéns. E obrigada por ter sido tão compreensiva com uma velha tola como eu.

— Não acho que seja tola — disse Alison para a

296 O QUARTO AZUL

mulher do presidente da firma de seu marido. — Acho
que é uma mulher esplêndida.

✳ ✳ ✳

Quando Henry chegou em casa naquela noite, Alison
estava preparando os filés. Era muita coisa para os dois,
mas as crianças poderiam comer as sobras no almoço do
dia seguinte. Henry estava atrasado. As crianças já estavam na cama e dormiam. O gato estava alimentado, e a
lareira estava acesa. Eram quase sete e quinze quando
ela ouviu seu carro subir a rua e estacionar na garagem.
O motor foi desligado, e a porta da garagem, fechada. E,
então, a porta dos fundos se abriu, e Henry apareceu,
com a mesma aparência de sempre, exceto que trazia,
além da pasta e do jornal, a maior braçada de rosas vermelhas que Alison jamais vira.

Com o pé, ele fechou a porta atrás de si.

— Então — falou ele.

— Então — repetiu Alison.

— Eles vieram na noite errada.

— Sim, eu sei. A Sra. Fairhurst me telefonou. Ela
anotou a data errada na agenda.

— Ambos a acharam maravilhosa.

— Não importa o que acharam de mim. É o que
acham de você o que conta.

Henry sorriu. Aproximou-se dela, empunhando as
rosas diante de si como uma oferenda.

— Sabe para quem são essas flores?

Alison considerou.

— Para Evie, espero. Se alguém merece rosas vermelhas, esse alguém é Evie.

— Já mandei entregar as rosas de Evie em sua casa. Rosas cor-de-rosa com muitos aspargos e samambaias e um cartão de agradecimento. Tente outra vez.

— São para Janey?

— Errou.

— Larry? O gato?

— Nada disso.

— Desisto.

— Elas são — afirmou Henry, tentando impressioná-la, mas parecendo um colegial em férias — para a esposa do novo diretor de exportação da Fairhurst & Hanbury.

— Conseguiu a promoção!

Ele deu um passo para trás, e eles se entreolharam. Então Alison soltou um grito de felicidade e atirou-se em sua direção. Ele deixou cair pasta, jornal, rosas, e a acolheu em seus braços.

Após um instante, Catkin, perturbado com a comoção, pulou da cesta a fim de inspecionar as rosas, mas assim que percebeu que não eram comíveis, retornou ao seu cobertor e voltou a dormir.

Este livro foi impresso no
Sistema Digital Instant Duplex da Divisão Gráfica da
DISTRIBUIDORA RECORD DE SERVIÇOS DE IMPRENSA S.A.
Rua Argentina, 171 - Rio de Janeiro/RJ - Tel.: 2585-2000